父に学んだ近代日本史
永瀬宏一の自伝を紐解く

永 瀬 一 哉

揺 籃 社

【息子のはじめに】

古いものだから大事にしてと、母から言われた箪笥がある。下部が三段の引き出しになっていて、上部は引き戸になっている。本文中に写真を載せた。この中に亡き父の手記を見付けたのは二〇〇五年のことだった。

何気なく箪笥の中を見ていたら、父独特の金釘流の文字で原稿用紙に書かれ、紐で束ねた手製の五冊の手記が出て来た。自ら（永瀬宏一）の誕生から息子の私（永瀬一哉）が生まれる前までの父の半生記であった。下書きと思われる走り書きの藁半紙もあった。

記憶が蘇った。私達はかつて徳島県三好郡池田町（現三好市池田町）の徳島県立池田高等学校の教職員用の一戸建て官舎に住んでいた。私が一〇歳前後の折、父は自室でよく机に向かい、長時間にわたり藁半紙に何か書いていた。この姿を見たのは一度や二度ではない。だからといって、それが何かと小学生の私は尋ねることはなかった。あれこそがこの手記だったのだろう。それが分かった時、私は四九歳になっていた。

一気に読んだ。知らないことばかりだった。我が先祖——といっても祖父母とその一つ前程度だが——のことも初めて知った。また、私の両親の結婚の経緯も知った。両親の出会いは「偶然」という言葉では説明がつかない奇跡的なものであった。それを思うと、私が今ここに生を享《う》けていることが不思議でならなかった。

そもそも、この手記が収められていた箪笥は関東大震災前に私の祖母が特注したものであった。震災時に芝区南佐久間町（現港区西新橋）の自宅から避難先の日比谷公園まで、父が掌にケガをしながら祖父と一緒に運んだから、こうして今、私の手元にあるということも分かった。私の子供達よ、どうかこの箪笥を大事に守り伝えて欲しい。

分かったのは我が家のプライベートなことだけではない。半生を書いている父にしてみれば、単に往時を思い出して綴っただけのことなのであろうが、そこには、今となっては貴重な情報や忘れられた知見が一杯詰まっていた。これはきちんと調べて出版しよう、父の供養にもなり、また何らかの社会的還元もできるだろう、私はそう思った。

ところが、なかなか出版に至らなかった。当然私には日々の勤務がある。我が家の私的な用務もある。なおかつＮＰＯ法人の代表である私の場合、カンボジア支援と研究もある。手記と出会った二〇〇五年以降、カンボジア近代史について三冊出版したが、これにも随分時間を費やした。

さらには、手記で語られた一つの事項なり人物なりを調べようとして史資料を取り寄せ、それが使える、使えないなどを繰り返しているうちに季節が変わっていたというのは珍しいことではなかった。一人の人間の生きた跡には様々な事柄が凝縮していた。それを追い求めて行くには、「ある種の執念」と「膨大な労力」とが必要であった。こうして気が付けば、出版にこぎつけるまでに一四年が過ぎていた。

父の幼き日、実父（私の祖父）が北海道、樺太、台湾、中国、朝鮮、北九州などを渡り歩いていたため、看護婦の実母（私の祖母）が父を養父母に預けて働いたり、その養母が突然養父を見捨てて家を出たり、はたまた旧制中学校時代、一夜にして友人知人と生き別れになった関東大震災を体験したり、伊豆の小学校で働いていた時には校長と大喧嘩して東京に舞い戻って来たり、あるいは赴任する気のなかった徳島県の旧制中学校に強引に招かれたものの、結果的には疎開したのと同じで、戦中戦後の食糧難の時代を無事に過ごせたりと、読者にとっては永瀬宏一という無縁の第三者ではあるが、この波瀾万丈の生き様は連続テレビドラマにしても面白いのではないかと、手前味噌に思うほどのものではある。
息子の私がこの手記で何を学んだか、それは「息子のあとがき」でまとめるつもりである。皆様方にも、ぜひご一読を賜り、そして、「息子のあとがき」で、もう一度ご一緒して頂き、この手記について共に吟味できれば幸いである。

永瀬一哉

二〇一九年三月三〇日、
息子（一哉）の誕生日に。

【表記について】

・本文は「父の手記」（明朝体）と「息子の調査、意見、感想など」（楷書体）を交互に掲載した。
・旧字体は原則として新字体に改めた。
・旧仮名遣いは原則として新仮名遣いに改めた。
・「父の手記」に一部、現在では憚られる表現があるが、オリジナルを尊重し、そのままとした。
・「父の手記」が元号表記であるため、オリジナルを尊重し、かつ読み進める上で統一性を持たせるために本文においては原則として「元号が先、西暦が後」（明治四一〔一九〇八〕年）の表記とした。

【括弧について】

・（　）は父（永瀬宏一）の手記の原文のまま。
・《　》は息子（永瀬一哉）の補足。
・〔　〕は各場面に応じて読みやすくするためのもの。

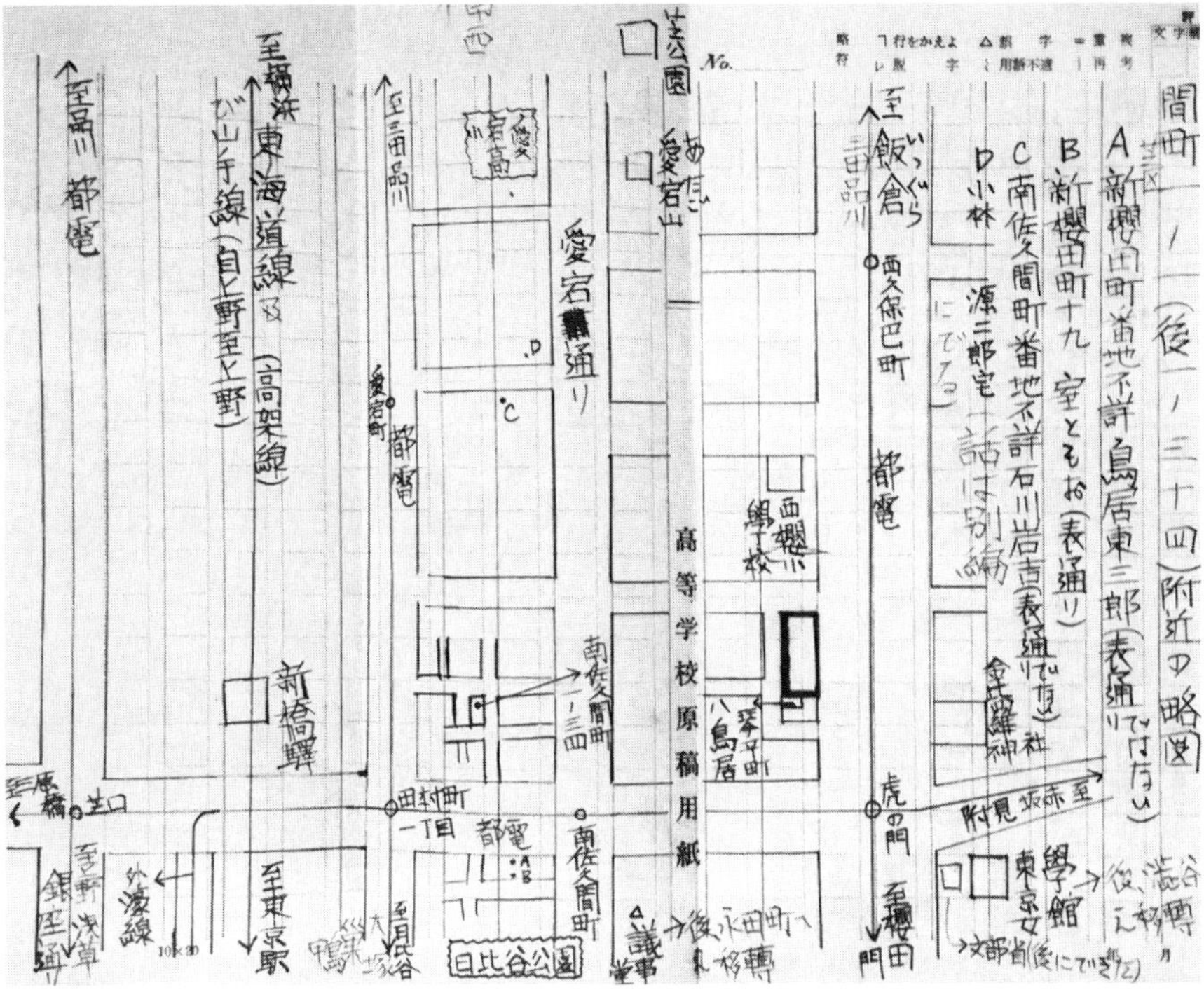

芝区琴平町、芝区南佐久間町周辺図（父の手書き）

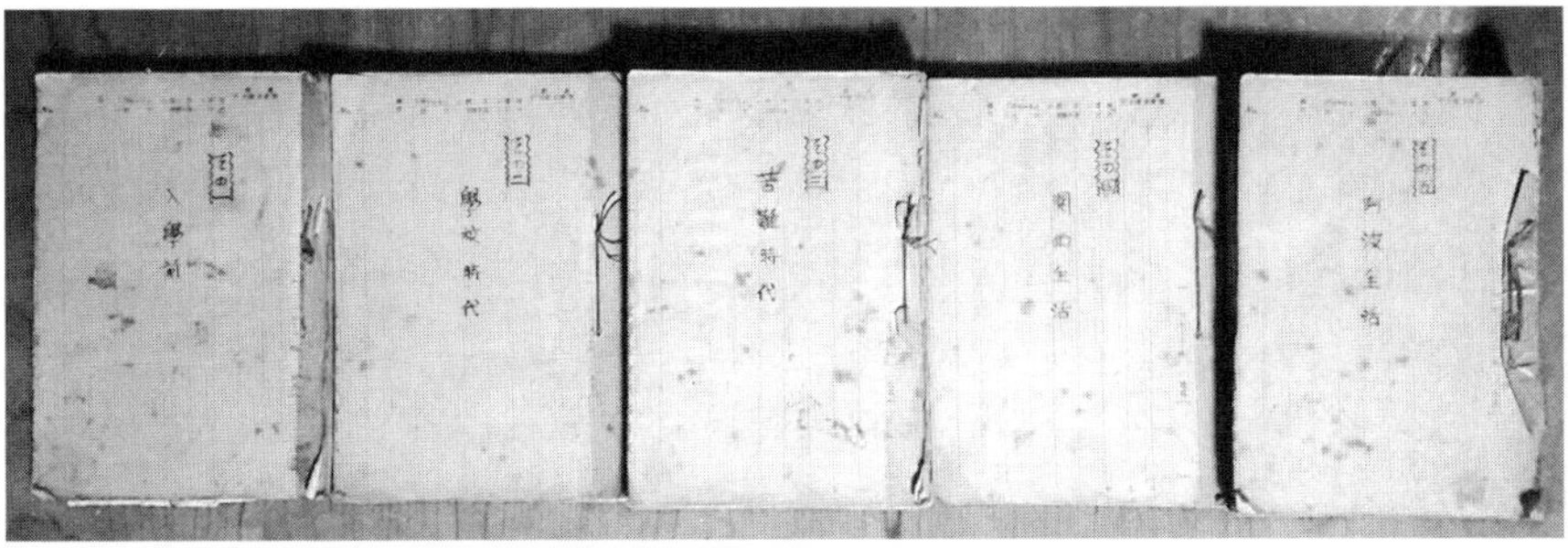
手記五冊

目次

第四部　関西生活（昭和一五年四月より一七年八月まで）

〈1〉夢叶う―大阪電気学校……144

〈2〉人生の大波乱

第五部　阿波生活（昭和一七年九月より三一年三月まで）……165

〈1〉阿波中・阿波高時代……167

〈2〉戦後に思う

【父の序言】

私は自ら歩いて来た道を大略書いてみたいと思い立って、これをまとめた。文才のない者が書くのだから、意味のよく通らない場合もあろうし、自らは分かり切っているものだから、つい語が簡に過ぎて分かりにくい場合もあろう。しかし、大体において自分以外の人に読んでもらうことを前提にしていない。しかしながら、私は父母のことも、先祖のことも、詳しいことは何一つ知らない。常に心淋しく思っている。知らないとは変な話だが、要するに夫婦、親子が落ち着いて、およそ何事にもせよ物を語るという機会が一生涯の間になかったという不幸な事情が原因である。そういう体験から、これを私以外の人が読んでくれてもよい。幾分かはそういうつもりで書いた。

　私の一生は概して平凡であろう。それが幸か不幸か分からない。その平凡の道を微力とはいえ、今日まで建設的に進んで来た。建設的もおかしいが、社会のマイナスになることはなかったという意味だ。教育者《父は高校教員》の社会はもちろん真面目である。私はその中の真面目派に属し、正義派に属すということは、それ自体、一面長所、一面短所であろう。しかし、私は産んでくれた両親に顔向けできるのは、ここだと信じている。私と弟は人生のコースは違っても、共にこれが言えると確信している。親たるもの安んじて瞑せよ。

　昭和三〇《一九五六》年四月二九日　徳島県三好郡池田町《徳島県立》池田高等学校寄宿舎の一室たる自宅において。

第一部　入学前（大正四年、七歳まで）

〈1〉ルーツ

父

父母が結婚したのは明治四〇《一九〇七》年七月二六日である。戸籍にそう載っている。

父は福島県石川郡小平《おだいら》村大字西山字鴇子沢《とうのこざわ》二百六十三番地、永瀬庄太の弟で、慶応二《一八六六》年八月一八日生まれ。祖父安右衛門と祖母タケの三男。大正六《一九一七》年四月二〇日に分家している。名は房吉。福島県の実家に私は行ったことはない。

この一節から手記は始まる。父は序言で父母や先祖について何も知らないと嘆いていたが、同様に私も何も知らなかったことをいきなり思い知らされた。中でも私の祖父房吉が慶応生まれ、つまり江戸時代の人だったというのには心底驚いた。

故郷の福島県石川郡小平村大字西山字鴇子沢は、現在、福島県石川郡平田村西山鴇子沢である。

母

母の両親は井上寅蔵ととめと言う。明治一三《一八八〇》年四月二〇日に、長女として生まれた。戸籍には「神戸市兵庫区西出町七一番地、戸主井上信雄」とある。後に「神戸市山手通二丁目三四五八番地の一、合併地、戸主高森柳太」の養女となった。妹も一緒だった。高森は岡山県人で材木商であり、妻を三度迎えたと言う。自分の三色の子供と養女を含めて、とても賑やかな家庭だったと聞いている。養女になった事情は私は知らない。後に高森は阪急宝塚線花屋敷の辺りに移ったが（住所は兵庫県川辺郡川西町寺畑字北谷八八。高森家は精常園内、高森賢(三)、私はここにも行ったことはない。母の名はかし。

祖母かし（三三歳）と父宏一（五歳）。赤坂山王の森（日枝神社）にて。大正二年五月四日撮影。帽子には「USS KEARSARGE」とある。

祖母は神戸の人だった。初めて知った。旧姓が高森だとは承知していたが、本来は井上だったとは知らなかった。

私の祖父母の結婚は明治四〇年七月二六日だと言う。つまり房吉は四一歳の目前、そしてかしは二七歳。当時としては共に晩婚である。しかも、一四歳離れている。祖父は福島県生まれ、祖母は神戸生まれ。そんな二人がどこでどう出会ったのだろう。

神戸の井上家に生まれたかしはなぜ高森家の養女となったのだろう。文面からして高森は資産家のようだが、実子がいるらしいのに、どうして養女を二人も取ったのか。

それに、精常園とは一体何か。父が特に説明していないということから考えて、一般に知られた存在だったのか。

『宝塚雲雀丘・花屋敷物語』[1]によれば、「精常園」は明治三〇（一八九七）年、大阪医学専門学校（現大阪大学医学部）を卒業した医師、別所彰善によって作られたと言う。

別所は「医学校で教えられた通りの医療を施し、真面目に養生すればどんな病人も予定どおり治ると信じ医療活動を行っていた。しかし、自身の心身不調については…（中略）…絶望的な症状となってしまった。あらゆる治療法を試したが効果がなく、自暴自棄の気持ちで好物のぼた餅を腹一杯食べたがまったく何の不調も現れなかった。このことをきっかけとして…（中略）…『人間医学』なるものを提唱した。人間医学においては、疾病は『動物病』と『人間病』に分類される。動物病とは伝染病のように肉体が罹る病気である。一方、『人間病』とは人間特有の病気であり、神経衰弱や胃痙攣などの『感情病』、高血圧や胃潰瘍などの『体癖病』などである。…（中略）…別所彰善は…（中略）…人間病治療のため…（中略）…花屋敷の山麓に約十万坪の土地を購入し、昭和二年（一九二七）開設した[2]」と言う。これが精常園で、正式名称は「山林精常園」。現在の宝塚市雲雀丘山手にあった[3]。「本院、講堂、寮、共同浴場などのほかに、電気施設、道路、修養場も整備[4]」されていたが、今では「大部分は住宅地、ゴルフ場[5]」と化し、「別所彰善の人間医学や精常園のことは全く忘れられた[6]」。

この精常園と高森家はどのような関係にあったのだろう。父の言う「高森家は精常園内」とは、どういう意味だろう。経営者（別所医師のスポンサー）だったのか、治療スタッフだったのか、はたまた患者だったのか。

ところで、かしは後述のように日本赤十字社の看護婦だったが、その職業に就いたことと精常園と何か関係があるのだろうか。

以上の疑問は、今日、すべて分からない。

渋谷に生まれる

私は明治四一《一九〇八》年六月一日に生まれた。《戸籍によると、》ところは東京府豊多摩郡渋谷町大字上渋谷百二一番地ということだ。

この場所はどこか。明治四四（一九一一）年の地図[7]に見付けた。現在の山手線渋谷駅から北へ直線で八百m、今日の渋谷区神南一丁目である。国立代々木競技場に隣接し、近くにNHK放送センターがある。渋谷駅と原宿駅の間の線路沿いだから、山手線の車中から見える。すぐ近くに今も昔も北谷稲荷神社が坐《ましま》す。

恐らくここは祖父母の新婚所帯だったのだろう[8]。どうして二人はここに住んだのだろう。古地図を見ても古写真[9]を見ても、一面の大地である。何か手掛かりはないかと、古地図を眺めていて、ある文字が私の目に帯び込んだ。「赤十字社病院」である。笄開谷《こうがいだに》という地に「赤十字社病院」と書かれている。祖母が日赤の看護婦であったことは前述の通りだが、上渋谷一二一番地とそこは直線で約二㎞。歩ける距離である。日赤病院は明治二四（一八九一）年から、この地にあるという[10]から、ひょっとしたら祖母は上渋谷の借家に住み、笄開谷の日赤病院に通っていたのかもしれない。

拡張する明治の日本を歩く

父は多分郷里《福島県》で師範学校を出たのだろう。それから**北海道**や**旧日本領樺太**で小学校教員をしていたようだが、長くはやらなかった。「俺は義務年限を果さなかった。理屈でやり込めてやったんだ」と、変なことを御機嫌のいい時に自慢していた。その後《義務年限を果たさず》、外地を歩いた。私が生まれてからも外地を歩き、大正六《一九一七》年頃、『父帰る』式で内地へ舞い戻った。歩いたところは、**支那各地**、**満洲**、**朝鮮**、**台湾**、**澎湖諸島**等で、一旗あげる気持ちが強かったのだろうと想像する。

尋常小学校の二年生くらい、年齢で九歳くらいの私の目の前に、ひょっこり現れた父の姿、別に不自然な感じはなかったが、何となくとりつくしまのない感じは否み得なかった。長火鉢の前に座っていた父。何となく素直に飛び出して行けなかった私。そして箪笥のかげで何の訳もなくこぼれた涙。今に至るまで、何故の涙か、我ながらさっぱり分からない。

『父帰る』は菊池寛の代表作。財産を食いつぶし、妻子を残し、愛人と家を出た父が二〇年後、突如戻って来るというストーリー。父は祖父房吉の行動をこれに例えた。

父親に初めて会ったのが九歳だったと言う。どんな心境だったのだろう。長火鉢の前に座るとか、箪笥のかげで涙するなど、その時の情景が目に浮かぶ。

後述するが、房吉は「躍進、拡張する明治日本」を見て歩こうとしていたのだと私は思う。だが、残された妻子は哀れとしか言いようがない。

房吉は写真を残している。今となっては貴重なものがある。付録「祖父のアルバム」に掲載した。

父は房吉が郷里の師範学校を出たのだろうと推測した。また、房吉は「義務年限を果たさなかった」と言っていたらしい。この二つを合わせ考えてみた。

師範学校は明治六（一八七三）年に始まる。「師範学校規程」に次のようにある（傍点筆者）。

第七節　卒業後ノ服務

第六十一条　本科ノ卒業生ハ左ノ各号ノ一ニ規定セル期間、其ノ道府県ニ於テ小学校教員ノ職ニ従事スル義務ヲ有ス。但シ、次条ノ義務ヲ終リタル者ハ学事ニ関スル他ノ職ニ従事シ、尚、特別ノ事情ニ依リ地方長官ノ許可ヲ受ケタルトキハ他ノ道府県、台湾又ハ樺太ニ於テ就職スルコトヲ得。

一　第一部公費男子卒業者ニ在リテハ卒業証書受得ノ日ヨリ七箇年

二　第一部公費女子卒業者ニ在リテハ卒業証書受得ノ日ヨリ五箇年

三　第一部私費卒業者ニ在リテハ卒業証書受得ノ日ヨリ三箇年

四　第二部卒業者ニ在リテハ卒業証書受得ノ日ヨリ二箇年

房吉は女子の規定である第二項を除く一、三、四の該当者だが、義務年限が何年であったにせよ、「理屈でやり込めてやった」と言うのだから、「特別ノ事情ニ依リ地方長官ノ許可ヲ受ケタルトキハ他ノ道府県、台湾又ハ樺太ニ於テ就職スルコトヲ得」という一節を使ったのだろう。確かにその足取りは台湾、樺太である。

ところで、房吉は明治二八年に、「同窓生」と撮影した写真を残している（付録参照）。そこには、「明治二十八年三月十五日　寫之《これを写す》　同窓生　小畑正真　□子正敏　中川彌惣治　篠原誉　菅胤人　太田忠治　木村秀三郎　永瀬房吉」とある。これらの名前をインターネットで検索してみた。すると、倶知安小学校の歴代校長の中に中川彌惣治の名が見える。また、公立円山尋常小学校（現札幌市立円山小学校）の初代校長が菅胤人である。そもそも房吉の最初の勤務地は紋別小学校である（付録参照）。

「卒業生ハ…（中略）…其ノ道府県ニ於テ小学校教員ノ職ニ従事スル義務ヲ有ス」という師範学校規程の一節と、本人及び同窓生と思われる人物の関わった小学校が北海道であることを合わせ考える時、房吉は北海道の師範学校を卒業したのではないのだろうか。つまり、当初はルール通り北海道で勤務したが、台湾や樺太に行くことを理由に、数年で北海道を去ったのではないか。

我が祖父は北海道、澎湖諸島、台湾、樺太、そして、さらには中国大陸、朝鮮と勢力を急速に拡張した明治日本の領域を歩こうとしていたように思う。当時の北海道は内国植民地であり、北海道の師範学校に入学したこと自体がそうした姿勢であったのではないだろうか。祖父房吉の足跡に、私は明治日本の青年の意気込みを見る。

それはさておき、房吉とかしが結婚したのは明治四〇年七月二六日だが、付録の「写真12」（樺太で撮影）は同年一〇月のものである。そして、父が誕生したのは明治四一年六月一日だから、房吉は結婚し、かしを妊娠させただけで樺太に戻ったことになる。どういう了見で結婚したのだろう。いや房吉だけでない、かしの側も、どうしてこんな男を夫としたのだろう。我が祖父母は何とも不思議である。

芝区新桜田町一九番地

「外遊」中、母に実にひんぴんと無心状をよこしたと言う。母は働きがあるので、いつも応じていたらしい。無心状の束を、私が兵隊検査の年になった時に見せてくれた。お前が見たからもう捨てると、母は言った。赤十字社神奈川県支部所属の看護婦で、平素は芝区新桜田町一九番地の「室《むろ》看護婦会」で《主に富裕層の家庭への派遣看護婦として》働いていた。《経営者の》室ともおさんは岡山県人。《かしの養家は岡山県人の高森柳太だから、この関係は》偶然かどうか。そんな訳で、夫がいなくとも十分に子供を養育する能力を持っていた。しかし、どこかへ子供を頼まねば都合が悪いので人に預けた。

最初に預かった人が不注意で私に腐敗したミルクを与えたらしい。全部吐き出してしまい、それ以後、私はミルクを飲まなくなったようだ。何にしろ飲み食いする私だが、ミルクは例外である。余程こたえたというところだろう《ミルクのことは第二部の「日比谷公園で二冬」に続く》。

室看護婦会があったという芝区新桜田町一九番地は現在の港区西新橋一丁目。西新橋一丁目交差点の日比谷公園方面右側の一画である（巻頭地図参照）。この住所をネット検索してみたら、興味深い人物が二人ヒットした。

一人は菅了法。桐南と称し、グリム童話を初めて日本語に訳した人物。『交詢社社員姓名簿』（明治一四（一八八一）年に「東京芝区新桜田町十九番地　本社役員　菅桐南」とある[11]。

もう一人は亀戸事件関係の弁護士である。大正一一（一九二三）年の関東大震災の混乱時に生じた亀戸事件の調査を行った弁護士団体、自由法曹団の「聴取書[12]」がヒットしたが、関係する松谷与二郎弁護士の松谷法律事務所が東京市芝区新桜田町十九番地にあったことが分かる。

いずれにせよ、現在の港区西新橋一丁目は東京のど真ん中である。

〈2〉芝区琴平町の日々

明治時代の「虎ノ門一丁目」（芝区琴平町八番地）

私の最も古い記憶、すなわち自己の存在を自覚したのは**芝区琴平町八番地**《現東京都港区虎ノ門一丁目》の**鳥居竹松、くま**の家庭においてのことだった。小学校へ入学してからも、ごく自然に鳥居夫婦を両親と思っていた。鳥居には子供がなかったから、ずいぶん可愛がってもらった。

琴平町八番地は**金刀比羅様**の鳥居前をちょっと入ったところだった。家は袋小路の二軒続きの二軒目。六畳と二畳の家。雨の日に傘がさせないくらいの小路だった（巻頭地図参照）。隣家の土蔵がでんと座り、日当りが悪かった。玄関兼勝手口という家だったが、もし借金取りが来たら逃げ場がない。しかし、鳥居はそんな人物ではなかった。

芝区琴平町八番地は今は港区虎ノ門一丁目の一画である。桜田通りを挟んで金刀比羅宮の向かい側。現在、日本ガス協会ビルが建っている。二一世紀の今日は父の記す明治の情景と全くの別世界と化している。

鳥居は江戸っ子で、元は車大工、当時は椅子製造の専門職だった。酒は全くだめ。その代わりに汁粉や大福餅ならいくらでもという至極真面目、かつ温厚な人物。酒をやらない職人とは極めて稀な存在と言わねばならない。

おくまさんは**千葉県夷隅郡豊浜村川津**の人。元は**芝御成門の酒井**という写真屋に奉公していた。

おくまさんは幼い父と一緒に写真を撮っている。その写真の下部に「酒井《さかい》覚酔《かくすい》」の名が記されている。おくまさんが奉公していた「酒井という写真屋」であろう。

酒井覚酔は「播州《播磨国（兵庫県）》の人、元治元年に生まれた。…（中略）…曾って高橋《たかはし》由一《ゆいち》《日本初の洋画家と称さる。作品「鮭」が著名》に就いて洋画を学び、傍ら写真術を研究して朝野新聞に聘せられ、絵入朝野新聞の洋風挿画を担任し、写真電気版を以て紙上に光彩を添えた。本邦新聞洋風画の挿入は之を以て嚆矢とする。後氏は写真師となったが洋画の素養を之に応用して湿版法乾版（瞬間写真）不変色写真其他技術の精を附した。現住所　東京市芝区芝愛宕町二―一四」[13]という人物である。おくまさんもなかなかの人物に奉公していたものである。父の幼少時の写真は日本史に足跡を残す芸術家の手になるものであった。

鳥居くまと（二四歳）と父宏一（三歳一ヶ月）。明治四三年七月撮影。

　千葉の故郷にはおくまさんが父を何度も連れて行っており、この先、父が往時の様子を書き残している。なお、豊浜村は昭和一二（一九三七）年、勝浦町と合併し、夷隅郡勝浦町川津となり、さらに昭和三三（一九五八）年、市制施行で勝浦市川津となった。

　母は一軒の派出先が終わると戻って来て、時には泊まった。変なもので二人母を自然に受け取っていた。たまに戻って来た母は、ごちそうには《裕福な派出先で食べ》飽きている、漬物でいいと言いながら、お茶漬けでうまそうにご飯を食べていた。

琴平町の北見さん

《琴平町の鳥居の家には》大きな窓が一つあって、その下は隣家の庭で無花果《いちじく》の木が一本あった。実のなる頃になると、よくもらったものだ。それは**北見**という家で**貸本屋兼スリッパ製造業**であった。尤も貸本屋は内職だったかもしれない。スリッパの方は数人の職人がいた。ここに**幸ちゃん**という私とほぼ同じ年齢の男の子がいた。職人達が仕事をしているそばで毎日のように遊んだ。

　北見の職人については、ちょっと面白い話がある。それは職人の一人が私のあげたパンと蝋とを仕事中に間違えて、二〜三度かじって、ご本人が気付いた時にぺっぺっとやって胸をおさえ、吐き出すような格好をしたことだ。皆が大笑いして、「○○さん、いやしいねえ」と言った。蝋というのはパンくらいの大きさの塊で、スリッパを縫う糸の滑りをよくするために、糸をぴんと張って数回擦るのだ。

　北見の子以外に記憶に残っている者はほとんどいない。近所の高崎という家の子が何かしたので、おくまさんがちょっと先方の親に言ったところ、子供のことはお互い様だよと挨拶されて、少々バツの悪い空気になったことがあった。しかし、私が積極的に悪く出ることはおよそ考えられない。

　確か巡査の娘でセキちゃんという同年輩の子がいた。ままごと遊びをやった。またトシちゃん？という洋食屋のコックの子で、私より少し年下の男子がいた。この子はたいてい五厘しかもらえないのに、私はいつも一銭もらうので大変うらやましがられた。子供は普通五厘、または一銭握って日に何度も駄菓子屋へ走るのだが、私は余りお金を使わしてもらえなかった。というのは、《看護婦で清潔好きな》母がおくまさんに頼んだと想像し得るのだが、《駄菓子のような》不衛生なものはいけないということだったのだろう。

母は派出先で出された菓子はすべて持って帰った。一つ一つ紙に包んであった。卵もあった。時には茹でてあった。着替えを入れるバスケットに詰めて帰る。これを竹松夫婦らは「輸入船が入港した」と言っていた。そういう《上質の》お菓子がなくならぬ限り、絶対に一銭はもらえなかった。

　しかし、たとえどんなに高級なモナカだろうと羊羹だろうと、子供には猫に小判。近所の悪童共と一緒のものを食べる、または買うという一大興味を満足させたいと常に考えていたから、内心面白からざるものがあった。

　五厘の場合は知らぬが、一銭だと必ずおまけをくれた。一厘くらいのサービスだろうが、たまに買物に行く時の楽しみはひとしおだった。

　スリッパ職人の一節から昔日の日常の一断面が伝わって来る。また、子供の世界や心情も分かる。ここも往時の情景が目に浮かぶ場面である。

遊び

私は内（蔭）弁慶とよく言われた。外へ出ると弱虫で誠に幅の利かない子供だった。近所のいきのいい悪童どもにかかっては全く無力だった。悪童とは親愛語であって、軽蔑語ではない。その頃やった遊びは**鬼ごっこ、石蹴り、メンコ、ベイ**などである。

石蹴り（片足で小鳥のように飛ぶ）は地面に蝋石（駄菓子屋で売っている）で正方形を描き、それを縦横に幾つかの線で割って、小石や平たいガラス玉、または草履などを蹴って、線上に止まったら一点の負けである。仲間に相当うまいのがいた。

メンコとベイは、私は禁止されていた。メンコは埃がたって不衛生と言われたが、結局、両者とも、博打的性格がいけなかったのだ。このため、私の《弱虫の》性質と相俟って、仲間内で私の存在を影薄くさせていた。ベイは地方によってはバイだろう。こういう遊びは今でもあるだろうか。ベイはたまにやってみてもうまく行かない。表面の大きさは猪口《ちょこ》の程度で、尻すぼみで尖っている。中は赤や青の蝋で埋まっている。どてっ腹には線が入っていて、そこを紐で巻く。一方、みかん箱くらいのものが適当だが、箱の空間を利用して茣蓙《ござ》をへこませておく。甲乙が同時に紐の尻を持ったまま《ベイを》投げ飛ばす。すると茣蓙の上で勢いよく回る。他《のベイ》を弾き飛ばしたり、より長く回っていたりした方が勝ちだ。それで合法的に《ベイを》一つ頂ける。人のやるのをただ見ているだけなのは味気なく淋しいものだった。幼い世界で博打的要素は感心しないが、公式試合でなく練習試合くらい許してほしかった。

この一節は興味深い。子供の遊びの研究者、加古里子《かこさとし》は、鬼ごっこは「追う者と追われる者があって、つかまれば交替するという明快な原理に貫かれ[14]」、「何の道具も施設も要求しない、最も単純[15]」な、国内外を問わず数千年に及ぶ「あそびの王者[16]」だと言う。

石蹴りは「大地の遊びの雄[17]」であり、「洋の東西をとわず、全世界の子ども達に…（中略）…たのしまれている[18]」ものだが、実はこれは「明治になって日本に移入され定着した遊び[19]」らしい。となると、父は最先端の遊びをしていたことになる。加古は「海外のこうした遊びが、日本の子どもたちに迎え入れられたのは、単に文明開化の気運があったということだけでなく、子どもたちの遊びの世界では、目標の所へ小石をなげる。片足や両足でとぶ、はねるなどという行為が、すでに日常化し、定着していたため、それらをふくんだおもしろいルールが子どもたちの心をとらえたため[20]」と分析する。つまり、洋の東西を問わぬ普遍性があるということである。

メンコは江戸時代に始まるらしい。[21]明治になって「ボール紙の紙メン[22]」が登場し、「はなれたところに打った風圧によって、相手のメンコをひっくり返すという方法や、相手のメンコの上部を打つことで裏返[23]」すという戦術が考案された。

しかし、世間の評判は悪かった。「勝負にかてば相手のをとる、まければ何枚でも手放さねばならぬとする行為が一種のトバクであるというわけで…（中略）…学校ではまかりならぬといわれ…（中略）…、メンコ廃絶の誓をさせたり…（中略）…冷たい白い目で見られていた[24]」というから、父が書き記した通りである。

また、父は「メンコは埃がたって不衛生と言われた」と記すが、加古も「当然土ボコリをすったり、汚い泥まみれになるなどという欠点[25]」があったと言う。「メンコは汚い」とは反対論者の常套句だったようだ。

ベイは「べい独楽」のこと。馬場孤蝶（馬場辰猪の弟。慶応義塾大学教授）は次のように言う。

「べえは法螺貝を少し長めにした様な小さい貝であったが、その貝の半分以上を石で叩き欠き、下の部分の横にも少し穴をあけ其所から蝋なり鉛なりを注ぎ込んで重量を附けて置く。それから一方では、盥の上へ蓆《むしろ》なり畳表の古いのの切れなりを敷いて、その中を窪みにして置き、べえの下のところへ紐を巻いて、双方から、その蓆の窪みのなかへ独楽のように廻し、それがぶつかり合ってはね出された方を負けとする遊びであった[26]」。言い方は違えども、父と同じことを言っている。

東京新聞連載「東京慕情（四十一）・『遊びの記憶[27]』」で、漫画家北見けんいちは「《ベイの》弱い子はいつも負けてべそをかいていた。親が怒って出てきたこともあった」と記す。

メンコとベイは親の目の仇だったようである。

金刀比羅様の灯篭

近所の連中と、時には電車道《現在の桜田通り》を横断して金比羅様へ遊びに行った。灯篭の並んでいる間に入って、それを自動車に見立てハンドルを切る真似をして口をブルブルさせて、エンジンの感じを出すという遊びを飽きずによくやった。

ビールびんやサイダーびんの口金を電車のレールの上に置く。やがて電車が来てぺしゃんこにしてくれる。それだけのことだが、面白かった。小石を置いて待っていたところ、電車が急停車して運転手が追いかけて来たことがあった。気の弱い私は真先に逃げた。だが、小石をはじきながら走って行く痛快味は何とも言えなかった。

絵葉書に見るかつての虎ノ門金刀比羅様。

ある時、金刀比羅宮を訪ね、父の言う灯篭を探してみた。しかし、自動車に見立てられるようなものはない。社務所で聞くと、東京空襲で焼けたと言う。

『芝區誌』[28]の金刀比羅宮の写真には建ち並ぶ灯篭が見えるが、自動車とはどうも違う。やっと見付けたのが『大日本全国名所一覧——イタリア公使秘蔵の明治写真帖』所収の「琴平町金刀比羅神社」の写真[29]であった。これなら、なるほど自動車になる。その後、当時の金刀比羅宮の絵葉書を購入することができた。それにしても自動車のまねとは都会である。

ウナギの亀清

私は体が弱かった。そんな訳か、月に二度くらいウナギを食べた。自分で電車通りの向こうの亀清というウナギ屋へ、一つ注文に行った。いつものことなので、私が顔を出したら先方は万事呑み込んでいた。やがて出前持ちが一つ入る岡持ちに入れて、「お待ちどうさま」と言いながら持って来たものだ。

このうなぎ屋で私も食べてみようと、金刀比羅宮を訪ねた折、すぐ近くにあるはずの亀清を探した。だが、店はない。ネットで探って、亀清の最後のオーナーとメールでやり取りができた。亀清は平成七（一九九五）年に閉店したと言う。創業は明治一八（一八八五）年とのことだから、百年以上の歴史である。

右の父の一節を送ったら、「ウナギを焼いたのは曽祖父で、持って行ったのが祖父かもしれません」という返信と共に、昭和三〇（一九五五）年の亀清の写真を頂いた。父の時代とは違うが、昭和の虎ノ門でも今日の姿、すなわち高層ビルが林立する姿とは全くの別世界である。かつてはもっともっと長閑《のどか》だったことだろう。

『値段史年表』によると、うな重は明治三〇年で三〇銭、大正四年で四〇銭である。(30) 米は明治四〇年には一〇kg（標準価格米）で一円五六銭、大正元年には一円七八銭(31)だから、うな重は米一〇kgの価格のおおよそ四分の一程度のようである。そうすると、今日、標準米で考えれば、大体千円になる。確かに子供が食べるには少々贅沢だ。ひょっとしたら、一緒に暮らせない母かしのお詫びだったのかもしれない。

金刀比羅様の縁日

虎ノ門金刀比羅様は一〇日がご縁日。私はこの日に行われる**お神楽**は見飽きた。このご縁日は東京の最大のものの一つで、**桜田本郷町**（現在《昭和三〇年》、田村一丁目）から虎ノ門のちょっと先まで露店がずらりと並んで豪勢だった。片側（新橋方面を見て左側）には**植木屋**ばかり並んだ。**日本橋**の**水天宮**と並んで、《東京》市内の各方面から参拝に来た。

露店は電気を用いていたが、アセチレンガスもあった。露店で売るものは雑多だが、子供の目にとまりそうなものや食べ物をあげるなら、**風船売り**（風船の中には竹筒の先にくっつけて膨らまして、口を離すとギャアと鳴るものがあった）、**綿菓子売り**、**とうもろこし**を焼いて売るもの、**バナナ**の叩き売り、**飴売り**、**スルメの漬け焼き**売り、夏なら**虫籠**や**廻り灯篭**、大きな鞴《ふいご》で**塩豆**や**砂糖豆**を煎りながら売るものなどを覚

虎ノ門金刀比羅様の縁日の雑踏。明治四五年。

えている。棒飴で、どこを切っても金時の顔が表れるもの《金太郎飴》があった。

社務所で買った栞によれば、「当宮は…（中略）…万治三年（一六六〇年）、丸亀藩主京極高和、讃岐金刀比羅大神を、その邸内に勧請したるもの」であり、「爾来、毎月十日、市民の要請に応え、邸内を開き群参を許せり」[32]とある。つまり、讃岐（香川県）丸亀の京極氏が讃岐の金刀比羅様を江戸屋敷に勧請し、江戸市民に参拝を許したというものである。

父の記した一節から往時の賑わいが伝わって来る。子供達には待ち遠しかったことだろう。私は先年、二月一〇日に訪れてみたが、父の言う賑わいはなかった。社務所で聞くと、昭和三四（一九五九）年から、交通安全確保のために盛大にできなくなったと言う。都心の大通りだから致し方ないようである。

『値段史年表』で、ここにある品々を調べてみたら、金太郎飴だけ載っていた。明治四〇（一九〇七）年頃も、大正二（一九一三）年頃も一本五厘（一〇厘で一銭）である。[33]子供の小遣いが「五厘」や「一銭」だと、先に父が言っていたが、正に子供相手の値段であった。

なお、「桜田本郷町（現在、田村一丁目）」と父は記したが、今は「西新橋一丁目」である。

ちょんまげの老人／隻腕の仕切屋

チンチンと鈴を鳴らしながら機械仕掛けの人形が動く「桃太郎」と「カチカチ山」が面白くて、ご縁日の一〇日になるのが待ち遠しかった。見ていて全く飽きなかった。やっているのは丁髷《ちょんまげ》姿の相当の老人の夫婦だった。露天と違って、場所が一定していた。円形の八つ橋を一〇個ほど紙に包んで売っていた。八つ橋は好物でよく買ったが、安っぽいものだから、小学校に入ってからは見るだけで買わなくなった。

明治末から大正初期に、人形劇の老人が丁髷だったとは驚きである。森銑三によれば、「《明治四五年〜大正元年》三月、横山健堂《評論家。駒沢大学教授》の著す『趣味』の一書が刊行せられた。その巻頭に、『趣味に題す』という一文を載せているが、その中に、『吾等は極めて稀れ《ママ》に、東京の電車内に、板橋あたりチョン髷の老人を見る』云々としている。明治の末年にも、ちょん髷の人は、まだ全く跡を絶たなかったのである」[34]とある。

断髪令が出たのは一八七一（明治四）年。それで散切り頭になったはずが、四〇年も後に、まだ東京のど真ん中に丁髷がいたのだ。

一〇日の午後によく見た印象に残っている光景がある。人だかりの中央に片腕のない親分然とした恰幅のいい男が立っている。取り巻きの男（多少女も混じっている）は露天商人だ。親分は一遍一遍、皆の顔を見て、「お前さんはここ」と言うと、言われた者は丁寧に頭を下げて店開きにかかり、残りの者は親分について隣の場所へと移動する。つまり場所割りだが、片腕のないのが如何にもその雰囲気にマッチしていた。名の売れた大親分だったかもしれない。

縁日以外には、節分には春場所を終えて一息ついたお相撲さんが豆を撒いた。境内に押し寄せた群集は傘を逆さに広げて、豆を一粒でも余分にもらおうと苦労したものだ。

隻腕の親分とは誰だろう。色々探したが、どうにも手掛かりがない。諦めかけた時、やっと一人の人物に辿り着いた。名を飯島源次郎と言う。『暴力の抹殺——八王子のもう一つの顔』に、次の一節がある。

「彼が亡く《ママ》なる前《昭和三年三月没》[35]だったが、筆者は東京虎ノ門金比羅縁日で、その風貌に接したものであった。昭和の初期であったが、その一挙手一投足、業界の元老にふさわしい風格、どう見ても荒物問屋の大番頭といった静かな物腰…（中略）…明治、大正、昭和と露天業界の歴史を積み重ねて行く中で、飯島源次郎という素朴な名親分の世話になって、育った者はどれ程いるであろうか[36]」とある。

こんな叙述も見つけた。「《明治三七年》芝虎の門金ぴらの縁日の果た《ママ》あと、田村町の牛屋『早川』で、源次郎の誘いで、…（中略）…会食をしていた[37]」。

この飯島源次郎は香具師《やし》の大親分である。香具師とは「祭礼または縁日などの人手の多いところで、路上で見せ物などを興行し、また、粗製の商品類を言葉巧みに売るのを業とする者。露店商の場所割りやその世話をする者もいう」（小学館『日本国語大辞典』）であり、添田知道の著作『てきや〈香具師〉の生活』には「香具師列伝」という一章が置かれているが、そこで紹介されている三人の一人が飯島である。

父の言う人物が飯島かどうか。「片腕のない」というのが決め手になるが、上述の二つの著書には言及がない。『光は新宿より』[38]という著作にも飯島の名があるが、同様である。『黒旗水滸伝』にも飯島は登場し、挿絵が二箇所あるが、共に人の後ろに描かれ、腕は確認できない。[39]

結局、断定できなかったものの、彼が明治三〇年代から亡くなる昭和初期まで虎ノ門金刀比羅宮に深く関与していたことは明らかであり、飯島である可能性は高いと思う。

なお、香具師の呼称は明治五（一八七二）年に禁止され、以来、てきや（的屋）と呼ばれるようになった（平凡社『世界大百科事典』）。

琴平町、南佐久間町の氏神

琴平町の氏神は飯倉辺の八幡さんで、**西久保八幡**と言った。お祭りは八月の暑い盛りの八月一五日だった。《真夏だから》川か池でもあったら、もっと面白かったかも分からない。子供用の神輿を担いだような記憶もあるが、余り頭に残っていない。

南佐久間町《今の西新橋一丁目。父のこの後の住まい。後述》の氏神、**烏森《からすもり》神社**のお祭りは五月五日であった。

ところで、**読売新聞の初代社屋**は琴平町の家のごく近くにあったらしい。

父を偲んで、私は金刀比羅宮、西久保八幡神社、烏森神社の三社を訪ねた。金刀比羅宮と烏森神社は共に境内に迫り来たるビルの狭間にあり、これぞ正に大都会ならではという神社であった。

一方、西久保八幡神社は、こちらも目の前に東京タワーが聳《そび》え立つ大都会のど真ん中の神社だが、境内は往時の面影を今に残す風情ある佇《たたず》まいだった。

神社の話をしている時、父は突然読売新聞に触れた。琴平町と言えばと、ふと思い出したのだろう。

『読売新聞百年史』で確認すると、「創刊は、明治七（一八七四）年十一月二日…（中略）…東京芝琴平町一番地…（中略）…にあった『活版印行所・日就社』からその第一号が発行された」[40]とある。

今日の読売新聞が正力松太郎を中興の祖とすることは言うまでもないだろうが、正力が読売の経営を始めたきっかけは虎ノ門事件であった。大正一二（一九二三）年、時の摂政宮裕仁親王（後の昭和天皇）が難波大助によって狙撃された事件である。この時、警備の責任を取って警視庁警務部長を辞任した正力が読売の経営者となっ[41]たのだが、その事件発生の場所も琴平町であった。[42] 読売新聞はよくよく琴平町に縁がある。なお、読売本社の話は第二部に続く。

外濠線

当時、虎ノ門から赤坂見附方面へ向かう電車のことを外濠線と呼んでいたが、いつのまにか、この名は東京人に忘れられたようだ。今《昭和三〇年》は昔の半分しか走っていない。コースは虎ノ門を起点とすれば、**赤坂見附、四谷見附、飯田橋、お茶の水、駿河台、錦町河岸、神田橋、呉服橋、有楽町**（車庫があった）、**数寄屋橋、土橋**（新橋）、**桜田本郷町**（田村町一丁目）、**虎ノ門**であって、外濠を一周していた。

電車は四輪車の単車と称するもので、900から1000までのナンバーが付いていた。大正一二《一九二三》年九月一日の関東大震災の時に、有楽町の車庫で皆、燃えてしまったようだ。今は地方にしかない。ぐるぐる回すブレーキで、すぱりと停まらずに、いつまでも滑っている電車であった。

当時のスピードは今の半分くらいだったろう。表通りの人達は自分の家の前で飛び乗って、飛び降りた。表通りの人達に限らない。誰でもやった。無論、運転手や車掌は文句を言った。今は自動車が多くて道路に立っていることができず、電車もスピードアップし、ドアもあり、とてもそんなことはできない。昭和初年の市電赤字時代に、サービスの一つとしてスピードをアップしたのだった。

虎ノ門で交差するもう一つの電車と来たら、今、見たくても絶対に見られない原始的な運転台だった。すなわち機械の置いてあるところは、それが前から見えない程度にしか鉄板を張っておらず、その上は何もない。方向板だけが運転手の真上にちょこんと付いているのみであった。冬は寒いに決まっている。雨天の日は《運転手は》合羽を着ていた。電車の電気取り入れは屋根に取り付けられた二本の竿（ポール）によった。昭和初年に一本のポールが部分的に現れた。昭和二四《一九四九》年、現在のビューゲルと呼ぶ集電装置に改良された。国電《国鉄（JRの前身）電車》の場合はパンタグラフと言う。

「東京の路面電車は民営三社から始まった。明治三十六年の東京電車鉄道と東京市街鉄道、明治三十七年の東京電気鉄道の三社で、名前が混同されやすいので、明治の人々は『東鉄、街鉄、外濠線』と呼んだ[43]」と『東京市電名所図絵』にある。

　当時の路線図を見ると、手記の通り「虎ノ門、赤坂見附、四谷見附、飯田橋、お茶の水、駿河台、錦町河岸、神田橋、呉服橋、有楽町、数寄屋橋、土橋、桜田本郷町、虎ノ門」と一周する。ただ、「駿河台」は路線図では「駿河台下」、「お茶の水」は「御茶水」あるいは「御茶ノ水」、そして「有楽町」は「有楽橋」である。[44]また、「錦町河岸」は「錦町川岸」との表記もある。[45]

　この民営三社は明治三九（一九〇六）年に合併して東京鉄道会社となった。父は明治四一（一九〇八）年生まれだから、三社合併後の誕生である。しかし、会社は変わっても、この路線は外濠線と呼ばれ続けていたのだろう。また、「電車は四輪車の単車と称するもので、９００から１０００までのナンバーが付いていた」と父は記すが、『東京市電名所図絵』には写真入りで車両の解説まで付いており、参考になる。

　ところで、非常に興味深かったのは、三社の路線に、それぞれ歌が作られていたことである。「東京電車鉄道」の歌は「地理教育・電車唱歌」、「東京市街鉄道」は「地理教育・市街電車唱歌」、「東京電気鉄道」は「地理教育・外濠電車唱歌」と称され、五七番まで延々と続いている。[46]

「地理教育・電車唱歌（東京電車鉄道）」の一番は、

汽笛の声にはるばると　乗り来し汽車を此処に捨て
軽き涼風袖にうけ　降りる品川ステーション

「地理教育・外濠電車唱歌」の虎の門《ママ》は四三番で、[47]

琴平神社の御護りを　祈りて此処は虎の門《ママ》　右に議事堂　左には　諸国の公使館のあり

「汽笛一声新橋を…」の鉄道唱歌は著名だが、路面電車の歌まであったとは知らなかった。『東京市電名所図絵』は「鉄道唱歌の大ヒットに触発されて、全国的な唱歌ブームがまき起こり、これは大正初期まで続いた。鉄道唱歌、歴史唱歌、養蚕唱歌、水道唱歌、消防唱歌、公園唱歌と共にその頃開通した東京の路面電車の唱歌も発売された」[48]と言う。「鉄道」、「(近代的)水道」、「(近代的)消防」、「公園」は文明開化の象徴であり、「歴史」は近代統一国家形成のためのイデオロギー、「養蚕」は近代日本を支えた重要産業、これらが唱歌になった理由は納得できる。

　路面電車という都会ならではの最先端の文明の中で、父は幼少期を送っていた。生粋の都会人だったことを知った。

石川親分の世界①—椅子職人

　鳥居竹松の人柄はすでに書いたが、全くの円満人であった。正月に職人一同が新年宴会をやるらしかったが、いつも帰るとフーフー言っていた。飲めない者に無理に勧めて、それを悪いと考えずに平気でいる日本の酒席エチケットはおかしい。なぜそんな考え方や行動が生まれたのだろうか。椅子製造の専門職と先に言ったが、義兄《実姉の夫》のところで仕事をしていた。**実兄の東三郎**も一緒だった。

　義兄で親方は**石川岩吉**と言う。彼が座って仕事をしていた記憶はないから、注文取りに歩いていたのかもしれない。職人は多い時で一〇人、少ない時で三〜四人。忙しい時は夜なべもした。小僧や中僧がいつも二〜三人いた。今なら電気鋸で見ている間に切ってしまうが、当時は中小僧が長時間かかって、ゴリゴリと大きな鋸で切っていた。

　注文はおたなからもらって来る。ただ、おたなとは親工場なのか、ブローカーなのか分からない。宮内省に納める椅子を作ることがあると言って自慢をしていた。箱根まで出張で仕事をやりに行ったこともあった。**新橋駅**(始発駅)からガラガラ空いた汽車に乗って行った。今日そんな《ガラガラの》呑気な乗物など日本中どこへ行ってもあるものではない。

　ここにある「新橋駅(始発駅)」とは今の新橋駅ではなく、鉄道唱歌で歌われた「汽笛一声新橋を」の初代新橋駅のことである。初代駅は烏森《からすもり》駅(二代目新橋駅)に名を譲った後、貨物専用の汐留駅となり、さらに近年、汐留駅一帯の再開発で「シオサイト」と呼ばれる賑やかな一画となった。元の所在地には初代駅の大きなレプリカが作られている。

石川親分の世界②―日々の生活

《鳥居家は》商売柄、焚き物《薪《まき》》には不自由しなかった。昼食の弁当を包んだ風呂敷に、帰りに木の切れ端やカンナ屑を入れて来るのだった。一年中、それでこと足りた。

《竹松の》弁当のおかずは煮豆が多かった。二銭買って昼の弁当と《おくまさんと父の》昼のおかずにした。私はよく煮豆屋へ使いに行ったり、鳥居の弁当を《仕事場に》持って行ったりした。そういう時、《鳥居は》別に有り難うとは言わなかったが、やさしい眼で迎えてくれた。実兄の東三郎と向い合わせで、いつも仕事をしていた。東三郎はたまに老眼鏡越しに覗き込むようにしたが、ほとんど私には見向きもしなかった。

職人社会は一日と一五日が休日なのだが、石川は変わっていて二日と一六日が休みだった。何か営業上の思惑があったのだろう。**半勘定**と言って、《一ヶ月の》サラリーを二つに分けていた。おくまさんが「もうお金がない。今日は勘定日だ」なんて、よくつぶやいていた。休日には小豆《あずき》飯を食べた。私がおこわや小豆飯の好きなのも、こんなところから来ているのかも分からない。

おくまさんは**やまと新聞**をとっていた。どうかして配達人が忘れると大変怒って、「続き物が分からなくなった」と一銭引く。新聞は一部五厘くらいだっただろうか。配達人は辛かったやもしれぬが、忘れたのが悪いのだから仕方ない。

石川岩吉は昔ながらの職人気質を持ち、気に入らぬ完成品はベリベリへし折って、冬ならストーブに叩き込んでしまったと、後年、《石川の》長女から聞いた。

「やまと新聞」は明治一七（一八八四）年創刊の「警察新報[49]」の系譜を引く[50]。この新聞の歴史的役割は「**初めて新聞に落語講談の連載**を取り入れた」ことである[51]。「創刊間もなく一万部に達し、…（中略）…明治二十二年はじめには二万を超え、東京で発行される新聞のトップに躍り出たのであった。『やまと新聞』の成功は、連載読み物のおもしろさこそ読者をつなぎ止める最大の要素であると新聞界に認識させた。これ以降、大新聞小新聞の別なく小説を連載するようになった」[52]と言う。おくまさんが連載小説が分からなくなると、金を払わなかった理由はここにある。

ただ、「その盛りは長くは続か[53]」ず、「明治二十二年十一月黒岩涙香が『都新聞』の主筆になると、彼の探偵小説は読者の人気をさらい、『やまと新聞』は読者を奪われるようにな[54]」ったと言うから、おくまさんが読んでいた大正の頃にはすでに峠は過ぎていた。しかし、この手記から、まだまだ庶民を引き付けていたことが窺われる。

価格について、父は「一部五厘くらいだっただろうか」としたが、明治一九年創刊時、「一枚一銭、一ヶ月二十五銭[55]」というから、大正時代はもう少し高かったのではないだろうか。

石川親分の世界③―レジャー

年末になると、石川親分のところで餅をついた。職人や中小僧が入れ替り餅をつく。石川の妻と東三郎の妻、それにおくまさんの三人が専ら台所係だった。できたての餅を大根おろしで食べるうまさ。餅つきの杵取り《餅をつき易くするため丸める役目》をしていた竹松がどうしたはずみか手に餅が多量について、「早く竹さんの餅をとってやれ、火傷するぞ」と、石川親分が怒鳴ったのを覚えている。職人の子で新六さんという私と同じくらいの年の子がいた。

上野、浅草、向島、あるいは羽田、鈴が森、または堀切というように、四季に応じて遠出をして適当に人生を楽しんでいた。これは決して貧乏していなかったという証拠であり、思い出しても心地よい。

親方の下に全職人が揃って羽田沖に潮干狩に行ったことがあった。途中の船の中で職人連がケン《拳》と称するものを始めたのを見て、世の中には変なものがあるものだと感心した。

「東京湾で最も古い歴史を誇る大田区の大森海苔漁場が『最後の摘み取り』を終えたのは昭和三八年春だった。翌年に迫った東京五輪に向けて東京湾では大規模な埋め立てが始まり、大森から羽田にかけての湾岸は激変し[56]」た。羽田沖に潮干狩に行ったと父は記すが、東京五輪あたりまでは自然のままの風景だった。「大森海苔のふるさと館」（東京都大田区）はかつての姿を伝えている。

父を偲んで、「羽田沖で東京漁師のアサリ漁と潮干狩り」という日帰りツアーに参加した。場所は羽田空港のすぐそば、飛行機の土手っ腹が頭上をかすめて行く。こんなところで、今でも潮干狩りができるのには驚いた。父の見た風景とは天と地ほど違うだろうが、父を追体験した一日だった。

拳は大辞林によれば、「二人以上で、指でいろいろな形をつくって勝敗を決める遊戯。中国から伝来したもので、本拳・虫拳・狐拳など種々ある。じゃんけんもその一種」とある。羽田沖への船中で職人はどんな拳をやったのだろう。

また、早朝の料金割引の市電に乗って**両国の国技館**へ行き、一日中、相撲の見物をすることも度々あった。私は眠くてこたえた。

市電には早朝割引があったようだが、それに乗って行ったと言う国技館について、『明治東京逸聞史2』に興味深い一文を見付けた。落成当初の様子である。

「(明治四二年)三月、両国の回向院に、鉄骨の新建築の国技館が成った。二万人を収容することの出来る大建築で、これよりして雨天にも相撲が行われることとなった。力士には常陸山と梅ケ谷とがあり、相撲の盛況は絶頂に達した。国技館の成ったのはよいとして、コクギクワンというカ行の音ばかりの命名は感心しないといった人がいる」[57]。

国技館の完成は雨天でも相撲がとれるというのだから、さながら近年のドーム球場のような感覚で人々に迎えられたのだろう。もう一つ気になったのは発音である。コクギカンでなく、コクギクワンだと言う。そう言えば関西学院大学の英語表記はｋｗａｎｓｅｉｇａｋｕｉｎである。たかだか百年ほどで日本語の発音も変わっているようだと再認識する。

ある時は、東三郎、竹松兄弟が揃って、どこか寺へ出掛けて住職の前で、普段見ない真面目さを顔に表して、東三郎が「平素ご無沙汰して○○であります」てなことを語ったのを覚えている。

竹松には**浅草**へもちょいちょい連れて行ってもらった。**木馬**に乗って青くなり、泣きだしそうになったり、全く弱虫だった。パノラマと言うのかも知れないが、変わったものがあった。客車の内部に似せて作ってあって、窓外の景色が動くので、如何にも走っているような感じになる。**玉乗り**、**花屋敷**、**猿芝居**は面白かった。**十二階**[58]という円形の建物が関東大震災まであったが、その下に私娼街があって、子供（私）を背負った竹松の袖を左右の女が引っ張るという珍風景を覚えている。[59]

竹松は**溜池の葵館**（洋画館）《現在の溜池交差点付近》へも私を連れて行った。なかなかたいしたものだと思う。一升瓶（ビール瓶だったかもしれない）に茶を詰めて行って、暗がりで飲んだのはちょっと面白い思い出だ。葵館は**徳川無声**《無声映画時代の著名な弁士》がインテリ向きの説明を編み出して評判をとった小屋[60]で、場所柄、諸外国の大公使館関係の外人が多く[61]、**新宿の武蔵野館**[62]の出現以前には恐らく東京第一の高級活動館《映画館》であっただろう。

徳川無声が活躍した葵館のあった溜池について、今日、現地に建つ『溜池発祥の碑[63]』には、次のようにある。

「溜池は江戸時代のはじめ、江戸城の防備をかねた外堀兼用の上水源として作られ、水道の発祥地ともなり、徳川秀忠時代には鯉、鮒を放し、蓮を植えて、上野の不忍池に匹敵する江戸の名所となった。徳川家光は遊泳したとも伝えられ、江戸後期には日枝神社より赤坂四丁目に通じる料金を取った銭取橋が架設され、『麦とろ家』数軒と出店でにぎわったと云われる。

明治八年より埋め立てに着手し、四十四年に完成したが、明治二十一年十二月には赤坂溜池町が創立され、明治四十二年に市電が開通し、大正十年五月に正式な町会として溜池町会が発足し、溜池角の小松ビルは元は**演伎座**と云う芝居館として人気を煽り、東京オリンピック以後はビル街として発展し、町会名も『赤坂溜池町会』と改称し、今日に到り、地下鉄新駅『溜池山王駅』の開通を記念し建立とした。（赤坂溜池町・文責）平成九年八月吉日　東京都　港区」

溜池とは、元は本当に池があったのだが、明治になって埋め立てられたのである。

この碑にある演伎座は第二部で父の思い出として登場する。本文にある武蔵野館は第三部で、父の青春時代の一コマとして再登場する。

石川親分の世界④－義太夫

竹松と兄姉《東三郎と石川岩吉妻》は貧しい家に成長したと言う。姉は何か水商売をしていたが、石川岩吉と馴染んで夫婦になったらしい。相当の美人であった。おくまさんよりずっと美人だった。名は初めから知らない。姉が椅子大工と結婚した関係で、車大工だった竹松が椅子専門に変わった訳だ。また、《ヤクザだった》兄の東三郎は人生半ばで堅気に転向したのかもしれない。

石川夫婦には娘ばかり三人いた。せん、みね、しんという名だった。この三人の名を見ても時代感覚が分かる。特に女子の名において著しい。約四〇年を経た今日《昭和三〇（一九五五）年頃》、こんな名の女の子がいるだろうか。昔なら小説の女主人公の名だったと思われる小夜子や百代[64]程度も、今なら当たり前だ。

せんちゃんは世に言う丙午《ひのえうま》なので《丙午年生まれの女性は夫を不幸にするとの俗信》、将来独身で通すことを前提として、当時流行の義太夫に熱を入れたが、後年、保険屋と結婚した。みねちゃんは覚えていることは何もない。末のしんちゃんは私と同年齢で、西桜小学校《後述》へ通っていた。私が中学を出るか出ないかの頃、つまり私自身は子供だと思っていた頃、赤い手絡姿《日本髪で髷の根元にかける飾りの布》もお嫁さんらしく、飾り職人と一緒になった。子もすぐできた。しかし、亭主は飲んだくれで家庭内が面白くなく、別れるとかの話があるというところまで知っている。

義太夫は当時相当流行していた。親の自慢や見栄で人に聞いてもらいたくて、うずうずしていた。そういう連中がタダで公開できる神山亭という場所があった。子供の私が連れられて行ったのは迷惑な話だった。しかし、大人の邪魔になることはもちろんしなかった。夜だから、冬ならガラス戸越しに、夏なら開放した窓越しに、空の星を見ていた。星の美しさ、神秘さ、そんなものを満喫したり、新橋駅《初代駅、始発駅》を出る下り汽車の姿は見えぬが、煙の移動で分かる進行を追ったりしていた。視野の左から右へ動いていた。

明治期に義太夫は流行した。倉田喜弘『明治大正の民衆娯楽[65]』や水野悠子『知られざる芸能史娘義太夫[66]』などに詳しい。

水野悠子は女義太夫を上演した東京の寄席を丹念に調べているが、そこに神山亭の名はない。[67]「（素人が）タダで公開できる」レベルだったから、記録に残っていないのだろうか。

そんな神山亭から、義太夫が退屈だからと、新橋発[68]の列車の煙の移動を父は見ていた。往時の時刻表で夜の列車を調べてみた。

一九時　神戸行（急行）
一九時一〇分　国府津行
一九時四〇分　横須賀行
二〇時　神戸行（急行）
二〇時一五分　横浜（初代横浜駅／現桜木町駅）行
二〇時四五分　国府津行
二一時　神戸行（急行）
二一時二〇分　横浜行
二一時五五分　横浜行
二二時三〇分　国府津行
二二時四〇分　横浜行
二三時　神奈川行
二三時三〇分　横浜行

一時間に二〜三本程度である。

子供がやる義太夫だから、それほど遅い時間ではなかろう。父が見ていたのは常識的には二〇時か二一時くらいまでの列車だろう。

石川親分の世界⑤—母と東三郎

石川夫婦や職人から盆暮れにお金をもらった。二〇銭銀貨をもらったのをよく覚えている。《子供には大金だが、》母との交際があったことが当然考えられる。

『日本のお金——近代通貨ハンドブック』によると、二〇銭銀貨は明治三〇（一八九七）年に発行され、明治三九（一九〇六）年に改鋳されている。[69] 理由は「明治三十五年頃から銀価格が上昇しはじめ、含有銀分の価値が銘価以上になって鋳つぶされる危険性が生じてきたことから…（中略）…量目を約二十五パーセント減じ[70]」たためだと言うが、父は明治四一（一九〇八）年生まれだから、手にしたのは含有率の下がった方である。先に洋食屋のとしちゃんが五厘しかもらえないのに、父はいつも一銭もらっているのをうらやましがられるという一節があった。二〇銭とは子供には大金であった。

時に母は石川へ遊びに行った。職業柄、屋内が乱雑で不潔であった。狭いのも原因だったろう。普通なら庭であるところに屋根をつけて仕事場としていた。竹松の実姉の石川の妻は母が行くと、「お久しぶりだねえ」とか言いながら、長火鉢の前で長キセルで一服吸った奴を渡してくれる。相当の親愛の情の表れだが、《これに対し母は》生来の清潔好みに、さらに加うるに職業的衛生観のせいで、袂で拭いて拭いて拭きまくって、火が消えた頃に呑んだ。相手はちゃんと気心を知っているから、別に怒りもしなかった。

竹松の兄、東三郎は大正一〇《一九二一》年頃、胃癌で**慶応病院**で死んだ。五五歳くらい。母が無償の奉仕をしたのはもちろんだ。その妻は一〇歳も年上だった。博打場で知り合った夫婦だと聞いた。ちゅうちゃんという精神障害の男児がいた。一年限りで就学を免除され、当時の一～二年生が使用していたノートの代用の石板に訳の分らぬ絵を書いて、飽きもせず独りで長いこと遊んでいた。遊びに飽きると、時に近くの**第二福宝館（日比谷日活館）**《前出の徳川無声が初めて活動弁士になったところ》[71]に活動《活動写真。無声映画》を見に行っていた[72]。これが愉快なことに、朝入ると夕方まで見ているのだった。大正七《一九一八》年頃、一〇歳くらいで死んだ。

長火鉢の前で石川の妻が「お久しぶりだねえ」と言って、一服吸った長キセルを渡すという描写はまるで映画の一シーンのようである。

その子供が精神障害で、学校に行っていない事実には考えさせられる。往時の障害児教育が就学の猶予または免除[73]というやり方だったことは初めて知った。隔世の感がある。

慶応病院が信濃町に誕生したのは大正九（一九二〇）年である[74]。だから、東三郎が亡くなったのは、まだできたばかりである。しかも、「慶応病院は金に糸目をかけずに造られただけあって、設備は近代科学の粋をあつめて、帝大《東京帝国大学》病院を向うにまはして、少しの遜色なしと称され[75]」た病院だったというのだから、父の養父の親族は金銭的にはゆとりがあったと見てよさそうだ。

勝浦へ

前言のように、私は余り丈夫ではなかったので体によいというのであったろう、おくまさんが郷里の**勝浦**へよく連れて行ってくれた。市電で両国まで行って、それから汽車に約三時間乗ると勝浦である。今は房総半島を汽車が一周しているが、その頃は勝浦が終点であった《昭和二（一九二七）年まで》。その先は海岸の松が目の届く限り続いていた。

両国駅に停車中、汽車の窓袋に絵本を落とし込んで、怒られるから知らん顔をしていたこともあった。おくまさんは電車賃を節約するために、小学校に入った後も、私をわざと背負って乗車して車掌と押し問答したことがあった。全くユーモラスな話だ。

夏には避暑、冬には避寒で勝浦に来た。なかなか結構なご身分だった。ただ、後述するが、私をダシに使った面もあったようだ。

芝区琴平町から千葉県勝浦まで、どのように行ったのだろう。

手記に「市電で両国まで行って」とある。既述の『東京市電名所図絵』の路線図を見ると、「虎ノ門」の停車場で市電に乗車し、「日本橋」を経て、永代橋を渡り、「森下町」経由で両国駅へ行くか、「虎ノ門」から「日本橋」を通過して「浅草橋」に行き、そして両国橋を渡り、両国駅へ行くか、どちらかのようだ。

両国から勝浦までは、大正四（一九一五）年の時刻表[76]によると、勝浦行は八時発と一一時四〇分発の二本がある。八時発は一一時三〇分に勝浦に着く。一一時四〇分発は一六時三〇分に着く。八時の列車は三時間半だが、一一時四〇分発は四時間五〇分だ。父は「汽車に約三時間乗ると勝浦である」と書いてある。恐らく八時に乗ったのだろう。

勝浦まで大人は三等車で七三銭。[77]三歳までの子供は無料。四歳から一一歳までは半額[78]である。だから、おくまさんは電車賃を節約するため小学生をおぶったのである。そんなおくまさんだから乗るのは当然三等車だろう。二等車（一円一〇銭）[79]とは思えない。当時は一等車、二等車、三等車の三等級制で、三等が最も安かった。

なお、父は手記で「両国駅」と言っているが、当時の名称は「両国橋駅」である。両国駅となるのは昭和六（一九三一）年からである。[80]また、勝浦駅は大正二（一九一三）年六月の開業であり、[81]それまでは少し手前の大原駅が終点だった。大原と勝浦の間は乗合馬車だった。[82]

この両国橋、勝浦の三時間半の道程は次のようである。[83]

両国橋08:00／本所〔錦糸町〕08:05／亀戸08:09／平井08:15／小岩（通過）／市川08:26／中山08:33／船橋08:41／津田沼08:49／幕張（通過）／稲毛09:04／千葉09:11着・09:15発／本千葉09:19／蘇我09:25／野田〔誉田〕09:41／土気09:47／大網09:57着・10:03発／本納10:11／茂原10:21／八積〔岩沼〕10:29／一ノ宮〔上総一ノ宮〕10:37／大東10:47／長者町10:53／三門10:57／大原11:04／浪花11:10／御宿11:20／勝浦11:30

ところで、『時刻表　複製版　明治大正』には当時の鉄道路線図が載っている。これは日本近代史を考える上で興味深い。明治末から大正初年において、ほぼ全国に鉄道網ができている。明治五（一九七二）年、新橋・横浜間に日本初の鉄道が開通したことはよく知られているが、明治政府成立から半世紀も経たないうちに、これほどの鉄道網を作り上げた明治の日本人の凄まじいパワーが当時の時刻表から見える。

さらに言えば、勢力圏や植民地の拡大の様子も見える。つまり、近代日本の動きを時刻表は如実に示している。明治という時代は紛れもなく日本史上特筆すべき激動の変革期であることが読み取れる。

おくまさんの恋

勝浦は磯の香がぷんとして、誠に漁村の気分であった。太平洋の大浪が押し寄せる壮大な浜だった。おくまさんは道を歩きながら、私がねだりもしないのにありのみ（梨）を買ってやろうかとか、茹小豆《ゆであずき》を食べようかとか聞いたものだ。

地引網と言って付近の者が総出で、海中から網をえっさえっさと引っ張ると、相当量の魚があがって来る。すると分け前をくれた。今考えてみれば、全くのお情けなのか、あるいは、おくまさんの実家の威厳なのか。

母も室会長を連れて来て、おくまさん宅で一夏を過ごしたことがあった。そう言えば、おくまさんの兄弟二人が琴平町の家に来て挨拶もそこそこに、こげ茶の糸を懐から出し、両足を使って網作りをいきなり始めたことがあったのを思い出す。

それは秋か冬のことだった。ある月夜、おくまさんは私を背負って、道傍の人家のそばに立っていた。例の太平洋の大浪が大きな音をたてながら押し寄せて来る。人は全然通らない。狭い道は直に砂浜へ続いている。人家は道より少し低く、道に立つと藁屋根に手が届く。私は手を差し伸べて藁を数本抜いた。そこへ忽然と現れた一人の男。顔は分からぬ。しゃべることも分からぬ。私は寝てしまった。月光下の浜辺の景はまことに印象的だった。役者も二人。あとはすべて自然のみ。ただ、如何なるロミオ、如何なるジュリエットにとっても、月光は妨げのはずだったと思うのだが……。約五〜六年の後、大正一〇《一九二一》年か翌大正一一年、おくまさんは不意に家出した。

それから三十数年後の昭和二九《一九五四》年三月、私は六九歳になったおくまさんと再会した《第五部参照》。その時、聞いたところでは義姉二人《竹松の姉と東三郎の妻》の板挟みが辛かったと言う。しかし、そんなことで夫を捨ててしまえるものだろうか。人格円満で、神の如き鳥居竹松をなぜ捨てたのか。私には分からない。

この話の展開には驚いた。まるで小説を読んでいるかのようである。

おくまさんの実家のある夷隅郡豊浜村川津は典型的漁村であった。『勝浦市史』の「第六章（勝浦の水産業）」「第一節（明治期の漁業）」に詳しい。

幼き記憶、いくつか

〔1〕永代橋に近い霊岸島（昔の東京湾汽船〈今の東海汽船〉の発着所）から、どこかへ行ったことがある。しかし、行き先は、とんと分からない。船が小さかったから勝浦ではなかろうと思う。隅田川の一銭蒸汽と記憶がオーバーラップしているかもしれない。船には子供の好きそうな絵本などを売る人がうろうろしていた。何やら名文句で客を突っついていた。

霊岸島は隅田川の河口一帯。現在は東京都中央区新川でオフィス街となっている。かつてここから東京湾汽船会社が房総、伊豆、大島などに船を出していた。霊岸島と勝浦は明治二九（一八九六）年頃には一日一往復(84)、大正二（一九二三）年頃には二往復していた。だが鉄道に押され、大正六年、勝浦行はなくなった(85)。霊岸島からどこかに行ったが、勝浦ではあるまいと父は言う。一九一二（大正元）年の時刻表によると、東京・勝浦間（所要時間二時間四〇分）の運賃は八〇銭(86)である。汽車は上述の通り七三銭だから、おくまさんは高い汽船には乗らなかったであろう。

東京湾汽船は明治二二（一八八九）年の創設。「（同年七月）東京―神戸間の鉄道がやっと開通した。電灯は、同じく七月に、麹町方面に送電が開始され、日本橋、京橋、浅草方面に電灯がついたのは翌年のことであった。電話は未だ無かった。市内の交通機関は、人力車か、円太郎馬車と称する乗合馬車で、自動車も自転車も一般に普及されていなかった。…（中略）…当時、東京府議会議員であった渋沢栄一の構想と協力、指導のもとに、東京、浦賀、横須賀、三崎、木更津その他房州の諸航路を運営していた東京平野汽船組合、第二房州汽船会社、三浦汽船会社、内国通運会社の4社が合併して、明治二十二年十一月十四日、東京市京橋区木挽町商工会議事堂に於て創立総会を開き、ここに東京湾汽船会社の誕生を見た(87)」と東海汽船の社史にある。海運の発展もまた重要な国策であった。幼少期の父の記憶にある東京湾汽船もその一つであった。

一銭蒸汽は隅田川を航行した乗合小型蒸汽船である。明治一八（一八八五）年に始まる(88)。前掲の『明治東京逸聞史2』に、明治四三（一九一〇）年の隅田川一銭蒸汽の情景がある。

「最後に乗込んだ黒眼鏡の筒袖は腰掛の上に鞄を開いて、先ず二三枚の絵葉書を取出し…（中略）…述立てる口上が…（中略）…『船中のお退屈まぎれ。毎度皆様方に御贔屓になりまする絵葉書。今回御覧に入れまするは、お児様方のお慰み、教育武士道絵葉書でございます』といって、乗客の視線を集めて…（中略）…一枚一枚説明し…（中略）…た。一銭蒸気《ママ》には、こうした物売りが附き物だった(89)」。

父の言う通り、子供向けの商品を威勢のいい名文句で売っていたようである。

前掲の『明治の東京』には、「明治四十二年頃かと思うのだが、ある夏の午後、田中貢太郎《土佐出身の作家》と一緒に両国からあの船で千住まで行ったことがある。今日の白髭橋あたりかと思うのだが（勿論その時分まだ橋はなかったと思う）、川のなかに蘆の繁っているところなどがあり、一帯にいわゆる寂し味のある景色で、そのあたりが何んとも謂えず心持がよかったことを今日も尚忘れ得ないでおる」(90)。

現在と全く違う隅田川の様子が伝わって来る。

〔2〕夏と言えば夕方に必ず行水《ぎょうずい》（洗濯のタライに湯を入れて汗を流す）をさせられて、私の嫌いな糊のよく利いた浴衣を着せられて、天花粉《てんかふん》をベタベタと塗りたくられて、女の子と間違えられそうな、よく言えばすらりとお上品な、悪く言えば吹けば飛びそうな貧相な子が釣り堀へ行ったり、お祭ならうろうろ歩いたりしたものだ。熱い行水、糊の利き過ぎた浴衣等、嫌でありながら強く反対できない性格は生涯のものである。

〔3〕五、六歳の時、私は人はどこから来るか不思議でたまらなかった。花王石鹸に巻いてある人が何人も歩いているような絵がこの疑問を煽った。この頃、子供の玩具で「青写真」というのが流行した。青っぽい紙に人物の絵が書いてあって、極小型の額縁に、それを入れて数分間、日光に晒す。すると、人物像がはっきり別の白紙に写る。私は人間はそこから生まれて来るのではないかと思ったりした。

「花王石鹸の人が歩いているような絵」とは何か。私は花王ミュージアムに問い合わせた。寸分の遺漏なき対応の花王スタッフが調べてくれたが判然としなかった。そこで、実際に花王ミュージアムを訪れて、私は確信した。父が言うのは、赤い背景に白い文字で記された「ｋｗａｏｓｏａｐ」というあの有名な花王石鹸のデザインのことであろう。アルファベットを知らない幼児（父）には、そのように見えたとしても不思議ではない。

なお、花王の発音は元来はｋｗａｏだった。ここにもコクギクワン《国技館》の発音があった。

将来の計画を立てる意味で「青写真を描く」という表現は今も使われる。父がここで言った「青写真」がその語源だと、今回初めて知った。

発音も語源もちょっと前のことなのに、今日、全く忘れられている。

〔4〕「カチューシャの唄」というのが流行した。大正三《一九一四》年だ。「カチューシャかわいや、別れのつらさ…」という文句である。松井須磨子の劇が元だったとは、ずっと後年に分かったことだ(91)。入学前の幼童

の耳にさえ入るくらい流行した。確かに狂気じみていたという感じを今でも持っている。

トルストイの「復活」の劇中歌「カチューシャの唄」は流行歌の先駆けと言われる。父は「狂気じみていた」と記したが、「松井須磨子を一目見ようと、東京市民はわれ先にと押し掛けた。それを日本キネトフォン《大正二（一九一三）年に生まれたトーキーの会社》[92]が撮影し、浅草の日本館で上映する。二六日間の大ロングラン。映画各社もあわててフィルムを回し、日本国中にカチューシャが氾濫する。もちろん須磨子の人気はエスカレートし、一座は北海道から九州まで、さらに満州やウラジオストックへ足を延[93]」ばすという状況だった。正に日本が松井須磨子とカチューシャに熱狂していた。

カチューシャについて調べていた中で最も印象深かったのは、徳田秋声が大正三（一九一四）年三月二九日の読売新聞に寄稿した千百字余の長い一文である。[94]ここには引用しないが、カチューシャが大きな社会現象であったことを実感できる。

〔5〕私の幼年時代、母は周囲の人たちから「母ちゃん」と呼ばれていたが、「じゃんじゃん」というニックネームもあった。それは名が「かし」だから《「かじ（火事）」に通じ、火事の時に鳴らす》半鐘のじゃんじゃん《という音》に通ずるというのだ。また、せっかちで、歩くのに上半身が先に出ている時もあったくらいで、火事場へ急ぐ消防自動車を連想したのかもしれない。

なぜ鳥居に

なぜ鳥居竹松、くまに私は預けられたのか。昭和二九《一九五四》年、おくまさんと再会した時に聞いた。しかし、おくまさんははっきり覚えていなかった。ただ、私が一歳少々の時、母の仲間の高橋さんという方が話を進めてくれたこと、預け賃は一月五円（米一升が七銭の頃）だったことが分かった。子供のない鳥居夫婦を適任者として誰かが知らせたのだろう。

第二部　学校時代（大正四年四月西桜小学校入学から昭和七年法政大学卒業まで）

〈1〉小学校時代

西桜小学校

私は幼稚園には行かなかった。(1) 恐らく近くになかったのが理由だろう。数え八つで小学校へ入った。すぐ近くの西桜小学校《昭和四〇（一九六五）年廃校》だった。この読み方だが、父兄や生徒はせいおうと呼んでいたのに、先生方はさいおうと言っていた。いずれが正しいのか、今日まで分らない。漢字は時に、こういう曖昧さを伴う。

西桜小学校は各学年共、男女各一組ずつ一二学級、すなわち一二人の教師と、専科として体操、裁縫、唱歌の三人で一五人。校長とも一六人。都会としては小さい方だったろう。一丁《約一〇九m》くらいしか離れていない隣校(2)の鞆絵小学校《平成三（一九九一）年、御成門小学校に新設統合され閉校》はずっと大きかったようだ。しかし、今《昭和三〇（一九五五）年》の西桜小学校はコンクリートの四～五階建で相当大きいようだ。当時は月謝を一〇銭（米一升《一・五kg》分）、保護者会費を一口五銭くらいとっていた。

父は昭和三七（一九六二）年の西桜小学校について記した「よみうり子供新聞」の切り抜きを残している。

「港区　新入生が十七人　会社のビルにかこまれた港区の西桜《さいおう》小学校も、この二年間に生徒の数が半分以下にへり、この四月の新学年からは、一年が十七人、二年が十五人、三年が十五人、四年が二十二人、五年が二十九人、六年が二十九人となります。どのクラスでも、広い教室のまんなかに、ほんのひとにぎりの生徒たちが集まって授業を受けています。こうがいのスシづめの学級にくらべれば、先生からみっちり教われてうらやましいことですが、やっぱり先生も生徒もさびしそうです」（昭和三七年二月）。そして、この後に父の追記がある。「西桜小学校は昭和四〇年廃校となった」と。正にさびしそうな一言である。

昭和六（一九三一）年刊行の『育英之日本　後巻』に西桜小学校は次のようにある。

「東京市西桜尋常小学校　校長　池田政太郎氏　東京市芝区西久保桜川町十八番地　電話芝四三七三　地名を率直に要約して校名とせる本校は、校風に於ても亦淳朴と簡素とを旨としている。明治四十年十一月十六日の創立に係り当初鞆絵尋常小学校を仮教室として使用したが、翌四十一年三月二十八日愛宕尋常小学校児童全部を指定替により収容し開校式を挙行したのである」[3]。

「西桜」の由来は「西久保桜川町」だった。読み方は『育英之日本　後巻』の目次には「せ」の欄にあるから、「せいおう」である。一方、よみうり子供新聞は「さいおう」とルビを振っている。父の言う通り、どちらが正しいのか分からない。

隣接の鞆絵小学校は特筆すべき学校である。「明治三《一八七〇》年六月二十五日の創立に係はり文部省直轄の下に芝増上寺境内源流院を仮校舎として授業を開始し」[4]、「都下二百有余の小学校中最古最貴の校歴を有する」[5]と、『育英之日本　後巻』は言う。往時の所在地は「東京市芝区西久保巴町三〇番地」[6]、西久保桜川町の隣である。

受け持ちは青森出身の藤林幸太郎先生だった。四〇歳くらいだったかも分からぬ。東北人特有の訛りはなかった。長い東京生活で抜けたのかもしれぬ。三年生まで教えてもらった。二年の時、「女」という字の筆順を「一くノ」と習った。これは変だ。どうしたことだろう。

藤林幸太郎先生は、後年、父の人生を大きく左右したのかもしれない。第三部で述べる。

成績不振

私は成績がよくなかった。8を書くのに、○を二つ重ねて書くと言って笑われたりした。一年生の終わりに母は藤林先生に、「二年生になってできるだけ勉強させるんですね。よくできる友達と遊ぶようにさせましょう」と言われたようだ。こうして、友達ががらっと変わって、しばらくはちっとも面白くなかった。この辺は今はぼんやりしていてよく分からない。母は時折、先生を訪問していたが、それはいつも先生の宿直の夜だった。当直の小使い《学校の雑務担当者》にも甘いものの一つも届けるのを忘れはしなかったようだ。

　私の成績不振は鳥居にも心配をかけた。大森辺にお首様という仏様系のものがあって、信心すると勉強がよくできるようになるというので連れて行ってもらって、お守りやお札をもらって来た。それ以来、勉強中、分からぬことがあると、「お首様、お首様」と念じたものだった。《家庭教師として》近所の小学校の先生夫婦らしい人に習ったことがある。愛宕通りの西坂という文房具店の娘さんにも習った。しかし、二年生になっても私の成績は一年生の時と大差なかったようだ。

　それが、三年生の時に先生が皆の前で、近頃少しできるようになったと褒めてくれた。鞄を机の上に置いて皆がもう帰ろうとしていた一日の終わりの時であった。卒業まで大体成績は中から少し後のところくらいだったのではなかろうか。

　二年生の時に机を並ばされ、また、遊ぶように言われた一人の生徒はずるい男であった。図画の時間に紙一杯に犬を一匹描くことになり、上手にできたと先生が褒めた。ところが、画用紙に犬の輪郭がちゃんと線で表れている。すなわち、もう一枚の紙を上にあてて力を入れて鉛筆で線を入れたのだ。それを尤もらしく何度も消したりして、ジェスチュアたっぷりに振る舞う様は小学校二年生にしては良い度胸だった。

　西郷隆盛と勝海舟の会談を経て江戸無血開城がなされ、徳川慶喜が上野寛永寺から水戸へ移ったのは明治元（一八六八）年四月一一日だが、その前日の四月一〇日に、渡辺健造なる一人の武士が処刑された。

「慶応三年徳川慶喜は大政を奉還したが　幕府譜代の臣或は親藩においては大局を弁せず反旗を翻すところとなったので　皇軍は有栖川親王宮を総督として征討の軍を起し　江戸城攻撃に当った。其の時　池上本門寺が本営となり　遇々総督宮殿下御入山の折　幕臣渡辺健造は密偵として混雑の間に紛れこんだが　不運にも捕えられて四月十日霊山橋際に於いて逐に斬刹《ママ》され鈴ケ森に曝首とな」[7]ったと言う。

　ところが、この話はこれで終わらない。彼の胴体は馬頭観音教会で「胴殻様《どんから》」として、首は晒された鈴ケ森の大経寺で「お首様」として、「それぞれ首から下の病と、上の病に霊験有りとして親しまれ、明治期から大正期にかけて流行仏として信仰された」[8]というのである。「首から上の病」に霊験があるのだから、成績不振は正に該当する。この信仰が明治末から大正にかけて広まっていたらしい。

　ただし、渡辺は幕臣だったか尾張藩士だったか分からず、はたまた彰義隊にいたとも言われ、処刑に至る彼の行動のバックグラウンドはもう一つはっきりしない[9]。また、密偵説、刺客説、陳情説があり、どんな目的で新政府本営に行ったのかも定かではない[10]。


　お首様を訪ねて、私は大経寺を訪ねた。この寺はかつての鈴ケ森の処刑場に建っている。鈴ケ森は八百屋お七や丸橋忠弥の処刑の地としても知られる。御住職は非常に親切で、わざわざお首様の像を御開帳の上、拝ませて下さった。

　外庭には「勇猛院日健尊儀―五十回忌記念石柱柵寄附者連名　大正六年四月十日建設　東京中日健講」とある大きな碑が建っている。「勇猛院」として渡辺が民衆にいつまでも敬愛されていたことが、この碑から分かると思いながら、刻まれている名前を一人ずつ眺めていて、私は息を呑んだ。何と「鳥居竹松」、「鳥居東三郎」の名があるではないか。さらに、裏面には「世話人」の一人として、「芝佐久間町二丁目三番地　石川岩吉」の名がある。まさか父の手記の登場人物に、こんなところで出会おうとは思ってもみなかった。渡辺は「明治期から大正期にかけて流行仏として信仰された」訳だが、それは「日健講」なる講が中心であり、そのリーダーの一人に石川親分がいたのである。そして、この椅子職人石川親分の下で生計を立てている鳥居東三郎、竹松兄弟は、当然の如く、その講に入れられていたということである。

　要するに、父の幼少期を彩る人々が、この信仰の中核的存在だった。彼らは東京と改めたかつての江戸の名もなき民衆である。恐らく遠山の金さんの逸話と同様に、渡辺は薩長新政府に抵抗した英雄として江戸庶民の心に刻まれ、祭り上げられたのだろう。石碑にあるお首様信仰を支えた人達を丹念に追跡して行けば、恐らくこの信仰の背景がはっきりと見えるであろう。

私は一〇歳くらいの時、扁桃腺を取って一遍に丈夫になり、学校の成績もちょっとましになったと思っている。非科学的かもしれないが、そう信じている。有楽町の病院まで一人で電車で通った。その後、中学三年生の頃、葵橋（赤坂溜池の近く）の黒須という専門医で、今度は根から取ってもらった。この医師はちょっと変わっていた。金持ちと見ると法外にふっかける。貧しいと見ると、ただみたいに安い。もちろん私は安くやってもらった部類だ。昔程こういう気骨ある人士は多かったろう。《戦後の》厳しい経済事情は気骨ある人士をなくし、世の中は規格品的人間が溢れて、うまみの乏しい世間になるばかりだ。淋しくもある。

まるで小説の世界のような義侠心溢れる黒須医師とは黒須巳之助博士のことであろう。博士の孫も現在、医師のようだが、そのHPに次のようにある。「当時保険診療が普及するなか、患者に最適な医療を提供するには保険診療では不可能との考えより最後まで自費診療のみでした」[11]。この信条が父が記した如き診療費の徴収方法となったのだろう。

黒須博士は大正一一（一九二二）年に永田町に開業している[12]。永田町は父の記す溜池の葵橋（現在の「特許庁前」交差点付近）と隣接しており、ここに通院したと考えて間違いないだろう。「中学校三年の頃（通院した）」とあるから、大正一三（一九二四）年のことである。己の人生を叙述しようという大作の中に、少年時代に通った近くのお医者さんの名を書き込んでいるのだから、余程インパクトを与えられた存在であったのだろう。

関口六郎先生

四年生から新潟県人の関口六郎先生に習った。藤林先生より万事に明るい感じを受けた。しかし、前者が重厚なら、後者はいささか軽薄だった。藤林先生は顔を見ただけで恐ろしかったが、関口先生はずっと優しく、何となく親しめた。卒業まで三ケ年、教えてもらった。すなわち、二人の先生に半分ずつ習って小学校を卒業した。

関口先生は京橋区《現在の中央区の南部》から転任してきた人で、生徒がふざけた余りガラスの一枚割った時、無理に怒ったような顔で、京橋区の損になるんだと説教をしたことがあった。《西桜小学校の》芝区と間違えているのがおかしくて吹き出しそうになったのを我慢するのに骨が折れた。新米教師ではなかったが、オルガンが不得意だったようだ。すなわち、唱歌の時間をできるだけ潰す。年に二つくらいしか歌を教えない。テストの時に三～四人並べて歌わせるが、途中でオルガンが切れても中止せずにやれと念を押した。年に二つほどしか教えなくて、校長は知らなかったのか、言わなかったのか、呑気な話だ。六年生になった時、唱歌の専科の先生が来た。一番喜んだのは恐らく関口先生だろう。

六年生と言えば、受験の特別指導を一年間受けた。毎日二時間くらい居残って勉強した。我々の仲間は二〇人近く中学校へ進んだ。三人くらい**府立一中**《現都立日比谷高校》に入るだろうと思っていたが、事実は三流の私立に入ったに過ぎなかった。ただ一人、**伊東亮一郎**君が《東京》**府立商業**《現都立第一商業高校》に入ったのが例外だった。親しくしていた友達だった。

この特別授業のとばっちりで、三人の小使いのうちの二人が大口論をやってスト状態に入り、残る一人がてんてこ舞いになる一幕があった。ことの起りは特別指導の終了した後の教室の掃除であった。校長が小使長に、「六年の組は特別扱いにして掃除してやってくれ、帰りが遅くなるから」と言ったそうだ。それとほとんど同時に、関口先生が別の小使いに「掃除は子供にさせる。心配かけては悪いから」と言った。そこで口論になった。小使長曰く、「学校で一番偉いのは校長先生だ。その命令に従えばいいんだ」。もう一人が曰く、「直接の受け持ちの先生が言ったんだから、その通りにしたらいいんだ。おめえは怠けたいんだろう」、「何を抜かすか」てなやりとりだったのだろう。小使長は畳に寝そべって、一日中、何もせぬ。もう一人はコンクリートの炉端に腰掛けて、これまた一日中、煙草を呑むばかり。小使長はやせ型で長身のちょっとした色男。相手は色黒でずんぐりした男。むくれた二人の男の顔つきは深刻そうだった。単純と言えば単純で、愛すべき人達だった。

ところで、彼らは制服を着ていた。紺の股引《ももひき》に、東京市のマークの入った法被《はっぴ》を着用して堂々たるものだった。授業時間の告知には、彼らが鈴を振った。四五分授業の半分頃にも合図があった。これは便利だった。

体操の有名校

我々の在校中、西桜小学校は体操で名をあげていた。東京だけか、全国的か、そこまでは子供には分からないが、とにかく体操の有名校で、肋木、飛箱、平均台等を保護者会の寄付で備え、生徒は運動服を着用していた。大正八、九、一〇年頃の小学校だから時代の最先端だっただろう。毎日押し掛ける多数の参観者で学校はごった返していた。

我々が五～六年生の頃、時に一日に三時間も体操をお目にかけたこともあった。これで校長がまず栄転し、その後、体操教師がその校長に引っ張られた。後年、自分が教師になってみて、誠に頷かれる出世街道である。

ところが、西桜小学校は当時、講堂がなかった。だから、新年元旦、紀元節（二月一一日）、天長節（天皇誕生日）の**三大節**や、その他の式日には雨天体操場を使っていた。それでもいいのだが、狭いので一年から三年までと、四年から六年までが二回に分けて式をやっていた。ご苦労な話だ。

当時は明治節《明治天皇誕生日、今の文化の日》がなかった。その頃、式日には紅白の饅頭を必ずくれた。後年、自分が小学校に勤めてみて《第三部参照》、式日に手ぶらで帰る子供達を見て、己の幼い日を思い起して何か不憫な気がした。さらには、昭和二〇《一九四五》年敗戦と共に、天長節を残してあとはなくなった。それも式はあげず休むだけ。学校で式は卒業式だけとなった。

南佐久間町に転居

父帰る、というので、《芝区》琴平町八番地の狭い家を引き払って、《芝区》**南佐久間町**[13]一丁目一番地（昭和四《一九二九》年一〇月三日、芝区南佐久間町一丁目三十四番地と変更。さらに昭和四〇年七月一日、港区西新橋一丁目三十四番地と変更）の割合広い家に移転して、鳥居、永瀬の二世帯が共に住むことになった。しかし、やがて鳥居は**桜田久保町**へ転居した。今はこの町名はなく、**田村町**に統合された《現港区西新橋一丁目》。田村町一丁目の電停近くに**日比谷日活館**《第一部の「石川親分の世界⑤－母と東三郎」、ちゅうちゃんの映画館。「第二福宝館」》がある。その前をちょっと入った右側の奥まったところだった。

父の住んだ芝区南佐久間町一丁目一番地は何度か地

番を変更し、現在は港区西新橋一丁目七番地六号となっている。「三十四番地」は「六号」にまとめたと、港区芝地区総合支所が教えてくれた。最初の住まいである琴平町八番地に近いが、いずれも今日ではビルが乱立する一帯である。私は何度も歩いたが、もはや父が駆け巡る情景を思い浮かべることは全く不可能なビル群の真只中であった。

やがて鳥居は男の赤ん坊をもらった。どういう蔓《つる》か知らぬが、話では寺内《正毅》元帥《長州出身の陸軍大将。第一八代内閣総理大臣》家の執事の隠し子とか言った。当のおくまさんや東三郎の妻には執事というのが分からなかったらしい。もらった子は武彦と言った。おくまさんがおぶって歩いているのを時折見た。

そのうちに、《第一部で述べたように》おくまさんがふっと居なくなった。大正一〇《一九二一》年か一一年頃だ。後日の話によれば、鳥居の実兄の東三郎か、義兄の石川岩吉のどちらかが千葉県夷隅郡勝浦町川津のおくまさんの実家へ探しに行ったが、家人が会わさなかったそうだ。

母は後添えを探すのに随分骨を折った。幸い室さんの近所に適当な人がいた。おますさんと言った。飲んだくれの亭主に愛想を尽かして実家に逃げて来た人だった。母がその父親に言ったそうだ。「酒なら一滴も飲まない人をお世話しましょう。その代わり汁粉や大福など甘いものはいくらでも行きますよ」と。すると、親父はいたく感激して、「その台詞、誠に気に入りやした。どうか頼んます」で、とんとん拍子に話は進み、目出度く新家庭が生まれた。おくまさんとの間には子がなかったから武彦をもらったのだが、おますさんとの間には娘が二人できた。

人生は面白い。生命は不思議だ。つくづくそう思う。おくまさんの出奔で、二つの新たな生命が出現した。鳥居夫婦が養子をもらったのは、我が父がいなくなって寂しくなったからだろう。ともかく、それまで「鳥居竹松、くま、預かった父」の事実上の三人家族だった鳥居家が「竹松と後妻、実の娘二人、養子の息子」という五人家族に変わってしまった。

父にすれば思い出を語っているだけのことなのだろうが、こうした話を読んでいると、人生とは何だろうか、生命とは何だろうかと考え込んでしまう。

関口六郎先生は我々が卒業して二〜三年経った時に弁護士試験に合格して開業した。**神田三崎町**《水道橋駅の南側一帯》の**日大**の近くに住んでいたから、**日大**、**中央**、**明治**、**法政**等、どの大学の夜間部にでも通うのに便利だったことだろう。開業したのは《関東大》震災後であったが、それが何と《震災の》火事で焼けた後だから家こそ違え、私が育った鳥居の**琴平町八番地**であった。ただし、後日、近くの別の家に移って行った。

「関口六郎」をネット検索すると、不動産関係の上告を棄却された事案が一件ヒットする。また法曹関係の専門書に俳句を投稿していることも分かる。ただし、これらが父の恩師か同姓同名かは確認できない。結局、弁護士関口六郎の足跡は掴めなかった。

弟の誕生と離婚

大正七《一九一八》年三月二七日、私が四年生の時、弟が生まれた。《深夜》二時頃、親父が起きて湯を沸かした。私は五〜六丁離れた母の知り合いの松尾さんという産婆さんを迎えに走った。松尾さんは年寄りだったので、代わりに来てくれたのは若い人だった。さらに若い人と二人で来てくれたような気がする。記憶がはっきりしないので何度も何度も考えたが、来たのは二人で間違いない。

呼びに行く時は暗いのを我慢して裏道を行ったのだが、帰りは表通りを素早く歩いた。交番の巡査に何か言われるだろうと思っていたら、果たして言われた。もちろん無事に通過した頃、後から産婆さんの駆足の下駄の音が聞こえた。深夜だからよく響いた。すぐ来てくれたのだが、到着した時はすでに生まれていた。安産と言っても、これ以上の安産はあるまい。思い返すに、生まれたのは午前二時半頃ということでよかろう。

名は親父が専門家に依頼し、三つの中から選ぶことになった。一つは忘れたが、俊彦というのを親父が気に入って、大分これに傾いていたらしい。ところが、母は上流家庭ではあるまいし、**隆三**がいい、男らしくもあるし、庶民的でもあると言い、これに決まった。

今の西新橋で、深夜、下駄の音が響き渡るだろうか。隔世の感がある。

翌大正八《一九一九》年三月二一日、大変悲しいことに、協議離婚の届出がなされた。なぜことここに至ったか。
一、親父は生活態度が普通でないところがある。
二、性格の完全なる不一致。
三、妻子扶養の能力はほとんどゼロである。
父が外地から戻って離婚に至るまで約二年だが、その間、収入らしいものはほとんどなく、居食《居候》いで、借金もしたようだ。質草のため箪笥《たんす》は空だった。母としても身を引くが勝ちと思ったようだ。素直に籍を渡さないだろうと母は恐れていた。ところが、親父が「朝飯前だ」と言ったのを、私は明らかに記憶している。かくして案ずるより産むは易く、ある日の夕方八時頃、ちゃんと挨拶して室さんへ引き上げた。そして、高森となった。《父が入れた》質草を《母は》全部、後で出した。

房吉の「外遊」が終わり、やっと同居を始めたら、あっという間に離婚である。結局、房吉、かしの夫婦は宏一と隆三の二人の兄弟に生命を与える時だけしか同居していないと言える。誠に以て不思議な、我が祖父母の夫婦としての実態である。私の生命は、その延長にある。そう考えると、我が生命も不思議である。

隆三、天沼へ

弟は豊多摩郡杉並村天沼（現杉並区天沼）の農家に月一〇円で預けられた。未知の人だったが、いかなる経路でそうなったかは明らかでない。市電が片道六～七銭、バット《煙草》一個五～六銭、葉書一枚一銭五厘、中学や女学校の月謝が四～五円の時代だから、一〇円の養育料は決して安くなかった。

先方も金目当てではなかったようだ。預かると言ったり、やめると言ったりで、母が苦労した。先方にしてみれば無理もない。母が養育料を出すとは言うが、戸籍上は他人《別れた夫》の子だ。果たして出すかという心配がある一方で、《親権者の》父親は出すと明言しない。訳が分からぬというところだろう。鳥居の兄嫁に頼んで、「必ず責任を持つ」と言ってもらったり、赤十字の功労賞や勲章、さては表彰状などを見せたりして、やっと預かるとなったようだ。

この家は男の子ばかり五～六人いて、長男は一七～八になっていた。全部で一〇人近い家族だった。私は一夏置いてもらったことがあった。自転車が入口に置かれていた。ぴかぴか光っていたのは無論だが、触ることすら許されなかった。親父と長男以外は絶対乗らないし、乗せなかった。

この一節から自転車の高級感が分かる。第一部で引用した東海汽船の社史の一節は明治中期のものだが、そこに自転車が一般に全く普及していなかったとある。従って、大正の半ばでもまだまだ貴重なものだったようだ。この後、第三部には「自転車税」の話題が出て来る。自転車に税金が課せられていたのである。

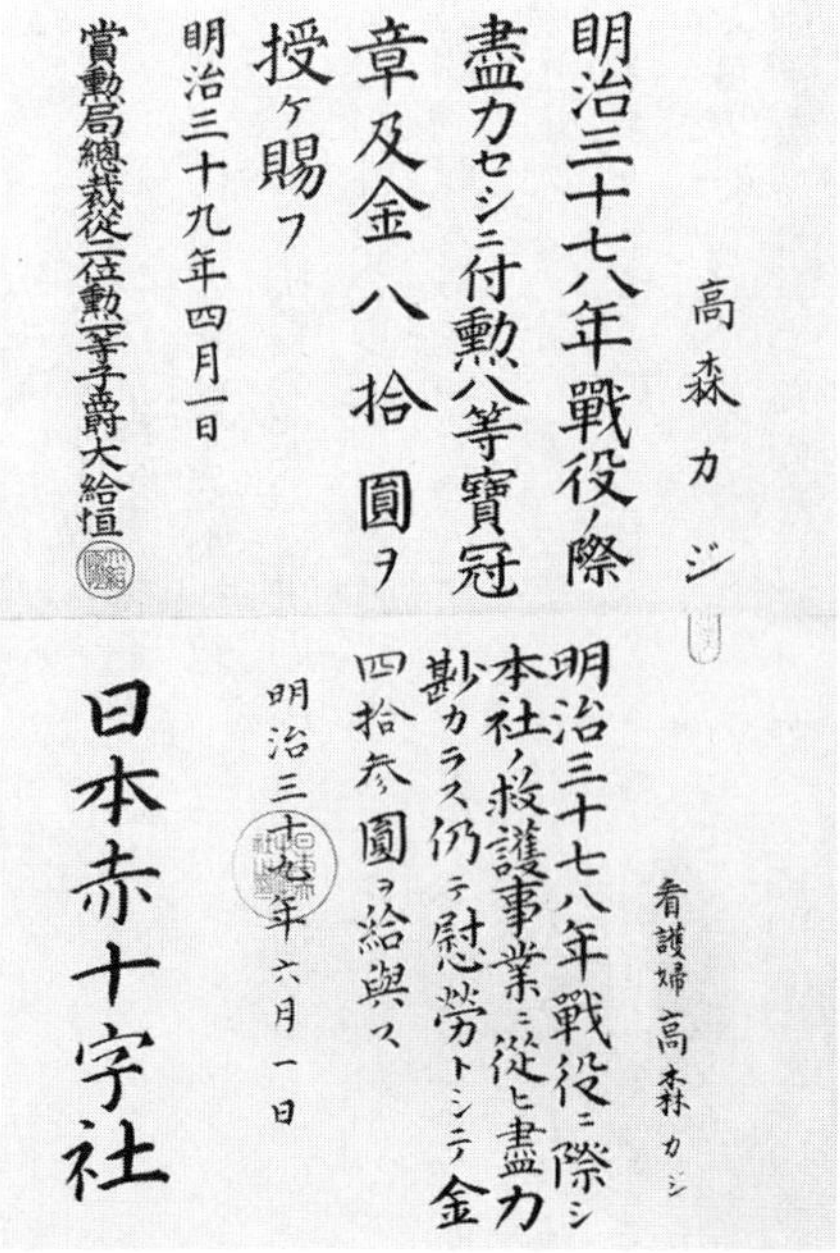
高森カジ
明治三十七八年戦役ノ際
盡力セシニ付勲八等寶冠
章及金八拾圓ヲ
授ケ賜フ
明治三十九年四月一日
賞勲局總裁従二位勲一等子爵大給恒

看護婦 高森カジ
明治三十七八年戦役ニ際シ
本社ノ救護事業ニ従ヒ盡力
尠カラス仍テ慰労トシテ金
四拾参圓ヲ給與ス
明治三十九年六月一日
日本赤十字社

日露戦争時の表彰状。賞勲局と日本赤十字社より。

この家に《弟が》二～三年いるうちに、弟を含む一家がチブスにやられた。新宿辺の時計屋に見習奉公中の子供の一人が気分が悪いと言って、家に戻って来ているうちに、こんなことになってしまった。お祖母さんとご主人以外全部、大久保の豊多摩避病舎《伝染病院、東京府豊多摩病院》に入れられた。母はもちろん無償の看護をした。死亡したのは一人で、先方にとっても、当方にとっても、一番大事な母親だった。平素、一番無理をしていたのが原因だろう。弟も全快したが、母親が亡くなったのでは話にならない。一家の嵐も一段落した大正一一《一九二二》年の正月に戻されて来た。

南佐久間町から荻窪へ―遠い

私は、時々、天沼へ使いに行った。南佐久間町から飯田橋行きに乗って四谷見附で乗り換え、新宿終点で下りて、それから中央線の吉祥寺行に乗り、荻窪で下りて二〇分くらい北東へ歩く。中野までは一〇分置きに発車したが、吉祥寺行きは三〇分経たぬと来ない。そして、中野の次は荻窪で、その間の長いことといったら呆れるほどだった。

大正時代、西新橋から荻窪へ行くのは一苦労だったことが分かる。大正一一（一九二二）年三月の時刻表を見ると、「東京中野間約6分毎ニ、中野吉祥寺間30毎ニ運轉ス」[14]とあるから、正に父の言う通りである。つまり、中野以降は言わば「郊外」だった。今は全く考えられない。今日、中野荻窪間は複々線で、激しく電車が行き交っている。

ここで特に興味深いのは「中野の次は荻窪」との一言である。父の言う通り大正一一年三月の時刻表には中野駅と荻窪駅の間に、今日ある高円寺駅と阿佐ヶ谷駅がない。調べてみると、両駅は同年七月の開業であった。だから、我が叔父隆三が天沼に預けられたのは、大正一一年七月以前のことだったと、ここから分かる。

なお、「南佐久間町の停留場」は現在、東京都小金井市の「江戸東京たてもの園」にレプリカが展示されている。ただし、横に置かれている電車は本物だと、同園に聞いた。

簡単なお土産を持って、といっても子供だから、そうたいして持てないが、養育料を届けに行った。一〇円札を着物の裾か襟元、または上げ《衣服の肩や腰などの長さを調整するため縫い上げてできる襞《ひだ》》のあたりに縫い込んで行ったものだ。日の短い冬の頃は戻って来ると真暗になる。六時にもなる。「これは何かあったぞ、くさい」と睨んだ男のヒステリーであろう。親父に罵られ、悪く行けば拳骨の一つも飛んだ。しかし、絶対に行き先は言えない。言いでもしたら息の根を止められたであろう。自分の無力を、誰にぶちまけることもできない腹立たしさを、世の敗北者の焦り、僻《ひが》み、八つ当り、そんな要素の混然と一つになったものが生かすも殺すも自由という年の行かない我子に向けられていた。

ここは読み取りづらい。本来己が支払うべき養育費を離婚した元妻が払っていること、そして、その元妻が長男を使って天沼へ運ばせていること、そうしたことが不満だというのだろうか。それなら己が払えば良いと思うが、それができないからこそ、鬱憤が溜って子供に当たったというのだろうか。この文だけでは、房吉の心中は測りかねる。

小学校の同級生―虎ノ門砂場、四代目中村富十郎

小学校の同級生で、名を覚えているものは多くない。竹内喜一（戦死）、豊島次郎は赤坂中学校に入った。この二人は優等生だった。赤坂英（戦死）という優等生もいたが、どこへ入ったか記憶がない。今でも琴平町（愛宕通）に住んでいる蕎麦屋砂場こと稲垣、紙屋をしていた（今は印刷屋の）木戸重一、芋屋（冬）、氷屋（夏）の佐々木、今はいない吉田輝一（靴屋）、山越八郎（佃煮屋）、その他、骨董屋の太田新一郎、俥屋の野崎、メリヤス行商の子の端谷義一、来沢《きたざわ》というおとなしい子、大島という野球の好きな子、私と同じに余りぱっとした存在でない鈴木孝、それと渡辺亀蔵という俳優。

蕎麦屋の砂場を、私はある日訪ねた。この手記を見せたら丁寧な応対を受けた。

「『砂場』の名は十六世紀、大坂築城の際に設けられた砂などが置かれた資材置き場に出店したのが由来。そのそば店が徳川家康とともに江戸入りし、当初は千代田区麹町に開店。この店から独立したのが[15]」虎ノ門の砂場だと言う。大正一二年建設の木造二階建ての店舗は今日の虎ノ門のビル街のオアシスとなっている。この建物が保存されることになったと大きく報じられた。[16]

俳優の渡辺亀蔵を我々は亀ちゃんと呼んでいた。巡業するのか、よく休んだ。それでも勉強はできない方ではなかった。登校しても体操は絶対にしなかった。体が固くなるからだそうだ。関口先生がそれを知らず、怒鳴りつけたことがあった。彼には彦三郎という兄があった。俳優だ。時折、兄弟は溜池の演伎座に出た。我々学友は最前列にいて、彼が出て来ると、「亀ちゃん、しっかり」などと声援したものだ。一つ覚えている舞台はステージ全部が屋根瓦のセットで、そこへ兄弟が現れて斬り合いをやったものである。遠景だから子供がいいという話だった。

小学校を卒業して数年後、浅草行の電車が新橋駅横のガード下を抜けるくらいのところで、吊革につかまった彼の姿を見た。こっちはまだ子供的な中学生。彼は夏羽織を着てカンカン帽《麦藁帽子の一種》を被り、全くの社会人、というより誰が見ても芸人、俳優タイプ。さすがに亀ちゃんとも呼べず、無言で見送った。この兄弟は歌舞伎界の名門であるのかも分からない。

その方面には無知なので何とも言えない。

渡辺亀蔵は第四代中村富十郎である。二世坂東彦十郎の三男。明治四一年六月一日生まれ。父と同じ生年月日である。三歳で初舞台を踏み、関西歌舞伎の名女形であった。[17] 一九六〇（昭和三五）年一〇月一七日、五二歳で、山口県宇部市の巡業先で亡くなった。[18]

ところで、「大正八年六月、兄一鶴が早死[19]」と『歌舞伎名優伝』にあるが、この人物が父の記す彦三郎であろうか。

演伎座には時に東三郎の妻に連れられて行った。私の知っている限りでは、余り高等な小屋ではない。しかし、亀蔵の前の時代、及び、その後の時代を総合してみると、必ずしもそうでもない気もする。徳川無声の昔話にも出て来る。《関東大》震災後なくなった。近頃は新演伎座という興行会社があるようだ。

演伎座は第一部の「石川親分の世界③」で紹介した東京都港区建立の『溜池発祥の碑』に、「溜池角の小松ビルは元は演伎座と云う芝居館として人気を煽り」と刻まれている。往時の地図を見ると、今井町の三井邸（現アメリカ大使館宿舎／後述）あたりから北東に数百m進んだところに演伎座の名がある。

一方、新演伎座は昭和一七（一九四二）年、長谷川一夫、山田五十鈴によって作られた劇団である。昭和二三（一九四八）年に映画会社となり、昭和二七（一九五二）年に解散した。本文にある「近頃は」とは昭和三〇（一九五五）年前後だから、父の執筆時にはすでに解散していたことになる。

ところで、この頃、連鎖劇というのを見た覚えもある。劇と活動（活動とは活動写真、すなわち映画）のコンビネーションで、同一場面の連続を両方で見られるのであった。

連鎖劇なるものを私は初めて知った。一つの作品を演劇と活動写真で交互に上演・上映するらしい。映画技術が十分確立していなかった明治末から大正半ばの工夫のようだ。権田保之助によれば、連鎖劇場は大正六（一九一七）年に東京に一三館あるが、芝区にはない。神田区、赤坂区、四谷区、牛込区、本郷区、本所区、深川区に各一館と浅草区に六館ある。[20] 第一部に「鳥居には浅草へもちょいちょい連れて行ってもらった」との一節があるが、父は六館もあった「万人偕楽地[21]」の浅草で見たのではないのだろうか。

金物通信社

もう一人忘れられない学友に本間武松がいた。彼は四〜五年生の頃、京橋区から転校して来た。ちょっとできる子だった。一家が転居して来たのでなく、両親や弟は京橋区八丁堀《現中央区八丁堀》に住んでいた。私はその家に遊びに行ったこともあった。父は大工だった。彼が転校して来たのは、彼の姉が嫁いだ家へ手伝いに来たためだった。主人は小林源次郎という新潟出身の人で、職業がちょっと変わっていた。看板は金物通信社としてあったが、金属類の相場の変動を細長い七〜八頁の紙に印刷して、読者に毎日、郵送するのである。

朝、近くの印刷屋から届いた何種類かの印刷物を机上に置き、頁の順に一枚ずつ取ると一部できる。それが一人の仕事。次の人間が上下縦横を揃える。その次がホッチキスで止める。さらに次が三つ折にする。最後が宛名の印刷してある帯封を貼る。これを家族と外務員《営業職》が四〜五〇分か一時間以内にする。そして、武松が集配局の芝局《愛宕町》へ持参して切手別納郵便にするのであった。かくて、毎日、百二〜三〇部を郵便で送っていた。主人の小林さんは、なぜか余程手が足りない限り、この仕事をしなかった。わざと外へ出て犬と戯れていた。

日によって多少部数が違うから、小林さんや外務員の一人だった武松の実兄が今日はいくつだと局の窓口で言えと、実数より少し内輪に申し出るよう、毎朝、武松に指示していた。毎日のことだから馬鹿にならないだろうが、義兄（小林さん）や実兄にこんなことを言われる武松も辛かったろう。というのは、言い分通りに素直に受け付ける窓口氏と、自分で数を確かめる窓口氏とがあって、後者の場合だと使いの子供の武松が文句を言われ、また、それに対してすっぺらこっぺら子供が何か言い訳せねばならない。義兄といえども他家の飯を食うことの辛さに同情した。小学生が大人の嘘の世界の仲間入りをしなくてはならないとはいい話ではない。

辛いことはまだある。かくして彼はほとんど年中、五分か一〇分、学校に遅れて来て、教室の入口で先生の許可があるまで立ってなくてはならなかった。実兄も、そして義兄なら、なおさら考えてやるべきだった。彼らにすれば、休ませるのではない、ちっとくらい遅れたっていいではないかといったところだろう。遅れると言って武松が半ベソになると、実兄が怒鳴るのだった。そばで見ていた私は仕方なく、「じゃあ、武ちゃん、先に行くよ」と、気の毒だけど言わざるを得ない。彼は懸命に思い直して、「すぐ行くからね」と自転車に乗る。「ああ、早くおいでよ」と言い捨てて、私は走って学校に向かい、校門を入ると始業の鈴であった。

かくして八時半頃になると、外務員はサンプルとして数部の印刷物を持って、どこかへ行く。つまり拡張員だ。外務員は三〜四人いた。察するに悪くない商売だったのだろう。主人は九時頃になると、調査と称して日本橋辺のどこかへ行ってしまった。午後になると、**切抜通信社**というところから配達人が封筒に入れた資料を持って来た。この資料はあらゆる出版物から必要な部分だけを切り抜いて、その記事の出所を一枚一枚記したものだった。調査漏れがあっては信用問題だからと、切抜新聞社と特約していた。

そのうちに印刷を他人に頼んでいたのでは引き合わないということになって、自分でやり始めた。しかし、活字《金属や木に文字を彫って判子のようにしたもの》も相当要るし、原始的な手押し機にしろ二台くらいは必要だし、当分、金が入用だったが、段々慣れて他人の印刷も引き受けるようになった。

ところで、私が自転車に乗れるのは、武松が自転車に乗れるのに刺激されて、小林さんの自転車で練習した結果である。

大正期の日々の金属類の相場の情報紙とは興味深い。実物が残っていないかと、種々手を尽くし、武蔵境の古書店を訪ねるなどしたが、残念ながら行き当たらなかった。

大戦景気に乗って

越後（新潟）の人と伊勢（三重）の人は東京では締まり屋で通っていたが、この小林さんは例外で、実に派手な人だった。近所からすべて掛けで物を買う。近くの三好野から汁粉二〇、大福三〇等という豪勢なことをやる。彼は当時、まだ二五歳に達してなかっただろう。奥さん、すなわち、武松の実姉は二〇歳くらいだったが、うちは二百円くらい生活費がいるといつも言っていた。第一次大戦後の好景気時代だった。私がよく買いに行った小林さんの飲むビールは一本二〇数銭だったから、第二次大戦まで物価はさして変動していなかったと言える。

ここにある「三好野」が気になった。店名だけ記され、全く説明がないから、言わずと知れた著名な店なのだろうか。『東京の戦前　昔恋しい散歩地図』に同名店があった。「昭和六年東京の食道楽案内」、「【安價美味屋】三好野　須田町、神保町、神樂坂[22]」とある。

もう一つあった。『新版大東京案内』にある赤坂の「三好野」は「お座敷天ぷら」である。[23]

父は「近くの（三好野）」と言うのだから、二つ共、場所が違う。それに後者は天ぷら屋で、汁粉や大福とは違う。結局、南佐久間町の近くの三好野は分からなかった。

私は遊びに行っては手伝ったので、お礼のつもりか、活動に連れて行ってもらったり、飛鳥山《滝野川区（現北区）にある桜の名所》へ花見に連れて行ってもらったりした。活動館は一緒に入って、小林さんは上の特等席あたりに納まり、武松と私は下で見る。二つくらい済んで、ちょっと中休みの時になると上からサインがあり、紙が落ちて来る。拾って開けると一〇銭くらい入っている。煎餅でも買えという意味だ。

子供はなかった。日蓮の信者で、朝夕ポコポコ、チャンチャンやり、時たま三〜四〇人集まって例会をやった。頭や腹が痛くなると、御供水《おこうすい》《仏前に供える水》を飲むらしい。すると、すぐ治ったそうだ。小林さんはちょっとエロ好きで、御供水を飲んであれを一つやると、どんな腹痛でもすぐ治るといつも言っていた。隣の自転車の部品屋も日蓮で、朝夕はなかなか景気がよかった。

部品屋で思い出したが、その隣の表通りに面した櫻井という家で四つ子が生まれたといって、新聞に出たという話を聞いたことがある。

震災の別れ

小林さんの妹にお糸さんという人がいた。私より二〜三年上だった。この人と二人で、夜、散歩したりして、まるで恋人並みだった。だが、それは後での考えで、その時は武松と歩き回るのとほとんど同じ気持ちだった。春の目覚めの前夜だったのだろう。お糸さんも確かにませてはいた。

小林さんはじめ、皆が皆、嫌みのない素直な人達だったことはうれしい限りであった。しかし、大正一二《一九二三》年九月一日の関東大震災は一夜にして、これらの人々と永久の別れを強いた。

私は中学校の受験に失敗したので、愛宕高等小学校《現港区立御成門中学校の場所》に一年通った。これは大きな学校で、少なくも千人の生徒がいた。中には悪いのがいて、何かというと暴力で解決しようとして、善良な生徒は恐怖心を抱いていた。先生にはほとんどニックネームがついていた。昨日までの《西桜小》学校とは余りに気分が違うので、初めは戸惑った。しかし、私は色々な意味で、いい勉強をした。一年無駄にしたとは悔いていない。その翌年、赤坂中学校《現日大三高》へ入った。二年生の年が関東大震災だ。

それから四〜五年後、バスで武松に出会った時、小林さんは大森辺にいる、お糸さんは死んだと、二〜三分の立ち話で聞いた。これが武松とも最後だった。その時、彼は傷痍軍人《戦傷者》の服装をしていた。別に外観上は変わった点はなかったが……。

それから、また三〜四年後、私が世田谷区野沢町に住んでいた頃《後述》、電車道の向こう側のちょっと入ったところに、小林源次郎と表札を出した家があった。幾度となく前を通ってみた感じは家族の少ない静かな家庭であった。どうも匂いで別人の如く感じたが、決心して「ごめん下さい」と玄関を開けてみた。出て来た人は未知の中年の婦人だった。二言、三言聞いてみて、全くの別人と分かった。世間には同名異人はいくらでもいるものだ。

父の時代の高等小学校とは、義務制の尋常小学校六年を卒業した者が入学できる二年制の学校であった。『辞典　昭和戦前期の日本　制度と実態』によれば、「はじめから高等小学校を志望する者のほか、中等学校の入学試験に合格せず、やむなく進学する者もあり、それらの者のうち多くは翌年改めて中等学校を受験した。

したがって高等小学校は、小卒浪人の受験予備校の役も果たした」[24]とある。正に父の進路そのものである。

なお、戦前の学校制度については、同書（三七六頁〜）が詳しい。

〈2〉関東大震災

赤飯をよそいかけた時、揺れた

《赤坂中学校の》始業式を終えて戻って来た私は弟と一緒に昼飯を食べようとして、お鉢の赤飯（一日だから）をよそいかけた時、ぐらぐらっと来た。正午に二分前だった。地震発生は**大正一二年九月一日午前一一時五八分四四秒**。前夜来の雨で路上のあちこちに水溜りがあり、蒸し暑く、如何にも地震の一つも来そうな日だった。地震に慣れた東京人の本能的な嫌な感じが確かにあった日のようだ。

「お鉢の赤飯（一日だから）」とは、当時は一日と一五日は赤飯という風習があったらしい。

ここでまた一つ学んだ。関東大震災の発生時刻である。何の資料を見ても、「大正一二（一九二三）年九月一日午前一一時五八分」までは同じである。だが、「秒」となると、あるものは「三二秒」とし、またあるものは父と同じ「四四秒」とする。

これについては、「続・揺れのお話」（日本地震学会広報紙『なるふる』〔no21 sep 2000〕所収）の一節で解決した。「11時58分32秒に震源（小田原の北、松田付近）を発した地震波（P波）は…（中略）…東京に11時58分44秒…（中略）…に到着」とある。つまり、地震そのものの発生を意識すれば「三二秒」であり、東京が揺れたことを言うとなると「四四秒」なのである。なるほど。

そのうちに左右にひどく揺れて来た。次に上下揺れ。こちらは全く恐ろしい。私はその場を動かなかった。これはよかった。大きく揺れている最中は動けない。下手に外へは行けない。瓦が降り、地面が割れるかもしれない。電線は垂れて来るし、無理をすれば、少なくとも怪我はする。といって、動かないのが最上の策とも言えない。大地震の時は、こうするが安全という一般法則はない。その場の状態如何で、最良の方法を発見すべきだ。ことここに至ると、生きるも死ぬも天命と言いたい。

私共は動かず、また動けず、棒立ちのまま恐怖の長い時（といっても一瞬でもあろうが）を過ごして、ほっとした。壁は全部落ちた。その他は別にどうもなかった。家は玄関、勝手口と並んでいて、八畳に六畳くらいの間取りだった。地盤にもよろうが、木造建築はやたらに潰れるものではないというのが、この時、私の得た教訓だ。それは（大）浪に逆らわない小舟の如く安全だろう。だから逆らうコンクリート造りのようなのが被害を受けやすいようだ。

玄関前は小道を隔てて、後ろ向きの家の土蔵があった。それが上半分、四散して玄関前を埋めていた。ご飯を食べ損ない、かつ、お鉢の蓋をするだけの気が利かなかった私は弟と共に、とにかく一応安全とみられる電車道へ出た。市内の各所から黒煙が上っていた。もちろん火事だ。恐怖のために空腹を忘れていたが、うろうろしていると近所の人が握り飯をくれた。

赤坂中学校はあえなくマッチ箱を潰すが如くペチャンコだった。だから、もう一時間、学校にいたら、私の運命もどうなっていたか。女子の中年の事務員が向かい合って仕事をしていたのに、小川つねさん一人だけが圧死した。汽車や汽船の事故でも皆が死ぬということは余りない。そんなもので、生死とも天の命ずるところと言いたくなる。

大地震だから余震のあるのは当然だが、少なくも三年間は大小の地震がちょいちょいあった。私の地震度胸はその時に養われた。

私は父から関東大震災の話を何度も聞かされた。「あれを経験したから、小便している時に少々の地震が来ても、平気でそのまま続けられる」と言っていた。

日比谷公園で二冬

やがて長い日も暮れて来ると、恐ろしさは増加して身に迫って来た。昼の黒煙はそう恐ろしさを呼ばないが、一度陽が落ちれば、それは天を焦がす真紅の色だ。加うるに、電灯はもちろんつかない。心細い限りだ。

親父は《午後》二時頃、戻って来た。近所の人は、今、どこそこが焼けている、ここら辺はどうだろうなど話している。結局、ここ南佐久間町は大丈夫だという結論が出た。でも、《夜の》九時頃に目ぼしい道具を持ち出して、日比谷公園に運んだ。親父としても半信半疑で、そうしたのだろう。それから一時間少々過ぎた頃、私達兄弟はどうにも眠くなって、公園の地べたの上で寝てしまった。

今でも使っている三段箪笥で、上が物入れになっている奴は母が特注したものだが、これを親父と二人で下だけ運んだ時、途中で私はへばったが、親父に怒鳴り散らされて泣きながら運んだ。その時は少しも気付かなかったが、後でひりひりするので右の掌を見たら、我ながら驚いた。すなわち、箪笥の鐶《かん》が喰い込んで、あたかもナイフか何かでえぐり取られたように深く窪んでいた。公園の医療班に、その後、長くお世話様になった。親父も変な腫れ物が首にできて、これまたご厄介になった。「軍医のやることは粗い。他人の体だと思って、切れないメスでごしごしやりやがった」と、余程こたえたとみえて、さんざん不平を言っていた。

父が掌に怪我をしながら日比谷公園まで運んだ箪笥。
父の没後、この中に手記を見付けた。

翌朝起きて、南佐久間町の停留場まで来てびっくりした。見渡す限り焼けている。空気が熱くて近寄れない。少々の雨では灰の下まで届かず、掘り返すと、かなり長い間、下部の灰は熱を持っていた。水道の鉄管が至るところで切断されたために消防は全然、物の役に立たず、かくして東京十五区の三分の二くらいが灰になった。十五区とは日本橋、京橋、本所、深川、下谷、浅草、本郷△、小石川△、牛込△、四谷△、赤坂△、麻布△、芝、麹町、神田である（△は比較的被害の少ない所）。

こういう大火は頻繁に風向きが変わるものなので、

所々に焼け残りができる。虎ノ門の金刀比羅様や浅草の観音様は焼けなかった。南佐久間町の電車通りも片側の新桜田町の方は残った。しかし、死人の一人だに見掛けなかったのは幸いだった。

新桜田町のパン屋へ行ったところ、全部売り切れて何もなかった。しかし、炊き出しの握り飯、外米の配給、玄米の配給と色々あった。玄米というものは食べられるものではない。人間の胃袋は考えようでは退化しているから、玄米を消化する能力はない。また、外米は当時の認識では、これまた人間の食べものとは思われていなかった。というのは、石などがたくさん混入していて、またなぜか石油の臭いがひどくて、食べる気になれなかったのだ。しかし、とにかく何とか命をつないで、別に死にもしなかった。

確か二日後の九月三日の午後から雨が降った。仕方なく《日比谷公園の》コンクリートの**新音楽堂**内に避難した。

新音楽堂は完成直後で崩れなかった。前島康彦によれば「音楽堂の主屋は鉄骨板張りの小屋と楽屋からなり…（中略）…規模においても様式においても日本最初のもので…（中略）…（七月七日の開場式の）直後起こった関東大震災にも破損しなかった」[25]。

その数日後に、向こうの**海城中学校**が教室を開放してくれるというので、喜んで入れてもらった。水がないのも苦しかった。嫌いなミルク《第一部の「芝区新桜田町一九番地」参照》を飲むいいチャンスだと思って目をつぶって飲んでみたが、皆、戻してしまった。それ以後は断念し、納得もした。平素、道路の散水車が使用する一見して不潔な井戸水を誘惑に抗しきれず、覚悟を決めて飲んだのも、この頃のことだった。幸い何事もなかった。

そうこうしているうちに、公園の広場に板一枚の**応急小屋（バラック）**ができた。《東京》市が作ったのだろう。早速入れてもらった。やがて落ち着いて来ると、屋台の店（露天）が現れたり、道路沿いの外側のバラックの住人達が店を開いたりした。露店は食べ物屋で、うどん、茹小豆、すいとん等を売っていた。バラックの商店街ですべての用が足りた。我々はここで、**二冬、暮らした。**

日比谷公園には被災者が大挙押し寄せ、一晩で一五万人に膨れ上がり、池の鯉まで食べた。その後、公園内のあちこちにできた避難小屋を東京市は運動場の一か所にまとめ、二九七〇坪にバラック一四四棟を建設して、一六三八世帯六一三〇人を収容した。このバラックは大正一四（一九二五）年まで続いた(26)。父も二冬、バラックで過ごしたと書いている。日比谷公園を出たのは大正一四年だったのだろう。

現在新宿区にある海城学園（中学校、高等学校）は当時日比谷にあった。『海城六十年史』には次のようにある。「非常の災害時であり、学園も深甚の同情を表し救護に努めたが、修理もしなければならず、授業も始めなければならない(27)」。そこで東京市や警視庁に日比谷公園内にバラック小屋の建設を依頼する一方、避難者からも直接バラック借用の運動を起こすように促した。こうして「九月二十日迄に希望の日比谷の最良のバラックへ移転を完了し(28)」た。感謝した人々はバラック村を「**海城村**」と呼んだ(29)。バラック建設には海城学園が関与していたのであった。

さて、ここで私が気になったのはミルクである。父は嫌いなミルクを無理に飲もうとしたと書いている。なぜここで突然ミルクが出て来るのだろう。そう思い調べてみると、興味深い事実にぶつかった。関東大震災の混乱の中、内務省衛生局や宮内省がミルクを配布していたのである。

野口穂高によると、「牛乳配給所」は「公園、街路17ヵ所、官庁14ヵ所、学校10ヵ所、宗教団体・社会事業団体の施設8ヵ所、病院4ヵ所、私邸1ヵ所で(30)」、その学校の一つが海城中学校である(31)。ということは、恐らく海城中学校へ避難した父は、そこで嫌いな牛乳にチャレンジしたのだろう。思わぬところで、父がミルクを諦めた背景が分かった。

弟とどこかへ行った帰り、電車がないので徒歩で日比谷へ戻る途中、赤坂中学校のあたり《現鹿島建設KIビル》まで来た時、陽がほとんど暮れて、**戒厳令**（軍隊の警備）下の歩兵の剣付鉄砲の光が不気味に冴えて、ちょっと凄惨な感じであった。その時、歩きながら手をつないでいた弟はひとしおぎゅっと私の手を握った。余程心細くなったのだろう。幼い日の思い出だ。

当時の父の生活の場であった芝区と赤坂区の火災状況については『復刻版　大正震災志　上（内篇　前記）』の「第二編東京市／第四芝区、第五赤坂区」(32)に詳しい。

同潤会住宅（荏原郡碑衾村衾）へ

資力のある者は《バラックから》元のところに仮建築して戻って行ったが、残っている者をどうするか。公園の広場をいつまでも、そのままにしておく訳にはいかないのは当然だ。そこで、**同潤会**という団体が《東京》市外の方々に数十軒のグループの家を建てた。我々は**荏原郡碑衾村衾**《ひぶすまむらふすま》の同潤会住宅に移転した。トラックまで提供してくれた。

同潤会は「関東大震火災に其の災害最も甚しかった東京及び横浜に於ける小住宅の補給並に罹災不具者の再教育を目的とし、当時単り我が国各地の同胞からのみならず全世界の友邦より贈られた温情溢る、義捐金の中から政府の交付された金壹千万円を基金として、大正十三《一九二四》年五月其の創立を見るに至った震災善後施設の一である」(33)。

『同潤会十八年史』によれば、「公園、学校或は神社仏閣の境内等に応急施設として建てられたる集団バラック内に一時の雨露を凌ぎ居れる罹災者の多くは、何れも安住の居所を得るに苦しみ、災後既に一年を経るも其の数尚ほ一万四千六百世帯の多きに上り、何時の日にか退散し得るや想像し能はざる状態であった。…（中略）…バラックの撤退は一日も猶予をゆるさゞる事態に立ち至ったために、遂に政府は大正十三年九月二十九日指令を発し…（中略）…不取敢仮住宅二千戸の建設を本会に命じて集団バラックの撤去整理に当らしむること、なり、同時に之に要する経費百二十二万円を交付せられた」(34)とある。

この指令を受け、同潤会は方南（豊多摩郡和田堀方南）、平塚（荏原郡荏原町中延）、中新井（北豊島郡中新井町）、奥戸（南葛飾郡奥戸村上平井）、砂町（南葛飾郡奥戸村、砂町、中田新田）、塩崎町（深川区塩崎町）、そして碑衾（荏原区《郡の誤》(35)碑衾村衾東下芳窪《ひがししたよしくぼ》の七か所に仮設住宅を建てた(36)。

仮設住宅は「平屋長屋建」(37)で、「一戸当り建坪六坪で八畳又は七畳一室」(38)であった。碑衾の戸数は二九三(39)である。この簡易住宅に入れるのは、その時点で集団バラックにいる者に限られた(40)。日比谷公園のバラックで二冬過ごした父は、こうして同潤会によって作られた郊外の荏原郡碑衾村衾の住宅に移住した。

行った先の碑衾サイドから言うと、次のようである。『碑衾町誌』を見ると、「帝都には程遠からぬ所であるが、…（中略）…大震災前迄は未だ電燈が點かなかった箇所もあり、所謂ランプ生活時代であった…（中略）…然るにあの関東大震災と、一方には目黒蒲田電鉄の開通によって耕地整理が始まって市街地建設の緒に付いたので、東京市内外の罹災者が滔々大河を決するが如き勢ひで一時に移住して来た。…（中略）…大正十三年には罹災窮民を収容するための財團法人同潤会の急造バラックが、大字衾字芳窪に設置せられ、又一方大字碑文谷方面に生活疲弊者や、失業窮民が相當移住して来たのは、餘儀ない状態であった」[41]とある。震災は後の目黒区発展の端緒となった。[42]

東京の中心地、芝区琴平町や南佐久間町での父の生活は、ここで終わり、郊外での暮らしが始まった。現在の名称で言えば、「港区」が終わり、「目黒区」が始まった。この突然の転居は父の人生の大きな断層となっている。

震災あれこれ①─新聞社（近代新聞の大きな節目）

新聞社も多数焼けた。国民、朝日、読売も、その仲間だ。読売は新築落成の寸前に新旧の両方ともやられた。旧社屋は京橋の袂（日本橋の方へ向いて橋の手前左側）にあった。

新築落成の寸前に社屋がやられたとは、どういうことか、読売の社史を見た。それによると、西郷隆盛の西南戦争は新聞の重要性を一般に認識させ、各紙は発行部数を大きく伸ばした。読売も同様で、西南戦争の最中の明治一〇（一八七七）年五月、手狭になった琴平町《第一部の「琴平町、南佐久間町の氏神」参照》から京橋区銀座一丁目へ移転した。[43]それから四六年、「銀座一丁目の明治十年以来の敷地と建物では、とても発展が望めないと考え」[44]、大正一二（一九二三）年、京橋区西紺屋町（現中央区銀座三丁目）に再度移転した。八月一九日、営業部、図書室、会議室、社長室、応接室などは旧館に残し、新聞製作に直接当たる部門を西紺屋町の新社屋に移した。[45]そして、この新築落成記念の祝賀会を予定していたのが正に九月一日だったと言う。こうして読売は新旧社屋共に壊滅的打撃を受けた。完成したばかりの新社屋は「一夜で天井と外壁を残すだけ」[46]となり、発行部数一三万部超が一挙に五万部を割ると目されたほどの痛手を被った。[47]実に気の毒なことになった。

残ったのは都、日々、報知等だ。残った新聞社とて活字ケースが倒れ、かつ、電力がなくては、どうにもならない。万朝報、二六新報などの明治以来の新聞も立ち遅れて振るわなくなった。時事新報も余り振るわず、その後、昭和一一《一九三六》年、日々に合併された（第二次大戦後復刊した）[48]。万朝、二六も遂になくなった。その他、消えた新聞は毎日（今の毎日と別物）、毎夕、やまと、大勢、中央など。

『震災と夢野久作』に次のようにある。

「地震当日の状況が即日に全国へ報道されなかった大きな理由は、東京の新聞社の多くが被災したことにある。ラジオ放送が開始される以前の当時、報道の要を担っていたのは新聞だったが、『東京朝日新聞』、『時事新報』、『読売新聞』、『国民新聞』、『やまと新聞』、『万朝報』、『二六新報』など東京の主要な新聞社は社屋の倒壊や火災によって即座に機能することができず、報道は途絶していた。わずかに被災を免れた『東京日日新聞』、『報知新聞』、『都新聞』が散乱した活字を拾い集めて手作業で小部数を発行し…（中略）…た。そのため、東京の新聞社に代わって地方紙が全国に震災の全容を伝える大きな役割を担うこととなった」[49]。関東大震災は新聞にも大きな影響を与えたのであった。

『新版大東京案内』の一節は往時の雰囲気を伝える。

「震災にかからなかったのは報知、東日、都の三社だけで、あとの十二社はことごとく活字一箱ゲラ板一枚までも灰燼に帰した…（中略）…。外形的により華々しく復旧、復興したものはスキヤ橋畔の東京朝日、丸の内濠端に建てられた時事新報、京橋区日吉町付近に再築した国民新聞。…（中略）…震災後六年の今日尚バラックで落ち着きはらっているのに万朝、中央、二六、やまと、大勢、毎日などがある」[50]。この「バラックで落ち着きはらっている」という表現がおもしろい。

作家吉川英治は当時、毎夕新聞記者であった。

「社屋は灰燼になってしまった。新聞も工場が全焼したので、まず再起の見込みはないという[51]」。「焰につつまれた社に踏みとどまって、最後に一艘の肥料舟をみつけて、一緒に大川《隅田川》のまん中で《営業局長矢野正世氏と共に》一夜を明かした…（中略）…鉛色の金盥《たらい》みたいな太陽、ポンペイみたいな東京——黒焦げの死体がぽかぽかと浮いている隅田川を、夜明けに、『地球の怒った顔だ。永久に、忘れないように、見ておこう』と、ふたり共、黙りあって、眼のくらむほど、二時間も…（中略）…眺めていたものだった。だが、矢野氏も、私も、頭のなかは、ただこれから先？——でいっぱいだったに違いない。いや、私たちばかりでなく、あの震災に遭った人々は、すべて転機に立ったのだ。そして焼跡の岐路から、西に、東に、南に、と思い思いに選んだ道が今日へ来ている。震災史のなかを生きて来た人は、みな天災と自己の力で合作した歴史的人生を持っている。…（中略）…あの天災がなかったら、私はまだ新聞記者生活を続けていたかも知れない[52]」。

吉川英治は「あの震災に遭った人々は、すべて転機に立ったのだ。焼跡の岐路から、西に、東に、南に、と思い思いに選んだ道が今日へ来ている」と言った。

父は先に「関東大震災は一夜にして、これらの人々と永久の別れを強いた」と記した。事実、父は日比谷公園のバラックを経て、東京の西方の荏原郡に移る運命が待っていた。それまでの芝区琴平町、南佐久間町で育んでいた生活は瞬時になくなった。関東大震災は多くの人々の「人生の断層」であったことを、私は父の手記に学んだ。

なお、既述の西桜小学校の紹介で引用した『育英の日本』は、この吉川英治のいた東京毎夕新聞社の刊行である。

ＮＨＫの前身ＪＯＡＫが芝浦の東京工芸学校《後継校は千葉大学》から細々と実験電波を出したのは数年後の大正一四《一九二五》年三月二二日のことだから、ラジオのない時代に新聞が止まったら社会はどんなことになるか。すなわち、デマが飛んで無用な恐怖を世人に与えた。

日本のラジオ（ＪＯＡＫ〔東京放送局〕）の始まりは、父の言う通り大正一四（一九二五）年三月である。ラジオ放送と言えば愛宕山が著名だが、愛宕山の放送局が完成したのは同年七月であり、最初は芝浦の仮放送局だった。[53]

震災あれこれ②―デマ（朝鮮人暴動、遷都）

デマの最大のものは朝鮮人の暴動説だった。すなわち平素の不平不満を、この際にお返しするというのだった。戒厳令下にありながら、なお東京人は自警団を組織して朝鮮人に備えた。誠に薄気味悪い空気であった。日本刀を腰にぶち込んで、怪しいと見れば叩き切るという殺気をはらんだものだった。用件は忘れたが、何かの帰りに、弟と麻布《区》の六本木辺を《夕刻》四時か五時くらいに歩いていた時、「それ鮮人だ」という声と共に、数人が抜き身の日本刀を片手に一人の男を全速力で追いかけて行ったのを見た。デマはあくまでデマで、結局、無事だったが、警察の調査では、大森か蒲田辺の一主婦がこういう際だから、こんなことでもあったら大変だと漏らしたのが元らしいとのことだった。

次のデマは東京の遷都説だった。これだけ焼けてはもうおしまいだ。どこかよそに変えるに違いないというのだった。神奈川と東京が最も被害が大であった。横浜もほとんど火事でやられた。

当時、この際という語が流行した。この際だから、しよう、よそう、行こう等、何にでも、この際をつけたものだ。

朝鮮人暴動のデマの発端については諸説ある。大森か蒲田の主婦云々とは、どこから父の耳に入ったのだろう。それにしても、六本木で日本刀を持って朝鮮人とみなした男を追い掛けていたとの話は生々しい。「この際」という言葉が流行ったというのはよく理解できる。非常に興味深い一節である。

震災あれこれ③―浅草

浅草の観音様が焼け残った話はしたが、これは単なる風の偶然だけでなく、相当の防御手段もしたと言う。結果は庶民の信仰を一段と高め、お賽銭の上がりが増したそうだ。浅草と言えば名物の十二階は潰れた。[54]

円壔形の十二階建てだった。そう言えば、昔ＪＯＡＫのあった愛宕山に似たものがあった、十二階もなかったが。

『新版大東京案内』に次の一節があった。

「市電を降りて、まづ水天宮にお詣りする。その水難の神、安産の神、水商売一切に御利益あらたかな神さまも、浅草観音の真似は出来ないとみえて、震災に焼失してしまったため、大分信者が減ってしまったらしい…（中略）…再建に要する銅瓦一枚五十銭宛の寄進を求めているもの神様としていかにもあわれ。…（略）…（水天宮のおみくじが）上吉とあったところで少しも有難い気がしない」。

この著者はなかなか辛辣である。父の言う通り震災の打撃を受けなかった浅草観音様の御威光は高まり、潰れた神社の神々への風当たりは強かったようだ。

浅草十二階は第一部で養父鳥居竹松に連れられて浅草で遊んだところで、一度登場している。また、愛宕山には明治の半ば以来、愛宕塔という五階建て八角形の高層建築があったようだ。

震災あれこれ④―震災記念堂

墨田区（元本所区）の震災記念堂（戦後は東京都慰霊堂）のあるところでは約三万八千人が焼け死んだ。だから、ここに記念堂を建てた訳だが、昭和三〇《一九五五》年の今日では、今次《第二次》大戦の（空襲）死者も合している。《震災》当時、被服敞跡と呼んでいた相当の空地だったそうだから、誰しも安全と思ったのが実は誤りの元だった。火事が大規模過ぎて、空地が孤立して、逃げ口がなくなり、皆、蒸し焼きで死んだ。火事の最大の悲劇だ。竜巻が起こって重い家具類が紙の如く飛んだと言う。人間もだ。全く地獄図である。ただし、私は聞いただけだ。

東京都慰霊堂は元々は震災の犠牲者を祀った施設である。それに後の太平洋戦争の空襲犠牲者を合わせ祀った。つまり、東京を舞台にした夥しい二つの犠牲者を合祀した訳だが、実は震災と空襲は決して無関係でないとの研究がある。東京空襲・戦災を記録する会全国連絡会議事務局長・工藤洋三氏によれば、昭和二〇（一九四五）年の東京大空襲は、実は関東大震災時の被害拡大の状況を参考にして、焼夷弾がより効果的になるように投下計画が作られたと言う(55)。

ここで思うのが上野に籠った彰義隊を鎮圧した大村益次郎である。彼は江戸時代に数多の死者を出した明暦大火の拡大の様子を参考にして、「江戸を焼かぬ戦い」を計画した。これによって近代日本の首都東京は無傷のスタートを切れた。一方で、未曾有の関東大震災を参考にして、「東京をより効果的に焼くための空襲」が練られたという訳である。言葉がない。

震災あれこれ⑤—東京市長、後藤新平

火事で焼けたので、道路の拡張や区画整理（街の外形を整える）等は割合、楽にできて、数年で東京は立派に復興した。隅田川の木橋が焼け落ち、進退に困った人々が川に飛び込み、多数死んだので、鉄の永久橋になった。元《東京》市長**後藤新平**伯爵は《帝都復興院総裁として》将来を見越して充分の道幅を取ったり、道路を新設したりしたが、すべてすることの規模が大きかったので、**後藤の大風呂敷**と言われた。しかし、三〇年後の今日、その道が狭くて交通地獄と言われている。後藤伯は《通信、内務、外務》大臣もやり、大正の末年には政治の倫理化を唱えた人で、先見の明のある大政治家だった。

将来の首相候補の一人と目された後藤新平が東京市長を引き受けたのは大正九（一九二〇）年。彼は関東大震災発生の直前の大正一二（一九二三）年四月まで東京市長を務め、同年九月の発生後は第二次山本権兵衛内閣の内務大臣兼帝都復興院総裁として、復興計画の先頭に立った。巷間、遷都云々の話があったことを父は先に記していたが、遷都はしないとの姿勢を明確に打ち出したのも彼だった。

震災あれこれ⑥—恩賜金

陛下がお金を下された。それを全罹災世帯数で割った額が一二円だった《総計一千万円》。今《昭和三〇年頃》のお金に直したら、三百倍としても三千六百円となる。私が代理で芝区役所へもらいに行った。親父は貯金して記念品を買うんだと、時々思い出しては言いながら、ついに死ぬまで何も買わなかった。簡素な生活だから、別に何と言って必要な品もなかったというのが真相だろう。

全国から我々は慰問袋をもらった。人の情に感動した。贈り主に礼状を出したものだ。我々は文字通りの着た切り雀ではなく、まだましの方だったのに。

この恩賜金の受給資格は以下の通り。「恩賜拝受者

資格要件　今回ノ震災並之ニ伴フ水火災ニ因ル死亡者、行方不明者ノ遺族、負傷者及住宅（船舶内ニ世帯ヲ構ヘタル者ニツイテハ其船舶ヲ住宅ト見做ス）ヲ全潰、全焼、全流失又ハ半潰、半焼、半流失シタル者　前項負傷者ハ一週間以上医師ノ治療ヲ受ケタル者ニ限ル」。この支給について、後藤新平は罹災者に現金で配布するよう閣議請議した。[56]

拍子抜けの再会

地震の直後は姓名を書いた札を担いで、人を探して歩く風景が珍しくなかった。母もそうだった。私の名を書いて、旅装束姿で、《日比谷》公園の南佐久間町寄りの道路から入ったすぐのところを歩いている時、私とぱったり出会った。室さん方を出て五分後だ。余りに簡単で拍子抜けしたようだが、不幸中の幸いだった。この時は原宿の柳原伯爵家《柳原義光。大正天皇の従兄》に派出で行っていたが、一時、暇をもらって来たらしく、また戻って行った。その後、私は《伯爵家を》訪ねて行ったような気もする。

この時に限らず、よく派出先に訪ねて行った。概して中以上の家庭が多く、お得意様的に決まった家庭もあった。記憶に残っている上流家庭は、上得意の麻布今井町の三井男爵家《現港区六本木》、同じく麻布今井町の中御門侯爵家《中御門経恭》等だ。三井家の麻布の本宅は伺い見る由もなかったが、《東京》府下西多摩郡拝島村の別宅をちょっと見せてもらった。一泊して、今日はお留守ですからと書生が案内してくれた。ごく簡素でございますとの挨拶だったが、庶民の子供の私は度肝を抜かれた。まず門を入ると請願巡査《会社や個人の要請で配置された警察官》の住宅、毛並みのいい小馬ほどもある犬数匹、ご夫妻の寝室の両側は護衛の部屋、居間、控えの間、共に何十畳敷。今日まで、私はこれ以上のところへ訪れたことはない。

麻布今井町と拝島の二つの三井邸跡を私は訪ねた。今井町の邸宅は忠臣蔵の浅野家所縁の氷川神社の東南、江戸時代の真田家と相馬家の屋敷の跡に造られたもので、[57] 周辺の関係施設を含め一万六千坪余。[58] 屋敷は昭和二〇（一九四五）年に空襲で焼失した。[59] 現在はアメリカ大使館宿舎となっている。実際に歩いてみると分かるが、実に広大な一画である。

『三井八郎右衛門高棟傳』に「今井町邸全図（昭和

初期)」という大図面が掲載されている。大豪邸である。三井禮子の『今井町邸について』[60]は、この豪邸のことを詳しく述べている。「家族の者たちに対して使用人のことを『お次』と呼んでいた。しかし、私たちがお次と言うときは、だいたい女中をさし、男の使用人は表の人と呼んだ。お次すなわち女中たちの部屋は、娘たちと同じ棟の二階の北奥の一角を占めていた。階段の側には女中頭フミの一人部屋があり、その奥の左にも右にもいくつかの部屋があった。女中たちはみな一間の押入れが使えるようになっていて、そこへ柳行李などを入れ、衣類をしまっていた」[61]。祖母は女中ではないが、住み込み看護婦であるから、ここで言う「女中たち」の中の一人とも考えられる。ひょっとしたら、この二階に寝起きしていたのかもしれない[62]。

一方、拝島の別邸は現在、学校法人啓明学園の北泉寮になっている。一般公開日に、この手記を手に訪問し、父の記す場所を見学した。こぢんまりとした堂々たる風格のある建造物だった。ここは関東大震災で大磯の別荘が損壊した三井家が代替地として建設したも[63]のである。大正一四(一九二五)年、永田町の鍋島侯爵邸を購入し、昭和二(一九二七)年に、ここに移築して落成した[64]。なお、啓明学園は当時の当主三井高棟《たかみね》の三男高維《たかすみ》が経営する学校であった[65]。

母は、その他、仙石貢邸《現港区南麻布四丁目》にも一回だけだが、長い間、行っていた。

仙石邸跡も私は訪ねた。仙石貢は日本の鉄道の発展に功績を残した。満鉄総裁、衆議院議員、鉄道大臣などを歴任している。そんな彼の邸宅は現在の有栖川宮記念公園の南にあった。今は高級アパートが建ち、わずかに石垣に名残を留めるのみである。

派出先の変り種は三原橋近辺(木挽町)[66]のさる待合であった。看護婦の白の制服では目立つので、さりげない和服姿で、どこかの見知らぬおばさんが手伝いに来ているといった風だった。病人は誰か知らぬが、商売柄、若い女性では具合が悪く《出入りが憚れ》、かつ、馬が合ったのだろう。

母は赤十字の神奈川支部所属だったから、震災後、招集されて横浜の玉泉寺の焼け跡に設けられたテント張りの救護班の婦長となった。医師一名、婦長一名、看護婦十名くらい、書記一名、小使い一名だったと思う。やがてバラックの寺ができたので本格的診療所となった。一年半くらい続いたろうか。私達兄弟はよく遊びに行った。看護婦さん達と伊勢佐木町通りのデパートや映画館によく出入りした。横浜はラーメンがうまいと思った。

横浜の惨状も目を覆うものがあった。前出の『復刻版　大正震災志　上（内篇　前記）』の「第四編（五六九頁〜）」に詳しい。祖母が所属していた日本赤十字社神奈川支部は本社の支援を得て、九月一二日に臨時震災救護部神奈川支部を設置し、二一ヶ所の救護所を置いて活動した[67]。祖母の玉泉寺は二一ヶ所の一つだったのだろう。

この玉泉寺をある一日《ひとひ》、訪ねた。横浜の被災状況、救護状況などに関する史資料は予めある程度眺めておいた。その上で玉泉寺そのものの被害や玉泉寺での救援の様子について、当の寺院から直接話を伺おうと思った。しかし、木で鼻を括るとはこのことか。訪問の趣旨を伝えようとする私の顔をまともに見ることもなく、何も分からないと、けんもほろろに追い返された。

赤十字からアメリカの同情物資の毛布、衣料、コップをもらった。いささか焼け肥りの気味だった。今日でもコップは御用に立っている。母は日露戦争、上海事変に招集された。後者の時は横須賀の海軍病院で婦長を勤め、やがて五十五歳の定年で自動的に離籍した。前者の場合、それを物語る資料が今でも保存されている。

東京市内の交通

地震で市内電車は相当燃えた。だから、幹線だけ走らせて、しばらくはタダで乗せた。全部の窓にずらりと一人ずつぶら下った風景は、この時のものだ。電力が切れたので、立往生したまま火の粉をかぶって燃えた電車も多数あった。車庫も焼けた。線路の上に鉄の台だけ残して燃えた残骸がかなり長い間、ほったらかしてあった。一時は荷馬車が主要な交通機関だった。

この時燃えた電車の補助の意味で、市営自動車が生まれた。フォードの車台に幌を付けただけのもので、その無様な姿から市民は円太郎と呼んだ。昔、円太郎馬車というのがあったのだそうだ。市営自動車は電車より高いせいもあって、乗り手は余りなかった。両国辺で軍事教練の帰りか何かで、円太郎の切符の立売車掌から、「学生さん、円太郎にも乗っておくれよ」と言われて、友達数人と乗ったことがあったくらいだ。その後、車台もよくなって、紺のサージ、真赤な襟の制服姿の車掌さんが現れて、東京名物の一つになった。

円太郎馬車とは文明開化期の乗合馬車の異称である。第一部で引用した馬場孤蝶によれば、「随分車体は汚らしく、馬は痩せていて一寸危険を感じられる…（中略）…馭者《ぎょしゃ》の外に別当（馬丁）が附いているように思う。その別当が近頃まで豆腐屋の用いていたのと同じ形の喇叭《らっぱ》を吹いて、通行の人々に注意を与えるのであった。…（中略）…橘家円太郎という落語家があって、高座で喇叭を吹いて、その別当の真似をしたので、…（中略）…円太郎馬車と呼ぶようになった」[68]とある。関東大震災で市内電車（路面電車）が被災したので東京市は急遽市営バスを準備したが、その高級感に欠ける姿がかつての乗合馬車を連想させたようである。

その頃の競争相手は青バスと言って、その会社の社長か重役が母の得意先だった。麻布我善坊の渡辺という人だった。

麻布我善坊は現在の港区麻布台一丁目界隈である。我善坊谷とも言われるが、第一部に出て来る飯倉の八幡様の脇をアップダウンする一画である。

この渡辺は昭和の金融恐慌の発端となった渡辺銀行系列の人であろう。「青バス」と呼ばれた東京乗合自動車は渡辺系の優良会社であったが、その株価下落が金融恐慌の前兆であったらしい。[69]

私は我善坊を散策した。渡辺邸（跡）は分からなかったが、近くで「横川省三記念公園」を見付けた。日露戦争を描いた映画『二百三高地』は日本人男性二人が銃殺されるシーンに始まる。その一人を顕彰した公園であった。この映画の冒頭は承知していたが、敵国ロシアにまで畏敬の念を持たれた人物だとは知らなかった。父の手記は私に多くのことを学ばせてくれる。

養父の最期

鳥居も焼け出されて、目黒のお不動さん《目黒不動尊。瀧泉寺》のあたりに一時住まっていた。そのうちに義兄の石川岩吉が死んだので、実兄《東三郎》もすでに死んでいたし、権利を買い取って親方となり、石川宅のあとに新築して、下を仕事場、上を住居として華々しくスタートした。その時、すでに時代は変わっていた。電気鋸なぞの新機械を据えていた。小僧が長時間、ごしごしやる風景はなくなった。

独立して約一〇年、昭和一〇《一九三五》年一月一日に、鳥居は長患いして死んだ。五五歳くらいで、若死にだ。こういう善人こそ長生きして欲しかった。もう一〇年生きてくれたら、私としても喜んでもらえたこともあったと思う。

しかし、その辺で死んで、戦争を知らなかったのも幸せだったかもしれない。死ぬのは天命だが、おますさん《後妻》に言わせると、同業者から殺されたみたいなものだと言う。というのは、仕事上のことで何か言われた。駆け引きだろう。しかし、正直で善良な人ほど真に受けて内攻する。たまたま病でも起こりかけていたら、立派に病気になると思う。母が「鳥居は近頃、影が薄いので、それとなく元気づけて来た」という意味のことを言っていたのを一度や二度は聞いた。

外出の帰途、軽い脳溢血で転がりながら戻って来たという。しかも、余病も出て、それの手当が迷信的だったため、容体は急激に悪化した。ある博士の往診を乞うた時、「もう一週間早かったら責任を持てたのに」と、淋しく言って去ったのは印象的だった。《その頃》私は静岡県《の小学校》に《勤めて》いたが《後述》、冬休みで帰京中だったので、死ぬ前に会えた。顔がむくんで、二目と見られたものではなかった。職人の社会には迷信が多くて困る。医者の目を盗んで、変なものを飲ませたのがよくなかった。母は京都の武藤絲治《鐘淵紡績社長武藤山治の次男》宅にいた。戻る訳に行かず、多額の香典を送って来た。

桐が谷《現品川区》の火葬場が近いのに満員と言われ、幡が谷《現渋谷区》まで遠路行ったが、そこも相当一杯だった。東京は広い、鳥居みたいに正月元旦から死ぬ人も多いのだと、妙なことに感心した。正味六〇分で楽に骨拾いができる超速度にも驚いた。

武藤絲治の自伝を見ると、「昭和九年の秋、私は駆け出しの工場長として京都下京工場へ赴任した。下京工場は京都駅と東寺の中間にある絹紡工場であった。…（中略）…鐘紡では工場長は従業員と暮らすため、社宅に住まうことになっていた。私達夫婦は楽しい御影のスイートホームを去って古びた社宅での生活を始めた。…（中略）…私達の一人っ子、一治が京都病院で呱呱の声を挙げ、親子三人の社宅生活が始まった。…（中略）…三年の歳月は、いつのまにか経って昭和十二年五月大阪城の東方、鴫野にある大阪工場へ転勤の辞令を受け取った[70]」とある。鳥居竹松が亡くなったのが昭和一〇年元旦だから、「京都の武藤絲治宅にいた」という父の記述は武藤が下京工場長だった時期と合致する。

ただ、気になるのは「社宅」である。自伝には「親子三人の社宅生活」とある。「古びた社宅」に祖母も一緒に暮らしたのだろうか。社宅といっても工場長の社宅はどれくらいの広さだったのか。この後の第三部に、祖母は本来の住み込み看護婦としてではなく「家政婦的役目」で武藤家に行ったと記されている。ひょっとしたら生まれたての赤子の世話をしていたのかもしれない。仮に共に住んでいたとしても住み込みは言わば「黒子」だから、武藤の自伝では数に入らなかったとも思われる。

鳥居武彦

鳥居はおくまさんとの間に子がなかったから養子の武彦をもらった訳だが、おますさんとの間には娘が二人できた。それから、実兄東三郎の未亡人も行くところがないから、引き取っていた。家族は《夫婦、養子、娘二人、未亡人の》六人と弟子二～三人だった。姉娘は頭がよく、成績が終始よかったようだ。

しかし、おますさんは二人の娘と共に生きるのに骨身を削った。というのは、武彦が店を継げば職人も取引先も、皆、盛り立ててくれたはずだが、彼の曰くには、「こういう職は真平だ。俺は文士《作家》になりたい。フローベルがどうこうだ、モウパッサンがどうこうだ」と《共にフランスの作家》、いつどこで聞きかじって来たのか、そんなことを言うばかりで、義父が重病だと言うのに、何処へ行ったか、何日も寄りつかない。

弟子や職人連が八方探して、やっと武彦をつれて来たのが昭和一〇《一九三五》年一月一日午前二時頃。首一つ自力で回せぬ重病人が、「武彦が戻りました」と言うおますさんの声に、向こうを向いていたのに、楽々とこっちを向いて、養子の手を握り、一五分で瞑目したと言う。まるで小説のようだったらしい。

義父が死ぬと、職も継がず、すぐ鳥居の本家は俺だ。お前らは分家しろと、とんでもないことを言い出した。おますさんは娘と共に分家した。おますさんは寺の世話、地主の世話を受け、転じて別人の世話も受け、とにかく生き抜いた。どこへ行っても要するに女中だ。二人の子を連れた女中だ。上の娘は貯金局に勤めながら、夜間女学校を首席で通したという。

戦時下のどさくさでお互いの糸は切れたが、娘は二人とも嫁の口は決まっていたようだ。昭和三〇《一九五五》年現在で、二人とも三〇歳くらいのはずだ。

鳥居武彦という名をインターネットで検索すると、一九一九（大正）年生まれの同姓同名で、著作のある人物が一人ヒットする。年齢的には合致するが、彼かどうかは分からない。

鳥居の実子の女子二人は、その後どうしたのだろう。二〇一九年現在で九〇歳代。ご存命の可能性はある。

上馬へ

同潤会住宅が一年か一年半くらいで解散と決まり、入居者に一戸前をくれることになった。しかし、ブローカーが入ってうやむやになった。二束三文に踏み倒されて、無知な連中は泣き寝入りで思い思いに散った。親父は少々知恵があったから、抵抗したおかげでトタン板や畳なぞを得た。しかし、恨みを買って、留守中に衣類をとられた。しかし、差し引き、損ではなかったように思う。巡査はなぜか本気になってくれなかった。この世にありがちなことではあるが。

この一節ははっきりと分からない。本来は碑衾の住宅は入居者がもらえるはずだったが、よからぬ人々が絡んで来て、甘い汁を吸って行ったということなのだろう。

かくして、電車に近い**荏原郡駒沢町上馬引沢七五三**[71]に移り、それから**同野沢七五**に変わり、三転して**上馬一―五六四**に移った。上馬引沢と上馬は同じである。すなわち、昭和七《一九三二》年に市域に編入された時に引沢をとって単に上馬となった。それで、荏原郡駒沢町上馬引沢は世田谷区上馬町となった。

最後の上馬町一―五六四に一番長くいた。すなわち、昭和二一《一九四六》年一月三一日、親父が死ぬまで住んでいた。一二年か一三年くらいいたことになる。長くいた、または、いられた理由は私が家賃を支出したからであるが、私自身はせいぜい三年くらいしか住んでいない。

何だかんだで、父は芝区から上馬へ流れて行った。「焼跡の岐路から、西に、東に、南に、と思い思いに選んだ道が今日へ来ている」という吉川英治の言葉を実感する。

〈3〉中学校時代

赤坂中学校

さて、話を前に戻そう。

赤坂中学校は元々お粗末な建物だったので、地震であっさり潰れた。下手に潰れたら却って後の手間が大変だが、全く立派に潰れたので手数が省けたと言うべきだ。仮教室を作るのに一ヶ月少々かかり、一〇月に入ってからやっと開校した。

地震は一夜にして人々の環境を一変せしめた。私個人の場合にしても、今ここで己の不明、不敏をとやかく言い逃れする訳ではないが、もし地震がなかったら、もっと勉強した生徒だったかもしれない。一般的に言えば、ふわふわした世の中の気分に巻き込まれてしまった。小さく言えば、落ち着かない《日比谷公園の》バラック住まいで、学校として粗末な仮教室（隣室の声も、こっちの声も、ごたまぜのるつぼ。大工が入っていて、どんど

赤坂中学校校舎。父の卒業アルバム（昭和二年三月）より。現在は近代的なビルが建っているが、この写真の一画の雰囲気は今も残っている。

んがんがんの雑音も響く)、もっと悪いことには、頻繁に先生が変わった。数学の先生の如きは学年末までに三人も変わったように思う。一口に言えば環境が悪い。二年生の時のことだ。

三年生、四年生と全くよく遊んだ。遊び過ぎた。これでよく落第しなかったものだと、今にして我ながら感心している。しかも、まんざらビリでもなかったのだから、不思議なものだ。五年生になって、独りでに目が覚めかけていた時に、一つの事実を見せられて、全く眠りから覚めた。すなわち、一級上の連中が異例のことだが、五〜六人卒業できなかった。我々生徒の常識として四年の進級は、如何にその後怠けようと、五年の卒業を無条件的に意味していた。それがなぜか破れた。これは百の説法よりもぴりっと来た。五年生の落第坊主とは、余程、勉強がひどかったのだろう。学校の大英断と言うべきだった。誠によい見せしめだった。私は五年生の一年間は勉強した。一年の時も勉強したから、中のほとんど三ヶ年が不勉強時代だった訳だ。全く後味の悪いことだ。友人も一時の悪友はあっても、後々まで交際したものはなかった。

この時代に南佐久間町の電車通りに**錦扇堂**という喫茶店があって、そこでよく遊んだ。前に骨董屋をやっていたが、火事で全部焼いたので、新商売を始めた訳だ。後《第三部》に出て来る**木村秀一**は、ここの家族で、両親と娘四人、息子三人だった。秀一は息子の一番下だった。

南佐久間町の錦扇堂に出入りし、木村秀一と知り合ったことは、後の父の人生に大きく関係する。第三部につながる。

赤坂中学校職員①

赤坂中学の職員の横顔。

岩井校主《経営責任者》は日本橋兜町の株屋さんで、見たことはない。

平江正夫校長は漢文をちょっとばかり教えていた。話によると、昔、若気の至りで**西郷隆盛**方に加勢し官軍に刃向ったのを悔い、一生を教育報国に捧げようと決意したと言う。生涯独身だったそうだ。ニックネームはポンプ。太い体の印象もあるが、授業開始の鐘と共に出て来るから、消防ポンプ。後年、株屋氏が失脚して、《赤坂中学校は》日大の経営となった。それを機に校長をやめた。

行くところとてない校長を呼びとめた一人の卒業生があった。それはクラブ白粉の製造元、中山太陽堂主、平尾賛平氏であった。引き取られて数年後、平江氏は亡くなった。これは正に美談である。

校長の話は時代を映していて面白い。調べてみると、平江姓は熊本県や鹿児島県に見られる。薩摩士族の影響を受け、西郷軍に参加したのだろう。そして、後年、それを悔やんで教育報国を決意したと父は記す。

明治一一（一八七八）年、沼間守一が設立した自由民権運動のグループの一つ、嚶鳴社の雑誌『東京輿論新誌』に、明治一六（一八八三）年、平江正夫なる人物が『何ヲカ國權擴張ト云フ』という短文を載せ、「人智ノ開発（は）…（中略）…学問ノ力ニ因ルハ勿論ナリト雖モ政体其ノ宜シキ得テ人民参政権ヲ得、而シテ心志ヲ高尚ナラシメタルモノ与テ大ニ力アリト云ハザルヲ得ザルナリ」[72]と主張している。嚶鳴社は後に大隈重信の立憲改進党に合流する。もし同一人物であれば、西南戦争後も、彼は決して政府寄りではない。民権派に共鳴しながら教育者の道を歩んでいる。

平江正夫が開いた赤坂中学校は、その後、日大三中となった。[73] 先に西桜小学校で引用した東京毎夕新聞社の『育英之日本　後巻』に、日大三中は次のように記されている。

「日本大学第三中学校　校長平江正夫氏　東京市赤坂区中ノ町八番地　電話青山六一八〇番　由緒ある歴史を背景として、有力なる経営主体の下に、近来都下の中等教育界に異状なるセンセイションを与えたのは即ち本校である。本校は明治二十四年四月現校長平江正夫氏に依って丸ノ内大手町に創設せられ当初は高等商業学校予備門と称して専ら高等商業学校入学志望者の収容に努めていた。然るに二年後の同二十六年に至って全然組織並に学則を変更し、中学校令に準拠して純然たる中学校と改めたが校名はその発祥と入学者の志望傾向とに鑑みて商工中学校と称したのである。それ以来、年と共に順路を辿って発展して来たが大正五年校庭の狭隘を感じたので新たに山ノ手の静閑の地を選んで移転したのが即ち現在の地である。翌六年、校名を再び改め赤坂中学校と称し愈々渾然とした校風を順致して成績も亦大に観るものがあった。彼の大正十二年の大震災に校舎は幸にも余り損傷を蒙らなかったが新築を断行し面目を一新するに至った。超えて昭和五年十月に至り日本大学と合併の議進捗しその月の二十四日を期して愈々校名を日本大学第三中学校と解消茲に新しい教育方針の第一歩を踏み出したのである。現在生徒は八百五十名ありこれを三十八名の職員に依って分担教諭に任じているが、創立者たる平江正夫氏は依然校長として推戴せられ職員並に生徒間の信頼は頗る厚いものがある」(74)。

震災による校舎の被害の様子が父の記述と違う。「幸にも余り損傷を蒙らなかったが新築を断行し面目を一新」という右の叙述に対し、父は「あえなくマッチ箱を潰すが如くペチャンコだった」、「元々お粗末な建物だったので、地震ではあっさり潰れた。下手に潰れたら、却って後の手間が大変だが、全く立派に潰れたので手数が省けたと言うべきだ。仮教室を作るのに一ヶ月少々かかり、一〇月に入ってからやっと開校した」と記している。また、この少し先には「校舎は完全に倒れた」とも書いている。どちらが真相か。身贔屓する気は毛頭ないが、在校生――しかも中学生。子供ではない――である父が目の当たりにした叙述に、私は軍配を挙げたい。

しかしながら、日大三中となった後の平江校長の記述については注意を要する。父は「日大の経営となった。それを機に校長をやめた」と言うが、『育英之日本・・後巻』では依然校長である。従って、少なくとも合併直後には辞任していない。平尾賛平が招いたのが事実であるとすれば、それ以降のことである。それともう一つ。平尾賛平は「中山太陽堂主」でなく、「ダイヤモンド歯磨製造本館主」である(75)。

赤坂中学校職員②

高井教頭も漢文で、これまた紳士。

図書の富岡は策士らしかった。

習字の黒沢は三～四校もかけまわって、これは先生屋。運筆等は全然教えてくれなかった。清書もなく、採点は黒沢の印入りの練習書きを綴じて出させて決定した。

博物（動物、植物、鉱物、及び、生理衛生）の**長坂**は皮肉屋。

国語の古谷。物凄い皮肉屋。

同じく**杖下**。見るからに毛並のいい坊ちゃん。ニックネーム坊ちゃん。

修身の浦谷。紳士。教師道に徹した人格者。ただし、やぶ睨み。ニックネームやぶ。

物理・化学の直井。俗人で話せる人。

英語は七人の先生に習ったが、どれもどんぐり。特に敢えて言えば、阿保先生の発音の下手なのは天下の絶品だった。

数学の伊藤。厳格すぎた教師。

体操、兼、生徒監《生活指導》の**船木**。ニックネーム「若干」。何かというと、すぐ「若干」が飛び出す。「若干よろしい」、「若干名の者は注意せよ」の類。予備陸軍大尉で、三大節《四方拝（元旦）、紀元節、天長節》には軍装で登校する。生徒は「先生、軍服の虫干しですか」と冷やかすが、ある時、麻布三連隊《歩兵三連隊。後に二・二六事件の中心》の兵士が山王坂《日枝神社の裏手。国会議事堂の前》の停留場で、向こうからやって来てしやっと敬礼したのを見て、腐っても鯛と、私は感心した。

風変わりな先生

修身の堀田、これは変人奇人だ。この人から何を教えてもらったのか、今日でも私はとんと見当がつかない。毎年、本は買わせるが、いつの年だって一頁すら読んだ例がない。三年生から五年生に至るまで三ヶ年続けて習ったが、いつもいつも珍妙な問答を生徒とやるだけだった。一時間に二人くらいの生徒と問答する。その内容は出鱈目か、または中学校の理解能力を越えたものか、どちらなのか、今日、煎じ詰めてみても分からない。

朝はいつもいつも三〜四〇分遅れて来る。だから、第一限に修身のある組は、年中一〇分か一五分しかやらない。その代わり、最後の五〜六時限に修身のある組は、年中二時間くらいやる。以前は定刻に遅れたことのない先生だったというから、何かあったに違いない。しかし、何があったにしろ、何の罪咎のない生徒に迷惑をかけるのはいけない。

我々が五年生の時、彼氏の排斥ストをやった。学校から数人の先生が交渉委員に選ばれて、彼氏宅に談判に行ったが、「俺が平素遅れる訳は、三日三晩、寝ずに食べずに話さなければ、分かってもらえぬ」と放言したらしい。一月か二月頃にストをしたものだから、新聞に書かれたこともあって、その年の生徒募集に影響して、学校は弱ったと言う。

彼氏はもちろん辞めたが、ある朝、生徒にビラをまいた。「私は合法的、合理的、合目的的（的は二つ）に授業して来たのに、学校は私を辞めさせた。全く訳が分からない」というのが要旨だった。学校側も何か声明書を出した。これは常識的なものであるから、内容については全く忘れてしまった。

そういう訳だから、授業内容は出鱈目だったと見得る公算が大である。となると変人奇人でなく、悪人と言うべきだ。教師としてはもちろん、それ以前に人間として風上におけないと言わねばならない。授業中、生徒の態度が気に入らないと、大声をあげて背中を擦る。殴っているように見えるが、擦っている。大声で何を言うかというと、「勉強せよ」、「反省せよ」、「愚か者よ」というような意味のことを言う。彼氏はちょっとどもるので、大声を出すと益々どもる。

考査問題と来たら、何が飛び出すか、全く分からない。三年生の頃に「儒教と仏教の関係を書け」という問題が出た。こっちは儒教なんて聞いたこともないから、書きようもない。後日、彼氏、これについて曰く、「あの答案は書いた者は零点で、書かなかった者が満点だ」。

平素の時間中の問答は、「ドーナッツはなぜ真ん中に穴が開いているか」とか「野菜はなぜ青い」とかいうのを覚えている。

しかし、彼氏の言行で、ただ一つだけ今にして分かることがある。それは時間の始めに級長に姓を呼ばせる。彼氏、横にずっと立っている。自分の番が来たら立って元気よく返事しながら、彼氏を睨みつける。睨み方が足らないと、もう一度させられる。睨みが十分なほど、彼氏、満足をするのだった。それを、彼はいつも「アインドリンゲン・デ・アウゲ」と言うんだと説明していた。ドイツ語で「目に飛び込む」という意味なんだそうだ。これはいいことだと思う。只今の生徒にこそ、この精神は応用してもいいのではないか。

彼はニコチン中毒で、ある時、旅行の車中で、我々生徒はびっくりした。「エアシップ《Air Ship》」という両切り煙草と「敷島」という口付煙草とを代わる代わる休みなく呑んで、その順を間違えない。指は真黄に染まっていた。

毅然たる先生

一年生の時、ちょっと大きい地震があった。ちょうど私のC組は浦谷先生の修身の授業中だった。生徒が浮足立った瞬間を捉えて、「静かに、机の下へ入れ」と鶴の一声。自分はちゃちな教卓に入ったって仕方ないから、立ったまんまの格好を崩さなかった。まことに崩さなかった。仁王立ちだった。百の説法より、この先生の、この一つの事実、行動が如何に貴いか、私は忘れたことがない。非常の際には、この先生の精神を範として行動したいと常に思っている。

幸い何の被害もなく地震は終わったが、話はまだ終わらない。後の休み時間における他クラスの生徒の話を総合すると、浦谷先生の偉さが見事に立証される。平素口やかましく偉そうに言う数学の教師伊藤が柱につかまって震えたとか、皮肉屋で鳴る博物の教師長坂が床にへいつくばって這いまわったとか、国語の教師平岡は一瞬蒼白となって口もきけなかったとか、どれもこれも我々生徒の尊敬を裏切るような、先生方の人格にプラスにならないような話ばかりだ。しかも、その瞬間に指導した人がいないらしいとは、平素の肚の問題と言わざるを得ない。

もっと言うと、浦谷先生のような適切な一語がなかったばかりに、二階から逃げる生徒が狭い階段に殺到し密集したために、頭に瘤《こぶ》をこしらえた生徒、手足を挫《くじ》いた生徒、蹴られた者、踏んづけられた者など二次被害が生じた。結論として、浦谷先生の態度の美事なること、生徒指導の極めて適切だったこと、ここにこの人の真価がある。

木造家屋は、余程、お粗末でない限り、そう簡単に潰れるものではない。だから、こと木造に関する限り、下手に逃げない方が安全である。この話の地震くらいだと、瓦が当然飛ぶから、外へ出るのも用心して、座布団のようなものでも被って逃げる必要がある。浦谷先生の臨機の処置も、潰れなかったから成り立つと言うのではなく、多数の生徒がいる関係上、素早く階段をおりて下へ行けないし、よしや家が潰れても丈夫ながっちりした机だから、その下に入る方が比較的ましだろうという判断であっただろう。そして、自分は入るものがないから立ったまんまという犠牲的態度を取ったのであろう。

先生は週に二回ほどしか登校しなかったので、そう我々と馴染みが深い訳ではなかった。しかし、この態度は生死を超越していた。言い換えれば、責任上、死んでいた。教育者の一つの姿として貴いものだ。得てして世人は死んだら、うんと話題にしてくれるが、死の一歩手前のものや予防的手段に対しては、それがいかに十全なものであろうと十分の敬意を払わない。人の長たるもの、職場の長たる者は、そこに着目して適切に報いたら、世の文化・文明は一段と向上するだろう。

さほどとは、実は思わなかった先生……、偉い先生だった。私は今日まで尊敬している。この先生の面影が卒業アルバムに載っていない。編集者のちょっとした過失だろうが、残念で仕方ない。

その翌年の関東大震災では、赤坂中学校の先生方は一階の職員室の大テーブルの下からぞろぞろ這い出して、皆、助かった。校舎は完全に倒れたのに。その隣室で執務中の事務員、小川つねさんだけが事務机が潰れて死んだ。机の下で。先にも述べたことだが、ことここに至れば、生死は天の命ずるところと達観せざるを得ない。

〈4〉法政大学

法政入学

かくて昭和二《一九二七》年三月、私は卒業した。平江校長は「勝って兜の緒を締めよ」との別離の辞をくれた。ところてんみたいに押し出してくれたが、不勉強が祟って入試がうまく行かず、結局、二年間、自習して法政へ入った。

法政時代は、もりもりやった。死に物狂いの勉強をやった。二四時間中、勉強しなければ寝ていた。寝ていなければ勉強した。法政の先生は、皆、立派だった。他校の先生も多数来てくれた。いちいち書くに堪えない。専攻の英語以外の教科の先生でも実に立派な人がいた。

父は実は法政で国語の勉強をしたかったようだ。だが、祖母は国語なら進学させない、英語をやれと言ったらしい。国語はダメだ。英語こそ人生を支えると。これについて高梨健吉が興味深い引用をしている。

「菊池寛の『父帰る』を読むと、極貧の中で苦労しながら家を興そうという息子が『英語の検定をとる』決心を語るところがある。明治四十年頃のことだ。…『英語を学ぶは出世の基』という俗悪極まる広告が都下の大新聞紙上を飾っていた」。

俗悪極まるかどうかはともかくとして、英語を学ぶことで世に出られるという考えが明治末にあったことが分かる。この文は中野好夫の『直言する』という主張の中の一節のようだが、[76] 祖母の思いは正にこれだったのではないか。

法政の先生方

野上豊一郎先生

シェイクスピアや英文学史を習った。また、雑談中にためになる話が多々あった。我々の卒業後、「能」の多年に渉る研究の功により文学博士を授けられた。奥さんが**野上弥生子**という作家であり、息子が大学教授の**野上素一**である。

岩崎民平先生

外語《東京外国語学校》の先生。いい先生に習うべきだと当然のことを生々しく感じたのは、この人に接し得られたおかげだ。発音の美しいことといったら、他を圧倒していた。もう一人若い先生で、ちょっと癖があったが、発音のいい人がいた。これら先生のおかげで発音に特に注意するようになったのは一生の宝と言うべきだと思う。

石川謙先生

教育学及び教育学史を教えてくれた先生に石川謙という人がいた。この人は大学者だった。教師になってから教育学の恩恵を受けた自覚は皆無だが、この人から学に対する熱情を得たこと、しかも多量に得たことは大なる収穫だ。帝国学士院の会員で、かつ有栖川家の奨学資金を毎年もらっていた。江戸時代の**石門心学（石田梅岩）**を研究していた。

かくて昭和七《一九三二》年三月に卒業した。

石川謙について上笙一郎は次のように言う。

「日本教育史学者。一八九一（明治二四）年愛知県に生まれ、小学校教師をつとめたのち東京高等師範学校に入学、卒業後アメリカのスタンフォード大学に学ぶ。東京女子高等師範学校＝お茶の水女子大学等の教授をつとめつつ、日本教育史の研究に専念。従来の教育史研究が著名な学者・学説研究が中心だったのにたいし、庶民教育史を主題に選び、徹底的な実証をもって研究を推進、実証科学としての教育史研究法を確立した[77]」。

第三部に、お前は教育学を学んだことがあるかと問われ、俺は石川謙という日本一の大先生にならったんだと、心中叫ぶ場面がある。確かに、それだけの学者である。

親父との暮らし

私の学費も隆三のそれも、皆、母が出した。ことは学費だけでない。すべて母の負担だった。親父は出していない。法律上は赤の他人の元の女房のおかげだ。

ただ、日々の食事だけは与えてくれた。それとてもちろん最低限度の話だ。そして、なるべく食わないように仕向けた。小学校の四年生頃から法政卒業までの約一五年間、私はことごとにいじめこくられた。「死ね」とも、「出て行け」とも言われた。それは今にして分かる。「こいつは母の息がかかり過ぎている。将来、自分をみるはずがない」というのだったろう。

そして、弟に希望を托したと見える節もあった。といっても、さして実質的変わりはなかった。とはいうものの、若干違ったことがあった。例えば、《弟が》世田谷中学《現世田谷学園》に入った時、入学に要する金は勧業債券《日本勧業銀行の債権》を全部（五～六枚）売り払って用立てした。

しかし、一回こっきりで、後は全然出さなかった。また、後年、何かの折に小遣銭を《弟に》やったことがあった。私はおよそ一銭だってもらったことはない。それでは立ち行かないので、寝ている間に失敬したことがある。でも、後日、《親父が死ぬまで上馬の借家の》家賃を払い続けたから、何倍もにして返した。

親権という言葉をよく口にしていた。権利の概念はあっても、人間の人間たる所以の愛情に欠けていた。我が子を養い得ない親なぞ親の資格はない。自分は不心得のくせに、良い子らを持ったと言えよう。心掛けのよくない割には、子からはさしてひどく扱われなかった。幸せな人だ。

第三部　苦難時代（昭和七年四月より一五年三月まで）

〈1〉伏見時代

大学は出たけれど

私は昭和七《一九三二》年に法政大学を出た。世は不景気のどん底に喘いでいた。日比谷公園にはルンペンがうようよしていて、昼でも歩くのは愉快でなかった。

昭和初期、日比谷公園にルンペンがうようよしていたと言う。その公園には、ちょっと前まで父自身が住んでいた大正の大震災の罹災者のバラックがあった。さらには、明治の日露戦争の講和条約に反対した人々が不満を爆発させた日比谷焼打事件は、この公園に始まる。東京のど真ん中、皇居の目の前の日比谷公園は時々の社会を見続けている。

高等師範部を出た連中も就職先がなく、どんな遠方でも喜んで行ったものだ。私立大学を出た者は就職は困難だった。私の同窓生ですぐに就職できたのは、九段中学校（東京市立第一中学校）に行った佐藤尉二郎君ただ一人であった。尤も小学校には数人行ったが、《高等師範部の本来の就職先である》中等学校（師範学校、中学校、女学校、各

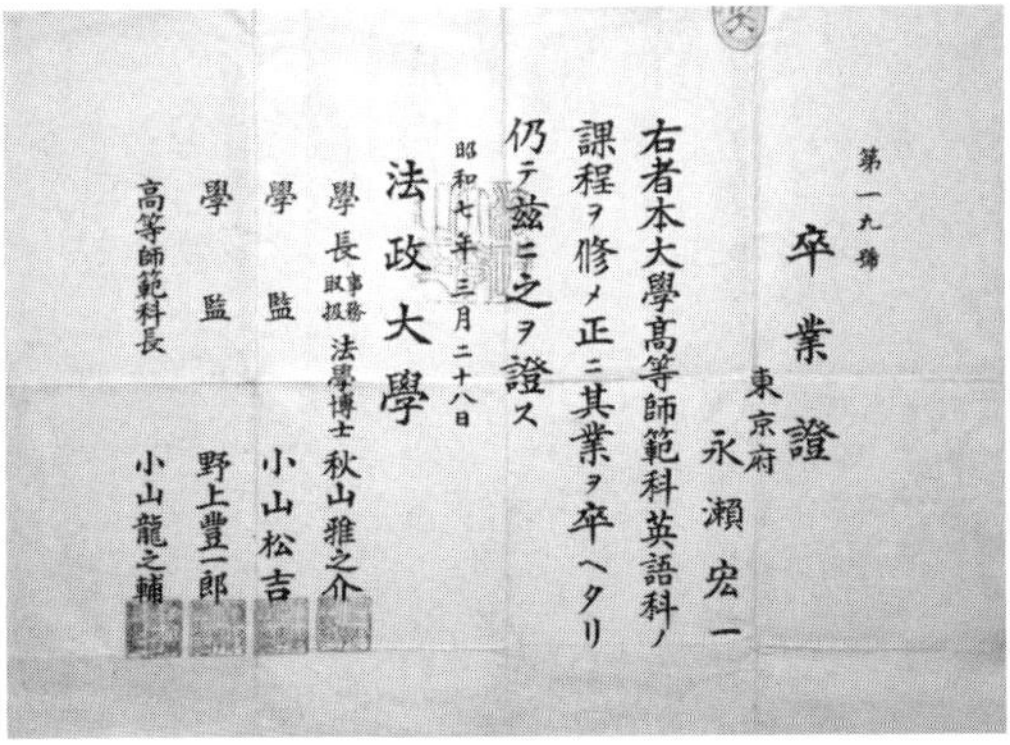
第一九號
卒業證
東京府 永瀬宏一
右者本大學高等師範科英語科ノ課程ヲ修メ正ニ其業ヲ卒ヘタリ仍テ茲ニ之ヲ證ス
昭和七年三月二十八日
法政大學
學長事務取扱 法學博士 秋山雅之介
學監 小山松吉
學監 野上豊一郎
高等師範科長 小山龍之輔

法政大学卒業証書。

種実業学校）は彼だけだった。ただし、これは英語科の話で国漢科は知らないが、もちろん話はしれていると思う。当時「**大学は出たけれど**」という言葉をよく耳にした。そんな題名の映画もあった。

「すぐ就職できたのは佐藤尉二郎君ただ一人であった。尤も小学校には数人行ったが、中等学校は彼だけだった」との一節は当時の社会を考える手掛かりになる。この頃の小学校は大卒の就職先ではなかった。「従来は各府県の師範学校卒業生で占められていた小学校教諭にも〝学士様〟が就職し、それも代用教員に甘んじ[1]」たと、『昭和ことば史60年』は言う。つまり、就職できないから、ランクが下の小学校に行ったという訳である。

「（大学への）進学率は、昭和五（一九三〇）年時点で、たかだか同一年齢人口の三・〇％程度である。戦前の学生青年とされる層がいかに少数であったか[2]」というのだから、彼らのプライドは相当高かっただろう。それにもかかわらず、大卒には厳しい現実が待っていた。父が卒業した昭和七年の大学・専門学校の就職率は三八・四％。この前後は昭和四年が五〇・二％、昭和五年四二・二％、昭和六年三六・〇％、昭和八年四二・七％、昭和九年四四・九％。つまり昭和六年、七年は三〇％台で最悪だった。[3] 父の言う通り「大学は出たけれど」という映画があった。昭和四（一九二九）年の作品で、小津安二郎監督である。

なお、中等学校へ行った佐藤尉二郎の郷里は徳島県である。これが後に父の人生を大きく左右する。

初めての仕事―神田御蔵橋

だからといって遊んでもいられない。煙草銭くらいは得たいと思って、昭和七年の春、英語のできる人という新聞広告を見て、須田町《現千代田区神田須田町》の先、美倉橋《神田川の橋》付近のおもちゃ輸出商へ行ってみた。朝、番頭が注文品の数量から箱の大きさを割り出して、電話で箱を注文すると、二時間くらいで届く。その箱詰めの手伝いを毎日した。月給とも日給とも言わなかったが、もらった額から割り出してみて、一日に一円少々だった。

番頭と小僧と私だけで、店はごく小さく、輸出商らしい気分なぞなかった。一体何のために英語が必要だったのか分からない。外人が来たら通訳させるくらいのところだったのだろうか。別に意地の悪い人はいなかったが、向こうは向こうで失望したようだし、こっちはこっちで失望したので、一ヶ月ほどでやめた。

教員免許状取得

六月の末、文部省から免許状を入手した。見れば六月二〇日付である。法政の事務当局の手際がよく、割合早くもらえて、まずは一安心。遅い場合は一年近くかかるそうである。これ一枚のために、かなり無理な勉強をしたものだ。

最後の一言。私は母から聞いた。「父さんは英語をマスターするため、大変な努力をしたらしいよ」。我が父は器用な人ではなかった。何をしても要領が悪かった。第二部にあるように祖母のアドバイスを受け入れて、国語でなく英語で法政に入った父だが、英語をマスターするのに猛勉強したようだ。

幻の文部省就職

毎日遊んでいるのは苦しいものである。そんな時、母の知り合いの岡倉さんという芝区日陰町のセコハン《中古》洋服屋さんが文部省に口があると知らせてくれた。この時、文部省へ行っていたら、私の一生も大きく変わっていただろう《そして筆者も生まれていない》。しかし、母は室さんの元お抱え車夫の大学出の息子に譲った。実は京都の木村秀一君《第二部参照》から、店の手伝いに来ないかとの話があり、行くと約束した後に、この話が持ち込まれたのだが、両者は比較にならないものだから、京都行きを断ればいいのに、価値判断を誤り、先約に変な義理を立ててしまった。車夫の親子は大層な喜びようで、何か物を持ってお礼に来たということだった。

祖母に文部省を紹介した古着屋のあった日陰町は現在、第一京浜の西側を平行して走る道筋一帯。かつては著名な古着屋街で、五〇軒余(4)の店が軒を並べていた。

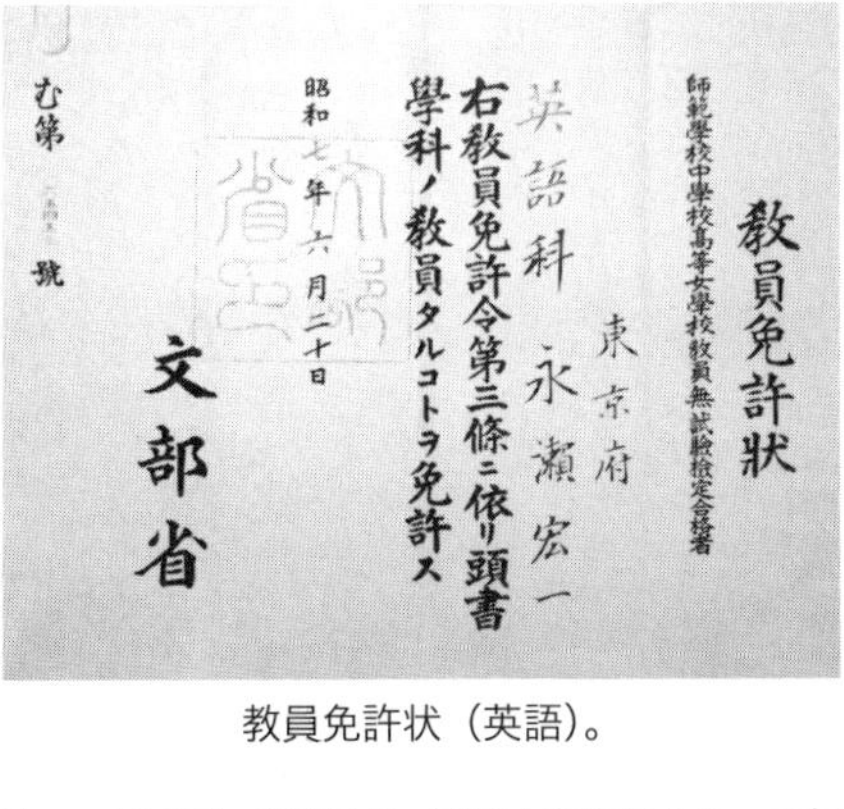
教員免許状
師範學校中學校高等女學校教員無試驗檢定合格者
英語科　東京府　永瀬宏一
右教員免許令第三條ニ依リ頭書學科ノ教員タルコトヲ免許ス
昭和七年六月二十日
文部省

教員免許状（英語）。

確かに文部省の話は人生を左右する一大事である。この一節の書き振りからして、祖母が父の進路の主導権を握っていたようだが、この話を、私はこう思う。父は生真面目で実直だが、実に不器用で融通が利かない。官僚の世界は父に向かないと祖母は判断したのだろう。決して京都行きと比較した結果ではないと思う。

京都へ

昭和七《一九三二》年一〇月のある日、私は品川駅から午後一一時頃、下り普通電車に乗った。折よく母に時間があったとみえ、見送りに来てくれた。その時の言葉を、今でもそっくりそのまま覚えている。

「真綿で首を絞められるようなことがあるかもしれない。その時は戻っておいで。体に気をつけて」。

いかにも親らしい愛情あふれる言葉であった。神経の細かい私は案の定、車中でほとんど寝もやらず、翌日午後二時頃、一五時間くらいかかって、やっこらさと京都へ着いた。勝手が分からないから、駅前から円タク《一円均一のタクシー》で伏見区油掛納屋町へ向かった。ここで木村秀一君が日用品デパート「**大一屋**」を開いていた。

父がたどり着いたのは現在の京都市伏見区である。かつて伏見は豊臣秀吉によって作られた「国内最大の河川港[5]」で、江戸時代には「京の生活文化を支えていた『物資のターミナル的都市[6]』」として栄えた。幕末の一八六八年、鳥羽伏見の戦いの舞台となったことはよく知られている。昭和四（一九二九）年、伏見町は伏見市となったが、二年後の昭和六（一九三一）年、京都市と合併して、京都市伏見区となった[7]。つまり、父が行った昭和七年は伏見区となった直後であった。

私はある秋の一日《ひとひ》、伏見を訪れた。さて、父のいた大一屋はどこか。油掛町、納屋町の由緒ありそうな店で尋ねたが、場所を特定できなかった。すぐ近くには著名な寺田屋があった。鳥羽伏見の戦いの弾痕が民家の壁に残されていた。大一屋は分からなかったが、有意義な歴史散策となった。

父が京都まで乗った列車を当たってみた。品川駅を二三時四八分に出て、京都駅に一四時三分に着く東京駅発下関行普通列車[8]であろう。父の記述にぴったり合う。

伏見の大一屋

木村の義兄成田は京都大丸で叩き上げ、相当の地位にいた。一方、正則中学《現正則高等学校》を出て、どこの入学試験にも通らず腐っていた木村を、彼が京都大丸に引っ張った。この頃、大丸では数年間、幹部間に営業方針を巡って対立があり、一方のグループが辞職したと言う。成田も辞めた一人で、当然、木村も行動を共にした。そして、大丸出入の問屋筋の応援を得て、日用品デパート「大一屋」を五条と伏見に作った。しかし、世は極度の不況。五条店は間もなく行き詰まり、閉店した。仲間も散って、成田、木村だけとなった。かくして残った伏見の店は何としても守り抜かねばならない。二人は俗に言う「背水の陣」を布いた。そんな店に私は行ったのだった。店員のサラリーも安かった。三〇円の男子が一人いただけで、私も二〇円という低賃金の店員だった。

私とほとんど同時に大一屋に現れた男は西桜小学校の同窓生だった。伊藤と言い、商業学校を出て神田の三省堂に勤めていたが、無軌道の生活が祟って失業中だった。京都に呼ばれたのは、伊藤が南佐久間町の錦扇堂《第二部参照》に一時出入りしていたからだろう。

私より一ヶ月遅く、浅田一雄という同志社出の文学士が店に現れて主任になった。いくらか知らないが、大一屋に投資したのだ。浅田君は学生時代に見合いで結婚したと言う。母親が早く孫の顔を見たがったからということだった。この人は私より二～三歳上で、いかにも浮世の苦労を知らない毛並みのよさが感じられた。私は「坊ちゃん」というニックネームを奉った。

この浅田一雄は、後日、父の人生の節目に絡むことになる。

また、谷という五〇年配の温厚な人も現れた。浅田君と同様、投資をした人だった。浅田、谷は知り合いらしかった。

大一屋は元銀行だったという二階建てコンクリート造りの建物で、下が化粧品、呉服、雑貨、食料品、菓子、上が金物、瀬戸物、催物会場だった。商売とは有り難いもので、問屋を一月待たせば一月食える。つまり、他人の金で生きて行ける。私は店の経理内容は知らないが、相当の借金があったらしい。問屋側からすれば、だからといって潰しても仕方ないから潰さないでおこうというくらいのものだったのかもしれない。かく言うと、借金を返してもらえない問屋とは弱いものだということになるが、問屋もさるもの、例えば仕入係を買収して、売れないだろう不良品を押し付けて行く。そんな品物がカウンターの下で埃まみれになっていた。それがまた借金の一部になっていたのかもしれない。

大一屋の女達

大一屋で、私はかなり恋愛の修行をした。恋愛は熱情であって理性ではない。けれども余りにも一時の熱情に走って結婚などすると、生涯、味気ない人生を送ったりして、結局、結婚は人生の墓場なりなどと嘆かねばならない。だから、半分情熱、半分理性で恋愛して、長い生涯を考えに入れるようにするが一番よいと思う。

その頃は流行歌の黄金時代だった。[9] 今でもメロディーとして時折聞く「時雨ひと時」、「涙の渡り鳥」、「忘られぬ花」、「島の娘」等が流行していた。[10]「忘られぬ花」の歌詞はこんなものであった。

一　忘られぬ花の香よ　そのかみの君が面影
　　あぁ空ろなる　夢にも以て果敢なきは
　　恋のさだめか　あぁあぁあぁ

二　晴れやらぬ胸の思いよ　そのかみの君が言の葉
　　あぁはるかなる　星にも以て冷たきは
　　恋の名残か　あぁあぁあぁ

むせび泣くようなメロディーは若人の胸にアピールした。小さな、美しい、何とかいう伏見の喫茶店で、食後に、あるいは、一日の勤めを終えてから、一杯のコーヒーを楽しみながら、このメロディーを聴いて青春の血が躍動した。否、今でもそうだ。だが、一筋の気持ちの違いは否むべくもない。

今村千代子さんという京美人が店にいた。豆腐屋の娘で、京阪《けいはん》の伏見桃山駅の近くに住んでいた。これは活きた人形であった。彼女の和服姿は何とも美しかった。他のことは何も考えずに、ただ見ていたら永遠の美の女神である。しかし、口を開かせてはいけなかった。後、木村にもらわれた。

上村たかさんという美人で気立てのやさしい娘がいた。宇治の木幡《こはた》に住んでいた。運転手の恋人を持っていて、いつも仲間に冷やかされていた。木村にちょっとしたことで馘にされかかったのを、私が間に入って許してもらい、当人と母に大変感謝された。条件付きで許すから、今夜、自宅まで送って母親に事情をよく話して来てくれと木村に頼まれたのには弱ったものだ。

山田文子さんという女学校出の人に好かれたが、こっちが余り気が向かなかった。

荒木さんという気立てのよい、かわいい娘がいた。もう一人、**荒木**さんがいた。便所掃除をいつも買って出る感心な娘だが、真面目過ぎて、そこにいるかと誰も言ってくれない人である。しかし、人間としては上であることは間違いない。人気と人間の上下とは別物の場合がある。

　この一節は全体に何か思わせぶりな感がある。「一筋の気持ちの違いは否むべくもない」とは、どういうことだろう。特に今村千代子さんに対する叙述は気になる言い回しである。二人は互いに惹かれながら、すれ違ったということなのだろうか。

　山田文子さんに好かれたが、こちらが乗り気にならなかったとか、大一屋で恋愛の修行をしたとか、いずれであれ、正に青春時代だったようである。こうした話を読んでいると、私の誕生は際どいものだと痛感する。

大一屋の男達

宰務《さいむ》という大一屋の幹部社員の兄が京都の三条で、大きな旅館をやっていた。私は、ある日、呼ばれて色々御馳走になった。また、彼とは**中書島**《京都府伏見区》の**牡蠣舟**《川辺で牡蠣を食べさせる舟》で酒を飲んだこともあった。その時、真っ暗な隣室から男女の感激の呻き声が聞こえて来たのには、二人とも思わず顔を見合せてびっくりした。中書島は堀で囲まれた島で、全体が遊廓であった。近くを**宇治川**が流れて、景色のいいところだった。

　この中書島の女郎屋の長男が煙草銭稼ぎに大一屋に来ていた。裏話を聞かしてもらって見聞を広げた。父は倉庫会社の重役で、兄弟は旧制高校、大学を出ていた。判事をしているのもいるらしい。店と住まいは別だった。

　Iという大一屋の呉服の出張販売を担当していた男がいた。夕方、外から戻って来ると、閉店の八時半から九時までの間、他の者と店内で働いた。店の中にいる時は、扱った金銭をすぐにレジスターに入れなければならないから変な真似はできないが、店の外で菓子、足袋、靴下等を通行人に売るサイドセール、略してサイドの時は、一定額が貯まってから店内のレジスターに納めるため、この男は少しずつ売り上げを失敬していた。これは金銭に細かい木村も気付かなかった。

分かった理由は狭い道の向こう側の店のサイドを担当していた店員が毎日、その様子を見ていたからだった。「木村さんは知らないのかなあ」と言っていると、私の耳に入ったので、店員に状況を聞いてから木村に話した。ところが、彼はさして驚きもせず、「あいつならあり得る」と言った。事実は知らなくても人品は分かっていた。彼は後日、馘になったが、別の店に移ってからもやったそうだ。

大一屋倒産

昭和七年の年末の雑踏振りは物凄く、木村は大喜びだったが、翌昭和八《一九三三》年の二月、ついに身動きがとれなくなって閉店した。私は居残って、後始末一切を終えて、五月頃、帰京した。

その後、成田は東京の高島屋へ就職した。高島屋が東京店を新築開店した時だったと思う。木村は数十回に及ぶ大丸復帰運動が奏効して、元の地位より低いところで採用してもらったそうだ。これは異例のことで、本来は内規に反するとかいうことだった。

帰京前に、浅田君が「せっかく京都まで来て、大阪を知らないというのは残念だから、御案内しましょう」と親切に言ってくれた。そして、彼氏が大部分の費用を負担して、大阪見物に行った。また、彼氏の用件で**心斎橋筋**を歩いたり、**大阪城**を見学したりした。

大一屋解散の花見旅行。左上に父。父の下は浅田一雄氏と思われる。右列上から二番目が今村千代子さんか。

堺まで付いて行ったことを覚えている。東京に戻ってから浅草海苔[11]を御礼に郵送した。以後、文通は絶えそうで続いたが、昭和一五《一九四〇》年四月に、後述のように大阪へ赴任したので、交際は再開された。専攻が同じ英語であり、ひいてはセンスが同じで、すべて話がよく合うので仲よくなった。

　四月のある日、宇治方面へ花見に行って、大一屋もいよいよ解散となった。メンバーは木村、谷、浅田夫妻、私、今村及びその妹、荒木（便所掃除の返礼）等で、宇治の平等院を見学、醍醐で花見し、宇治川の清流で遊び、帰途に伏見桃山駅食堂で、男達だけで一杯飲んで一日を終わった。

　いよいよ去る日が来た。浅田君と小店員の徳野が京都駅まで送ってくれた。この約半年間は、私の人生コースとしては無意味な回り道だったが、大きく言えば社会勉強をさせてもらった。学校を出たばかりで、実社会を知らなかった私にとって、大一屋は勉強になった。人は各々、その立場、立場において真剣に生きているという姿を見せてもらった。また、小さく言えば恋愛の在り方も習った。汽車が《京都駅を出てすぐの》東山トンネルを抜ける頃、感激の涙を押さえ得なかった。月日に比例して余りにも多大だった人生経験、その感激の涙、そして、また、青春の涙でもあった。

転職の日々

京都から戻った私は、また何もせずにぶらぶら遊ばねばならぬ羽目になった。そこで、世田谷区上馬の住まいの近くの三軒茶屋電停前の柳華堂という洋品屋の売子になったり、玉電《玉川電車／渋谷駅―玉川駅（現二子玉川駅）―溝の口駅》終点の溝の口《川崎市高津区》の綿屋の外交員になって、売れない綿を持ち歩いたりした。この綿屋の親父は町会議員などをしている土地の顔役で好人物だったが、売り上げ実績が上がらなかったので、すぐ辞めた。一方、洋品屋の親父は正反対のいやらしい人間だった。自分の誤りを棚に上げて人を責めたので、腹一杯、言いたいことを言って辞めた。かくして、昭和八年は半ば遊んで暮れた。

　年末に、法政の同級生畑中俊夫君の世話で目黒郵便局の臨時雇いとなって、約二週間、働いた。年賀郵便の区分別けだが、役所だから勤務時間がきちんとしていて、かつ商売でないから、お世辞もいらず、私の性に合っていた。

畑中俊夫は、この後も時折顔を出し、父の人生をサポートする。

〈2〉下河津時代

伊豆へ

法政の同窓生に後藤明君がいた。入った時は同じだが、彼氏は一年生を二度やったので、我々より一年遅く昭和八年に出て、東京府下の小学校に就職した。ところが、一年で馘になった。真相は恐らく成績不振だったのだろう。それで昭和九《一九三四》年四月から静岡県賀茂郡稲生沢《いのうざわ》村《現下田市》の自宅で遊んでいた。そんな彼がよかったら紹介するから賀茂郡のどこかの小学校で勤めないかと言ってくれた。

二月か三月かの初め、東京湾汽船の霊岸島（汽船の発着所は間もなく芝浦となった）《第一部参照》から伊豆大島経由で下田へ向かった。船で気分は悪くなった。夜出て朝着く[12]のは効率的だが、寝られず、案外疲れた。

下田入港の直前に、「オレンジ実る常夏の国、唐人お吉で普く天下に知らるる下田の港へ只今ご案内致します」てな名文句を船内放送して大いに気を持たせたが、ただの田舎に過ぎなかった。大島の元村でも、下田でも、船を岸壁に付けられないので、実に下船に手間がかかり、降りない人にも時間の空費を強いる。特に浪の高い時なぞには、艀《はしけ》に乗り移るのは一種の軽業をやる気でいなければならぬ。

彼氏が迎えに出てくれていた。一年ぶりで会ったので、何だが実によくしゃべった。「京都へ行って、人が変わったなあ」と言われた。人に揉まれて少し明るくなったと言いたいのかもしれなかった。

法政大学同窓生、後藤明氏（右）と下河津にて。昭和十一年八月。父（右から二番目）、弟隆三（右から三番目）。

後藤明は父の人生に非常に大きく関わっている。留年したと言うが、確かに父の卒業アルバムに写真はない。

小学校就職

彼は「恩師の鈴木万次郎先生が下田小学校《現下田市立下田小学校》の主席訓導《今日の小学校教頭》で懇意にしている。その人を通じて校長に頼む。下田は賀茂郡の中心で、下田小学校は郡内で一番格が上である。校長は郡教育長である。郡内の校長連が『教員が欲しい、誰かいい人はいないだろうか』と持ちかけて来るのだ。尋ねて行って頼もう」と言う。

下田小学校の門を入って行くと、当の鈴木先生が運動場をぶらぶら歩いている。色の真黒い、見るからに人の良さそうな人物であった。後藤君の持ち前で、決して悪気はないが、「おい」と呼ぶ。向こうも「おう」とか何とか返事する。「こないだちょっと話した友達を連れて来たよ。校長いるかい」といった調子である。「いる。まあ上がれ」と校長室に通された。言葉はぞんざいでも、その底に誠意があるのだが、後藤君の場合はやや偏したものと言うべきだろう。

校長は確か石原先生と言った。別にテストされたという訳ではなく、顔を見た程度で終わった。後日聞いたところによると、校長は「おとなしそうな人だが、少し元気がないようだ」と漏らしたそうだ。

後藤君によると、「四月に新卒を配置した人事異動をやるが、それには割り込めない。だが、一ヶ月か二ヶ月の間に必ず何かの事情で『先生はいないか』と、郡内の校長が下田へ来て聞くから、その時に推薦してもらう」ということらしい。なるほど、その通り、五月の初め、「キミヲサイヨウスル　スグコイシモカワズ」という電報が上馬の自宅に舞い込んだ。それで大至急、用意を調え、再び汽船で下田へ向かった。電報を受けてから二～三日後だった。母が「小学校かね。中学なら申し分ないんだが」と残念そうに言った。

後藤君に会って話を聞くと、「下河津は下田から熱海行バスに乗って一時間くらい、温泉の出るいいところだ。ただ、校長の鈴木毅は俺と仲が悪いから、俺の名を出すな。それにしても、なぜ急に人が欲しくなったか理由は分からん。実は下田の西の下流《したる》小学校でも一人欲しいと言っていたそうだが、校長がお前の履歴書を見て、そんな偉い人はいらぬと断ったそうだ。こんなものの言い方をする校長のところへは行かぬが無難だ。また、学校も小さいから骨の折れることもある。だが、下河津は大きいぞ。二〇人くらい教員がいるはずだ。まあ元気で行ってみなよ。就職難時代だから万事辛抱しろよ」ということだった。こうして、午後二時か三時頃、**東海バス**の下田発着所で別れた。

父が乗ったバスを調べてみた。東海自動車東海岸線「伊豆下田発伊東経由熱海行」の一四時一〇分か一五時〇〇分のいずれかであろう。[13]

下河津

やがてバスは下田を離れ、「**唐人お吉**[14]」で名のある柿崎の**玉泉寺**[15]のあたりを過ぎて山道にかかった。初めからただでさえ広くない道は益々狭まって、沿道の木の枝や葉がバスの窓ガラスを撫で始める。私は心細くなって、「行先は猿と人間が半々に住むところか」などと考え始めた。やがて海が見えて来て安心した。この熱海までのコースで、この後、海の見えないところはほとんどなかった。「山道」と思ったところにも、後日、新道路ができて、全コースすべて海岸沿いとなった。

さて、**白浜村**《現下田市》を過ぎてからジグザグコースとなって、乗っていて実に気持ちが悪い。ちょっとハンドルを切り損ねたら、どすんと下へ落ちるような箇所の連続である。およそ都会では見慣れない運転の仕方だった。すなわち、片方へぐるぐると何度もハンドルを切る。次の瞬間には反対の方へまた何度も回す。それの繰り返しだった。後で経験したことだが、ジグザグがひどいから、夜間なぞヘッドライトは真の行く手を照らさず、的外れの場所に光が届くことになる。運転手の勘に我々乗客の全生命が託されている。これは時にガスがかかる**天城越え**[16]のルートにも同じことが言える。しかし、およそ東海バスが事故を起こしたことはないと言う。

白浜村は「天下の楽園」と言われていた。村の特産の**テングサ**を共同出荷して、それで村の税金を全部払っていたらしい。近隣の町村のいとこ、はとこは白浜の身内を頼って、その名義にしてもらえば、自転車も荷車も無税[17]で済んだ。

ジグザグコースに飽きた頃、やっと目指す**河津浜**に近付いた。下河津の浜部落、東海バスの河津浜停留所である。「長い間、お疲れ様でございました」と車掌が紋切型の挨拶をしたが、こんなジグザグコースは初めてだから、「全くご苦労様」と自分に言って、バスを降りた。

磯の香が高い。少々入江になっている。前面やや東寄りにネズミ色の《伊豆》**大島**が見える。その横に薪を寝かせたような**式根島**。砂はあくまで白く、海と空は青い。何と素朴な美景だろう。私は、これは、これはと痛く感心した。

天城線へ連絡するバスがすぐあったので乗り換えた。といっても、次の**谷津**《やつ》で降りる。「次は谷津です」と車掌さんが言う。それはいいのだが、「どこで下りますか」と私に聞いて来た。この先は思う場所で自由に乗り降りができるらしいとは後から知ったが、そういう経験がなかったので、最初意味が飲み込めず、「停留場で降りる」と変な返事をした。そうしたら、たまたまそれでよかった。停留所のある場所は役場、旅館、商店、理髪店等がずらっと並ぶ村の銀座であった。

バスを降りて後藤君に言われた通り、一軒の下駄屋へ飛び込んだ。そこは、彼の親戚だった。持っていた行李一個を頼んで学校へ向かった。三分の距離だった。学校の案内で温泉旅館**増田屋**に行き、校長と主席訓導の三人で飯を食べ、話をした。

下河津尋常高等小学校

私は一泊して、翌日、登校した。昭和九《一九三四》年五月五日だった。

学校所在地は静岡県賀茂郡下河津村笹原

校名は下河津尋常高等小学校

校長、**鈴木毅**

主席訓導、**久保田完衛**

教員数は尋常科一二人、高等科四人、裁縫専科一人、計一八人。

分教場は二。一は**縄地**《なわじ》に二人、**逆川**《さかさがわ》に一人、合計三人。

下河津尋常高等小学校は現在の河津町立南小学校。同校ＨＰによると、大正六（一九一七）年四月一日、下河津尋常高等小学校として設立されたとある。

好条件

五月一一日付の辞令を見て驚いた。私は代用教員として行った[18]のだが、代用とは「尋常小学校本科正教員（尋正）」の代用だろうと思っていたところ、「小学校本科准教員（本准）」の代用だった。恐れ入り、かつ驚いた[19]。月給は三五円だった。尋正の初任給は三〇円くらいだったようだが、《学歴の》レッテルが一枚上なので五円奮発してくれたと、私ははっきり聞いた。

宿直室（といっても独立家屋）には先住の鈴木富男先生がいたが、「もう一人くらい入れるから、そこで暮らせ」と校長に言われて、そうした。私は、この鈴木先生に小学校のいろはから教えてもらった。人柄もよく、一緒に住めたのは幸いだった。鈴木先生は中学校を卒業して、腰掛けのつもりで始めた代用教員が長くなって、尋正の資格を取ったと言う。苦労もしているだろうが、元来がよくできた人物で、理性と感情がほどよく調和していた。通いで小使いをやっていたおばあさんが我々の炊事をしてくれた。食事は月に一五円から二〇円かかったが、下宿よりは安かった。後に鈴木先生が結婚で宿直室を出ることになり、常直は私一人となった。

ところで、なぜ下河津小学校で欠員が生じて、私が呼ばれたかというと、追々分かったことだが、校長が一人の先生を追い出したということだった。

小学校の授業

この道の常識だが、私の受け持ちは、一番やりやすいという三年生であった。新米教師は、皆、そうだ。そして、男子の組をあてがわれた。ただ、その中に校長の倅がいたのにはいささか参ったが、一番よくできる子だったので助かった。私は一年目に三年男子、二年目に四年女子、三年目は三年男子、次は四年女子と教えた。最後の組は一学期だけだった。

修身《道徳》は読めば一～二分で終わってしまう、それをこねて引っ張って、三時間くらいやるんだと最初聞いて、何と難しいことかと呆れたものだ。今なら五時間でもやれる。読方《よみかた》も扱い方は難しい。相当のテクニックが必要だ。その点、算術は楽かもしれない。書《かき》方《かた》、手工、図画、唱歌、体操等、技術方面も素人には易しくはない。私は校長の命で高等科の地理や歴史をやって、その代わり図画、唱歌、体操等を人にやってもらった。大きな学校なので助かった。なお、ここに書いた学科の呼び方は当時のままである。

真面目に勤務

五月に赴任して、六月に養蚕休暇があった。これはうまいと喜び、また、びっくりした。後で分かったが、その代わり夏休みが短い。養蚕休暇は毎年およそ一週間らしいが、各家庭から情報を集めて、最も多忙な時に休むのだ。思いがけない休暇に喜んだ私は早速、東京に戻った。母が「馘になったのか」と言うから、とんでもない、これこれだと話して大笑いした。土地ごとに「茶摘み休み」とか「田植え休み」とか、色々あるようだ。

在京中、高師《東京高等師範学校》の付属小学校《現筑波大学付属小学校》を参観した。その後も、こうした機会を利用して、後藤君が知っていた府下の小学校を二つと、家に近い駒沢小学校を見学して歩いた。高師付属小学校の参観は今日に至るまで参考になっている。

就職して、すぐ芝区役所を通じて東京府に「尋正」の無試験検定を出した。その時、小学校で教えてもらった藤林幸太郎先生が区役所の学務課にいた。実はこれこれと話して別れた。その後、豊島師範《東京府豊島師範学校》[20]に体格検査に行って、一一月一日付で下付された。それで、翌一〇年三月三〇日付で「訓導[21]」となり三八円に昇給した。

二年目に英語を教えた。これは鈴木校長の考えに出たものだった。高等科の一～二年四クラスに初歩からやった。余り全体的にはよい成績ではなかったが、個人には優秀なのもいた。高一《高等科一年》女子が一番悪かった。この英語は飯田弘校長に代わった次の年にやめになった。職員間では種々意見があったようだ。

小学校というところ

小学校勤務は実に大変だ。年間授業案、日案と作って授業をする。たいしたものだ。日案は毎日書かねばならぬ。別に学級経営案といって教授方針、訓育方針、養護方針を四月中に作成して校長、及び、全教師に発表せねばならぬ。この発表の職員会は数日かかる。誠に誠に紙と時間とエネルギーの浪費以外の何であろう。

小学校には研究授業というものがある。それは技術の上達を期するものだから結構なものであるはずだ。ただ、余りにも技術に走り過ぎた考え方しかないのが不満だった。多少でも教材を掘り下げた何物かをも問題にしてもらいたかった。研究授業は新学期に順番を決めて、月に二人くらいやる。後で会議を開いて、「ああでもない、こうでもない」と下らぬことに時間をかけて、全くうるさい話だ。私は三年間いる間に一度もしなかった。運がいいのだった。なぜかと言うと、たまたま一月とか三月とかに当たると、秋あたりは行事が多いので順番がずれて、最後はできなくなってしまうのだ。

小学校は一人で全科やるのが建て前ゆえ、うるさい原因はそこにある。皆が口ばしを入れてくる。これが高校になると専門性が高く、批評ができないので、全教師の立ち会いは無意味である。だから、仮にやっても同科教師の数人の協議で高がしれているし、また、滅多にやりもせぬ。ところが、小学校では自分がオルガンを弾けなくても他人の唱歌の批評をやり、男教師が裁縫の批判までする。もはや「心臓」を通り越している。

新米のうちは、そんな言をまともに受けて腹を立てているが、古くなると「言いたいだけ言え。俺は知るか」と、一向に平気である。東京のある学校で研究授業の気分がこじれて、主席訓導が女教師を殴りつけたので、夫の会社員が告訴したという事件があった。これは新聞報道だが、ことここに至ると言葉がない。

視学《指導主事》というのは余程偉い人という思い込みを持っていた。どんな見識を聞かせてもらえるかと期待の念、切なるものがあった。しかし、結局、聞いたことは教室に古釘が多いとか、便所がどうしたとか、余りに愚劣で幻滅の悲哀だった。

私は一時、小学校の研究授業に関与する職務にあった。その折、例えばパワーポイントの色や図形などが教材の内容よりも熱心に論じられている様子に言葉を失った。父の言わんとすることがよく分かる。

コンプレックス

私は「字は下手」、「画は描けない」、「オルガンも弾けぬ」、「体操も知らない」、「手工は生徒より下手」と来ては大変なことだ。勉強せねばならぬと思ったし、とりあえず「《校長に》物を運ばねばだめだ。それ以外に生きる途なし」と悟って、かなり運んだおかげで、勤務上の不愉快さは別として、代用十ヶ月にして訓導に任用してくれた。しかし、自信のない毎日と相俟って、何か言われやしないかという不安が積もって、一日として心の軽やかな晴れた日はなかった。

教師として、終生、忘れられない言葉を受けたことがあった。誠に人情味溢るる言葉であった。私が赴任して間もなくのことだった。何かの用件で稲取小学校《現東伊豆町立稲取小学校》の主席訓導の弓削という怪僧面の先生が来訪した折に、新米教師の三〜四人を集めて話をしてくれた。

君達は新米教師だ。なるほど新米は経験がなく、教える技術は下手だ。でも、卑下する必要はない。なぜなら、何物にも変え難い熱情がある。熱情こそ技術をカバーして余りありと言うべきだ。大いに若さと熱情を吐露して教育の道に努めて頂きたい。我々くらいの歳になると、ただ技術のみ上達して、熱情は薄くなり、惰性的になる。考えようによれば堕落だ。といって技術も大切だ。小学校で教えるくらいのことは誰でも持っている知識だ。それでサラリーをもらっていると考えたら違う。我々の売物は技術だ。誰でも知っている平凡な知識を、いかに効果的に幼き頭脳に叩き込むかの技術だ。技術でサラリーをもらっているということを忘れてはならない。

これは有り難い宝玉の言だと感服している。

誰でも言いそうなたいしたことではないと、私は思うのだが、それだけ父は若く純情で、そして、できないことだらけで、つらかったということなのだろう。そんな時に聞いたから深く心に刻まれたのだろう。

教職員

一　鈴木毅校長

前に、下流小学校の校長が私の履歴書を見ただけで採用しなかったと書いたが、それなら下河津小学校の鈴木毅校長はなぜ私を採用したのかということになる。この校長は「中学校を出て、色々入試に失敗したあげく、『師範にでも入れ』と親に言われて入った」と、本人が正直に言う通り、いじけた師範タイプではなかった。しかも英語が好きだった。そんなことから私を取る気になったらしい。小学校の仕事はどっちみち細かいが、彼は割合大ざっぱなところがあった。だから、私が新米でなかったら、もう少し楽な気で勤められたかもしれない。しかし、自信がないだけに不安で心が重かった。

校長は自分の拾った教員を悪く見たくない傾向がある。鈴木校長が私につらく当たることはなかった。それよりも小学校の空気が私の性に合わなかった。この学校は大きい方で運がよかった。もし小さい学校へ行っていたら、一年でおしまいだったかもしれない。

「いじけた師範タイプ」とは、どういう意味か。これについて、『学校の歴史〔第五巻　教員養成の歴史〕』が言及している。それによると、かつて「師範学校出身の教員の性格を〝師範タイプ（師範型）〟あるいは〝教員タイプ〟として、これを批判する声もあった。〝師範タイプ〟を明確に説明することは困難であるが、しばしばその特徴として、明朗闊達の気質を欠き、視野が狭く、偽善的であり、陰湿、卑屈、偏狭などの性格が指摘された」と言う。そして、さらに、戦後、新たな小学校教員養成システムの構築に際して、こうならないようにと、かつての批判を踏まえていたとも言う。(22) なるほど、父の言わんとすることが分かった。

二　平野先生

平野先生という浜松師範の一部を出た絵のうまい男がいた。しかし、オルガンと来たらまるでだめだった。師範を出ても、そんなのもいるんだと驚いたり、感心したりもした。遠州浜松から伊豆までやって来ていた。「近いうちに家内をもらうんだ。これだ」と言って、ポケットや懐から写真を出して見せたり、自分一人で時々出して、悦に入ったりしていた。

三　浅井静江先生

浅井静江《せいこう》という三席《校長、主席訓導の次》がいた。小さな神社の神主でもあった。ある時、彼が役場に電話をかけて、「村長さん、助役さん、運動会にお出掛け下さい」と言っていると、鈴木校長が後から曰く、「おい、浅井君、君が言うと、ごますりに聞こえて効果がないぞ」。だが、彼は表情も変えず、けろりとしていた。

四　横山秀夫先生

縄地分教場に横山秀夫先生という法政高師《法政大学高等師範部》の国漢科を出た男がいた。一～二年を細君が、三〜四年をご亭主が教えていた。夫婦仲よくのんびりやっていた。未知の人でも同じ学校と分かってみれば懐かしみも湧く。期せずして双方打ち解け得たのは嬉しかった。そして、いつも私に「気長にやりましょうよ」と言ってくれた。他の人の言わないことを言ってくれる。

　彼氏は元尋正訓導だったというが、芽が出ない小学校に見切りをつけて法政に入ったものの、世は不況で中等学校の勤め口がなく、また元の職場に戻って来た。それでやはり尋正訓導であった。顔知りの校長連に冷やかされて弱るといつも言っていた。ある時、彼が研究授業をやった。**正・反・合**[23]と図解した立派な教案だった。授業もかなりのものだった。

　横山夫妻は三年の間に二人、子を作った。細君の産前産後に、本校から毎日交代で一人ずつ応援に行く。生徒は今日はどんな先生が来るかと待ち構えた気持ちだ。横山先生は如才なく、毎日入れ替わり立ち替わり来る先生を、それぞれ皆、褒める。私はこの先生は中学の英語の先生ができる人で、英語を教えてもらえないのは残念だが、今日一日しっかり算術と読方《よみかた》と修身を教えてもらいなさいと言われた。授業は複式と言って、二個学年を一つ教室に入れて、片方に算術の計算をやらせておいて、片方に読方をやらせたりしていた。

五　増田先生

増田先生という農業専科兼尋正という男がいた。いつも同僚を笑わせる面白い人だった。一〇ヶ月後に、他の郡へ養子縁組のために転任して行った。

六　野田重治先生

野田先生という准教員兼手工専科がいた。長年やっていて慣れているから一応のことができるのだが、サラリーは《身分の関係で、駆け出しの》私とほとんど同じだった。気の毒なものだ。彼の下宿が近く、夜、よく来た。教えを乞うと親切に教えてくれた。

七　高橋先生

高橋先生という渋谷の**東京農大**専門部を出た男が私より後にやって来た。《先住の》鈴木《富男》先生が出た後だったので、私と一緒に宿直室に住んだが、後、下宿へ移った。

　この人は《静岡県》田方郡の**丹那トンネル**の上に当た

るところから来ていた。彼が農大に入ったのは父親の意思だった。丹那トンネル工事のため、その地方一帯に水が出なくなり、農業ができなくなったので鉄道省から補償金をもらったが、いざ分配となって騒動に発展した。彼の父は地主として非常に苦難を舐めたらしい。そして、これからの世の中は学がないといけないと身を以て体験し、息子二人に大学進学を勧めたと言う。こうして、兄と二人で農大に入ったそうだ。丹那トンネル秘話とも言うべきだ。彼の兄は稲取の青年学校《後述》にいた。

　丹那工事は長い年月を要し、幾多の生命を呑んだ物凄い難工事だった。水と温泉が噴き出て、手を焼いたと言う。現在、急行が一五分くらいで通り抜けるトンネルも元をただせば簡単ではない。「人が死んだというのはどの辺だろう」、私は通る度に、いつもそんなことを思う。昭和九《一九三四》年一二月一日開通。これで東海道線は熱海と沼津が結ばれて、大変距離を短縮した。御殿場を回る旧東海道線は箱根の山越えをする回り道をしたコースだった。国府津、沼津間の旧東海道線は御殿場線となってローカル線に落ちた。それまでは《国府津から西南は》熱海が終点で、熱海線と呼ばれていた。

　この高橋先生が鈴木校長におだてられ、温室でメロンを作り始めた。メロンはあたかもドラ息子を育てるが如くで、栽培が難しいらしい。高橋先生の手に負えず、専門家に密かに面倒を見てもらって、やっと全滅を免れ、面目を保ったという悲喜劇があった。当時、銀座の千疋屋などでは、一切れ二〇銭くらいだったと記憶している。

八　進士経雄先生

　進士先生という歴史の好きな尋正がいた。研究授業にいつも歴史をやっていた。ある時、鈴木校長が、「またか」と怒って、それではというので国語に変えた。初めは傲慢な性格かと思ったが、実はお人よしで、あっさりした性質だった。

九　片岡巌先生

　片岡先生という上河津で旅館をやっていた人がいた。《師範学校》一部出のおとなしい人だった。私も泊めてもらったことがあった。奥さんはなかなか美人であった。

一〇　久保田完衛先生

主席《訓導》の久保田先生は細君が死んで、やもめでいた。彼は給与が九五円という超大物主席だった。校長は百円だが、中には七〇円の校長だってあったのだ。

一一　田中好《よしみ》先生　千代子先生

田中好先生と千代子先生は夫婦で同じ下河津小学校に勤めていた。私の一年目の三年男子の組に「手の長い」生徒がいた。これには私は弱った。ある時、クレヨンが紛失した。「またか、あいつだな」と思ったが、もちろん本人が言うはずはない。ところが、田中好先生が「任せろ」と言うが早いか、すぐに「分かった」と言って来た。そんなことがあるのかと、私は呆れた。どうやったかと言うと、「来宮《きのみや》さん《河津来宮神社》の御神籤を引けばすぐ分かるのだから、先生と一緒に行くか」と言ったら、白状したそうだ。さすがに老練と舌を巻いた。経験年数のしからしむるところだと思った。

一二　飯田秀子先生

飯田秀子先生は未婚で、「音楽の娘」と言ってもいいほど、暇さえあればピアノを叩いていた。肥っていたが、気がいいので魅力があった。もし京都で恋愛の修行をして来なかったら、苦しい気持ちに追いやられたかもしれなかった。

あぶない、あぶない。ここで結婚されたら、筆者が生まれない。

一三　中田先生　萩原先生

裁縫専科の中田先生、後任の萩原先生は最低サラリーの二八円だった。ただし、誰の場合でも住宅料三円がついた。私は宿直料が三円だった。尤も鈴木先生と一緒にいた時はもらってなかった。

一四　土屋庄兵衛先生

逆川分教場は教師一人で、土屋庄兵衛先生という叩き上げの五〇くらいの人がいた。一人で一年から四年まで教えた。一度、研究授業を見たことがあったが、千手観音とも言うべきものだ。さすがの鈴木校長もただ頭を下げて敬意を表しただけで、全然批評はなかった。とはいえ、分教場から来た生徒のできないのは避けられない事実である。

一五　土屋健先生

土屋健先生は少々酒癖が悪かった。醒めると、「もう飲まない」と必ず言うから世話はない。独身でありながら、実に上手にワイシャツの修理をした。後に、下河津小学校から稲取小学校に転じた。

一六　田島先生　藤原先生―青年学校

昭和一〇《一九三五》年四月から青年学校(24)が発足した。これは、従来あった青年訓練所(25)及び実業補習学校(26)を統一して、昼間、授業をしたものであった。校長は小学校と兼任だった。校長は遠く東京と埼玉まで出張して、東京で女学校の経験のある中年の裁縫の女性教師を、そして埼玉で何とか塾という右翼色の養成所を出た男性教師を見付けて来た。

二人とも七五円の俸給だった。宿直料含め三八円のサラリーの私は、これを見て、ぼんやりしてはいられないと思った。自分も七五円や八〇円の値打ちがあるはずだ。このままでは六〇円にもなったあたりで退職か。これは大問題だと、今さらの如くに焦りを感じ、かつ、どうにもならないその時の情勢に絶望も感じた。

女の先生は藤原という独身の上品な人だった。七五円のサラリーと聞いて来たものの、勤めたことのある中等学校を標準にして実働時間が多いと不平を言っていた。「我々は一日一二時間近く、朝から晩まで牛馬の如く尻を叩かれ通しで薄給だというのに、何というもったいないことを言うのだろう」と思った。一年少々で辞めて、東京へ帰った。

右翼色の男の田島先生は青森産のズーズー弁の残った好人物だった。面白い話があった。鈴木校長の息子で一年目の私の組にいた淳治君が何かの病気で、村の医院（校医）に入院した。そして看護婦さんが下田から来た。彼氏はお見舞に、朝に晩に病床に現れ、しかも長時間いた。校長夫人は感激して、「何と義理がたいお人」と喜んでいた。ところが敵は本能寺にあって、その看護婦さんに一目惚れしたのだった。いよいよ退院の近付いた時、校長に「実はお仲人を」と切り出したので、校長夫婦は一驚した。目出度く夫婦となって、河津の里にスイートホームを築いた。新婚後の彼は、朝、出勤してにこにこしていて、いかにも人生に充ち足りている表情だった。共に喜びたい気持ちであった。

しかし、これが彼の一番幸せな時代だった。というのは、鈴木校長に迎えられた翌年、校長が代わって転任してしまった。後任の飯田校長とは考えが違い、結局辞めるより仕方なくなった。気の毒だった。教員仲間には同情された。これは両校長の学校経営法の違いであった。鈴木校長は田島先生に学問的、一般教養的なものを求めた。飯田校長は純粋な農業を求めた。どっちがいい悪いでなしに、青年学校の経営法の違いだった。新制度の発足早々であったので、校長も各々の主観でやっていたから、こういうことが起きた。

なお、この二人の先生はいいとして、青年学校に教練にやって来る下級の兵隊共は柄が悪くて不愉快だった。

一七　飯田弘校長

私はある時、飯田校長から、「教育学を習ったことがあるか」と聞かれた。高等師範部の卒業生としては心外な質問で、真面目に答える気が失せたから、「いいえ、習ったことがありませんから、今、勉強しています」と答えたら、「そうか、しっかりやれ」と言われた。私は心中叫んだ。「西の某、東の石川謙《第二部の「法政入学」参照》と言われる日本一の大先生に習ったんだ。長生きしろ。お前のとは違って、俺のは文部省の出す免許状だ[27]。何という愚問か。馬鹿も休み休み言え」。

役場は例年、《夏休みの》八月の月給を必要な人に七月に前渡ししてくれた。ところが、その年だけしてくれないと言う。校長は怒って、「よし俺が必要な者には立て替える。飯田はなあ、それくらいの金はあると、そう言っといてくれ」と青筋立てた。会計係がそんなことを役場へ伝える訳がなく、そこをちゃんと分かった上で、職員に威厳を示そうとしたものだった。

一八　校医石井先生

校医の石井先生は縄地出身の好人物だった。土地の人は大人も子供も、皆、石井さんと呼んでいた。私は生徒の手前、石井先生と必ず呼んでいた。

一九　小使いさん

小使いさんは未亡人だった。若い頃、宿屋の女中をしていたそうで、その関係か料理が上手だった。息子が二人いて、兄は谷津で理髪店を開いていた。弟は何度も試験を受けて、自動車の運転手になった。夜行便のトラックの食堂の女性と仲良くなって一緒になった。保っちゃんというひょうきんな男だった。

二〇　加藤先生夫妻

時の村長の倅で師範の二部を出た加藤武雄という先生がいた。同じく師範の一部を出た川津あきえという村の氏神の家の娘と恋愛して一緒になった。ある晩、その親父の村長が酒に酔って、宿直がいるかいないか試してやろうと思って、用もないのに電話をかけて来た。受話器を取ると、いきなり「お前さん誰だ」と言うから、「あなたは」と聞くと、「わしは村長だ」とご挨拶。後は適当に話したが、最初の一言が何としても面白くない。一段高いところから他人を見下げている。翌朝、出勤して来た加藤先生に、こうこうだ、糞面白くもないと言った。ちょっと胸がすっとした。しかし、以後、間柄は変なものになった。

ところで、助役は浜部落に住む坊さんで、いかめしい顔付きの人だったが、案に相違して心根の優しい、親切な人だった。名は忘れた。娘が高等科を卒業した。私も教えた。

祭の夜

夫婦で同じ学校に勤めていた田中好先生は鈴木校長が「郡内一」、いや「県下一」とまで褒めあげて、「優良教員」と折紙をつけた教師だった。秋祭りの晩、太鼓の音が遠く、近く、聞こえて来る。年に一度のことて、氏神様は人で溢れている。夜九時半か一〇時頃、「おおい、永瀬先生」と、鈴木校長の声が宿直室の窓の外に響いた。「はい、今晩は」と窓を開ける。校長は袴を穿いて、すでに一杯気分。長細い網に入った柿か何かを肩に振り分けにして担ぎ、丸い目をぎらぎらさせている。

「なあ先生、宿直するは当然なれど、今夜は年に一度の秋祭り、お気の毒だなあ。同じ学校の教員で宿直している者もあり、かと思えば校長を撒いてどこかへ消え失せた奴もいる。撒いた奴らは誰と思う。田中やその他三～四人だ。俺は田中だけはそんな奴と思ってなかった。けしからん。さあこれから撒いた奴らを探しに行って、とっちめねば癖になる。行こう。今夜は祭りじゃないか。宿直はもういいぞ。校長が許すぞ」と一杯入っているから、えらい剣幕である。
私は成人して以来、祭なぞに興味をもったことはない。今夜とても、何も己を殺して宿直の義務に服していた訳ではない。寝ようと思っていた矢先、これから何時間お付き合いさせられるのか。さりとて断る理由も見付からず、渋々お伴致す次第と相なった。道々語るところによると、お宮の境内の店の並んでいるところで急に三〜四人いなくなって、一人ぼっちにさせられたそうだ。校長はえらく腹を立てている。
峯《河津町峰》の**菊水館**に行って聞いてみると、「先生方はお揃いです」と言う。部屋へ通ると、「やあ校長先生、来たか」なぞと喚《わめ》いて賑やかだ。校長は「やい、田中、○○、△△、××、よくも俺を撒いたな」と出た。相手も一杯機嫌だ。「撒いたとは恐れ入った。俺達はしばらく探したんだ。校長、僻《ひが》むな」と言う。そんなやり取りをしているうちに、田中先生がこそこそ部屋を出た。これを見た校長が追いかけて、玄関で押し問答をやっている。私も部屋を出て、二人の間に入った。他の先生は恐ろしがって出て来ない。この場で素面《しらふ》は私一人。田中先生曰く、「俺は心外至極だ。酒も一度に醒めた。もう帰る」と酒の勢いで言う。「まあ、まあ」と私がとめて、話をどうにかまとめ、他所で飲み直しと決めた。
二次会は数軒離れた**豊泉館**という旅館。騒ぐのみで、そう大して飲みはしない。私は素面だからよく分かるが、お銚子に半分くらいしか酒を入れて来ない。そして、二〜三度酌をすると持って帰る。見え透いたことをするものだ。結局、この時の酒代は月末に、割勘でうんと取られたものだった。

温泉の話①

下河津は自然に恵まれたよいところだ。**河津川**が流れていて、川魚や鮎がとれる。海は海で、もちろん色々釣れる。三方、山だが、相当の平野で、**河津三千石**[28]なぞという景気のいい言葉もあるらしい。山、川、海に加えて温泉が湧く。全く申し分のないところだ。伊豆は至るところに温泉ありだが、下河津の温泉は量も豊富である。夏なぞ子供が川で泳いでいる。やがて上がって来て、何か穴みたいなところへぽっこり入る。「おや」と思う。何と温泉がちょろちょろ湧いている。水泳して冷えた体を温めているという寸法だ。

これには驚いた。

　ここの住民が概して困るのはむしろ水だ。谷津部落（村の銀座）なぞ、特にそうらしい。谷津の各家庭では、たいてい小さい風呂場を持っていて、年中温泉が溢れている。当時の値段で、温泉一本を年額八百円くらいで買う。これを五軒くらいに分けてちょうどい い。水がむしろ不自由だから、温泉で洗濯し、オシメを洗い、湯として飲み、飯を炊いてもよい。旅館なぞ、我々顔見知りには夜遅くなど、よく温泉を持って来て飲ませたものだ。ちょっと塩気があるから、すぐ分かる。女中に「お前、怠けたな」と言うと、へらへら笑って、「ただのお茶よりは薬ですよ」と言って平気でいる。

　このように自然の恵み豊かな土地柄だが、残念なことがあった。すなわち、山が高いために、午後三時頃から太陽が見えなくなり、夕焼けの美はこの土地では味わえない。また、近くでありながら富士山が見えない。大島を出た船が下田に向かう時に見える富士、海上からの富士にはまた別の風格があった。

　曾我兄弟の《仇討の》話を知らぬ人はないだろうが、兄弟の父、河津三郎は谷津で生まれた。邸跡は現在、河津神社となっていた。また、この土地は鎌倉時代の歴史と関係が深く、色々伝説的な話もある。下河津村の詳しいことは「郷土読本（尋常科、高等科）」の二冊に載っている。

　東海バスの車掌さんは汽車との連絡切符を持っているお客が一人でも乗っていると、走りながら車中で土地々々の説明をしたり、下田節（宴会でも度々聞いたが、節回しが難しく、ついに覚えられなかった）など唄まで聞かせてくれたりした。中には美声で有名な車掌もいた。天城山を越える時なぞ日陰にわさび(29)の畑があると、「皆さま、あれに見えまするは、わさび畑でございます。縁は異なもの、味なものと申します。海、山越えて、わしはさしみのツマ（妻）となると申します」と言う。

　稲生沢《いのうざわ》村には蓮台寺《れんだいじ》温泉がある。吉田松陰の史跡もある。下田から国外脱出を図って、ここにしばらく潜んでいた。稲生沢川には唐人お吉のお吉が淵がある。下田町内には了仙寺という寺がある。ここはお吉に所縁である。この寺はあらゆる種類の男根を倉庫一杯に持っていることで一面有名だが、準戦時体制の掛け声のために一般公開を禁ぜられてしまい、数日の違いで惜しくも見る機会を逸した。

温泉の話②

伊豆の温泉は色がない。菜っ葉や卵などは三〇秒も浸けておいたら、立派に茹《ゆだ》る。素人目には同じに見えても一軒々々、成分が違い、それで効能も違って来るらしい。日夜、流れ出るのをただ捨てるのはもったいないというので考えついたのが菖蒲の促成栽培だった。一月に早くも開花する。それをトラックに積み、午前二時頃出発して、東京へ向かう。これで朝方、東京の市場に出すと、目の飛び出るほど高く売れると言う。

温泉の話③

旅館は谷津に増田屋、天嶺館《まげや》、石田屋、河津館、山田屋など。峯に豊泉館、菊水館ともう一軒。今井浜には那須温泉土地会社経営の今井荘があった。今井荘は波打際にある旅館だが、峯から鉄管で温泉を引いていた。ある時、私はこの温泉に浸りながら海を眺めていた。目の前に大島や式根島が見える。空は晴れて一点の曇りもない。海原は遠く、水平線まで何物もなく広々としている。そこへ突然、真白い外国の大型汽船が現れた。速い、全く速い、三〜四分のうちに視野から西へ消えた。こんな速い船はその後も見たことがない。青い空と海、薄墨《うすずみ》色の島々、真白い船、何と絵のような景色だろう。私は心から感歎した。この今井荘に、校医の石井先生の紹介で、英語を教えに行った。女中と番頭さん連に教えた。

温泉の話④

峯の菊水館は私達教師がよく出入りした。奥さんがなかなか上手で、真夏や正月、その他の繁忙期を除いた暇な時に、教師を引っ張り込もうという作戦が当たって、そうなったのだ。峯は遠いが、ちょっと気分爽快で、夕方ぶらりと手拭いを下げて湯をもらいに行く。そして、自然と一杯やろうかとなる。これが商売というものだ。尤もどこの旅館でもただで湯には入れてくれる。それに、一杯飲むように仕向けない旅館もあった。

この奥さんに聞いた話で面白いのは、「客に食前に入湯させるのは、何も親切でするのではない。ご飯が沢山食べられない」ということだそうだ。また、「宿屋の飯はなぜ強《こわ》いか」というと、これまた「沢山食べられないから」ということらしい。
温泉宿は混浴である。混浴は初めは珍しい。次は混浴という気がなくなって平気になる。最後はやはり別々がいいという考えになる。定期的に入れてもらったのは、峯で菊水館、谷津で石田屋、増田屋、河津館、山田屋だ。

温泉の話⑤

鉄道の役人が調査に来て棒材を立てる。それで今にも汽車が走ると思ったら大違い。土地の人はよく知っているから、「またか」と思うだけのこと。官費で温泉に入りに来ているのだった。

中井治君

法政の同級生中井治君が肋膜炎《胸膜炎》になって、畑中君の紹介状を持って養生のためにやって来た。クラスメートでありながら紹介状とは変なものだが、在学中、交際していなかったからだ。私は彼のために荷車を曳いてやった。初め菊水《館》に負けてもらって、一円二五銭で泊めてもらっていたが、高くつくというので下宿へ移り、三転して自炊していた。一年くらいいたかもしれない。温泉あり、気候もいいので、中井君のような人が沢山いた。

この中井治と付き合いがなければ、筆者は生まれなかった。第四部の中心人物である。

彼はベビーオルガンを持って来て、つれづれに弾いていた。病気前に浅草辺の小学校に勤めていたのでオルガンなんてことを考えるようになったのだろう。私も教えてもらい、夜中、誰もいないところで十分練習して学芸会に弾いて同僚をびっくりさせたり、しまいには日常の授業をするまでに進歩向上した。唱歌の研究授業をやるべく教案まで印刷して、いよいよその日が来たが、校長の突然の留守のためにお流れになったことなぞあった。女子の組を持ってオルガンが弾けないでは、運動会や学芸会に全く困るのだ。

女の先生に頼めば何とかなるのだが、《その先生も》自分の組が当然あるから、他の組までは実は大変な労働で、時には不可能なこともある。結局、己がするに越したことはない。私が一番難物のオルガンに手を出したのも、一つにはこういう理由に出たことだった。一部出の平野訓導の如きは、前言の如く絵は上手だが、オルガンは全くだめだった。それでいて女子の組を担任して運動会や学芸会に武骨なことばかりやっている。しかし、彼には教員としての特長があるから、自分の気も済み、かつ他人もその気で見てくれる。私は、この際、オルガンを自分の特長にしようと思った。

自信

オルガン公表の最初の機会は昭和一〇《一九三五》年、秋の運動会だった。時あたかも準戦時体制下と呼ばれた時代である。各自に紙の日の丸を作らせて両手に持たせ、愛国的な軍艦マーチをテーマとした遊戯を運動場一杯に繰り広げて、ある程度の自信を得た。オルガンを弾く私と、一番から三番まで何度も繰り返す歌を歌いながら遊戯をする生徒との息は間然とするところなく、ぴったりして大成功だった。

四年の女生徒だった。鈴木校長もそこまではと、ちょっと意外だったらしい。これは私の顔と校長の顔の両者が立つと言うべきだった。全教師のいるところで褒めてくれた。私に対する皆の認識もちょっと変えてもらいたいと思った。平素の劣等感をいくらか埋め合わせた気分だった。

次に三学期の学芸会に、日傘を持たせて三人の生徒に「絵日傘」という踊りをやらせた。これがまた当たって気をよくした。毎年のことだが、前日、予行演習をやる。といっても全く本物をそのままで全生徒に見せる。当日は父兄に見せる。その翌日に、校長が優秀なものだけ拾い上げた出し物を敬老会としてやる。つまり、三日の連続興行である。私の「絵日傘」は好評を得て、全く満足した。歌もいい、メロディーはなおいい、踊りも素朴で上品である。次に歌を記そう。

紅い紅い絵日傘は　紅い花傘　花模様
くるくる廻せ　花が散る
さくらのみ空よ　ラララン ランラン

青い青い絵日傘は　青い花傘　鳥模様
くるくる廻せ　鳥が飛ぶ
花野のみ空よ　ラララン ランラン

黄色い黄色い絵日傘は　黄色い花傘　蝶模様
くるくる廻せ　蝶が舞う

卯月のみ空よ　　　　　ラララン　ランラン

（運動会用も、これも教材研究雑誌より採用した）

「絵日傘」の公表に至るまでの経過を記してみよう。不慣れな仕事だから、他人が一ヶ月ですることが、私には三ヶ月かかる。まず出し物の選定だが、メロディーのいいものを採用した。そして、一ヶ月、徹底的にオルガンの練習をした。次に踊りである。すなわち、大鏡の前で手足を上げたり、振ったり、前進後退、横歩きなどのモーション一切を、解説書を片手に、歌に合せて十分練習する。こうして、歌と踊りを十分飲み込んでから生徒に教えた。およそ誰でも、どんな畑でも、新米で元気のある頃は金銭を超越して働くものだ。私もその一人だった。加うるに、負けず嫌いの、しかも一本気と来ているから、いかに苦しくとも成功と取り替えっこをやって満足していた。

秋の運動会には七月から、二月の学芸会には十一月からかかった。学芸会の唱歌も全員で歌うだけでは変化がないので、全体で歌ったり、独唱したり、半分が歌ったり、三分の一が歌ったりというように目先を変えて、**鉄道唱歌**やその替え歌をやったりした。

ところで、その後、学校にピアノが入った。**加藤村長**はピアノの購入に際し、全職員をわざわざ集めて一席ぶったが、それはともかく、死に物狂いで学芸会用のオルガンを練習して、やっと一曲弾けるようになったとたんにピアノが到着して、誠に弱った。またやり直しになった。

この歌詞を記している時、恐らく父の耳には歌が流れ、目には三人の女子生徒が踊る姿が浮かんでいたことだろう。この時の女子生徒は今九〇歳余。御存命かもしれない。

時代を映す言葉が「了仙寺」と「絵日傘」で立て続けに二度出て来た。準戦時体制である。この「絵日傘」の話は昭和一〇年、つまり、すでに満州事変（昭和六年）が起こっており、日本史教科書なら戦争の歴史が描かれる。だが、父の文には全く社会的緊張感がない。次の第四部が戦時色に染まっているのと好対照である。昭和初期の民衆の社会感覚を実感する。

グッドサマリタン

私がグッドサマリタン(30)になった話を書く。義務教育学校の教師にありがちなことかもしれない。二年目に、前記の如く女子の四年生を受け持った。約四〇人の中に服装の飛び抜けて悪い生徒がいた。母がなくて、父は金山の労働者だった。伊豆にはあちこちに金山がある。縄地分教場の付近は徳川時代の慶長小判《江戸時代初期の貨幣》を作った金山だと言い、伝説も残っているようだ。[31]

彼女には姉がある由なれど、男と遊び回って妹を構わぬとか。成績も悪いし、友も余りなく、劣等感も当然あったようだ。まずはそれを取り除くことが彼女を明朗ならしめ、ひいては成績の向上を促進する近道と思い、それには第一に服装の改善に如かずと結論して、誰か父兄で一着くれる人はないかと考えた。そして、心に浮かんだのは、平素出入りする菊水《館》の奥さんだった。善は急げで電話をかけてみた。「ちょうどお宅の娘さんくらいの子だが(実子の女子がいたが、ここで言ったのは五年生の養女)、袷《あわせ》《裏地のある和服》を一枚、お古でいいからくれないか」と頼んだ。すると、「上げましょう。しかし、子供というものは、あれは誰それのお古なぞとすぐ言うもんだから、いっそのこと新調します」と言って、綿入れと羽織を作ってくれた。

私は一二月二五日に訪ねて行って渡した。私からは鞄を買い与えた。こういう職業の人間は転々と流れ歩くものだが、それにしてもこの親子は農家の馬小屋に板を張って、蓆一枚の上で生活していた。私の生涯で一番貧しい訪問先であった。父親の応対は「お恥ずかしいことだ、今後、しっかりやります」くらいの月並みなところだった。

一月八日には晴れやかな顔をして、人並の服装で登校して来るものと、こっちが心待ちの気でいたが、やはり例の姿でやって来たのでうんざりした。「父ちゃんに話して、この間のを着ておいで」と言ったら、翌日着て来た。ところが、着物の袖は洟《はな》でぺかぺか光っている。子供にしたら、「なまじ先生が変なものをくれるから、洟が拭けなくて弱る」くらいに考えたやも分からぬ。私は洟紙も買ってやった。しかし、着て来たのは、一日だけだった。

私は反省した。ちょっとやそっとで劣等感は除けない。教育には忍耐がいる。この子も――姓名は忘れた――昭和三〇年現在で、三一~二歳のはずだ。どこか空の下で子供の二~三人もあるだろうか、あるいは玉の輿に乗って何不自由ない生活を送っているだろうか。会えたら話もしてみたい。だが、恐らく不可能と言うべきだ。

後藤明君の恋人の話

ある朝（正確な年月は忘れた）、始業前に、未知の娘さんが「永瀬先生」と勢いよく呼びかけながら、宿直室の入口へやって来た。後藤明が稲取の小学校に「短現」の代わりでいた時、友人宅に下宿していたが、その友人の妹のT・Fだった。「短現」とは「**短期現役兵**」の略。師範学校の卒業生が一学期間だけ短期入隊をするが、その間の代用教員を彼はやっていた。

彼女は「今度二人は別れたが、後藤は自殺の恐れがあるゆえ、よろしく慰めて、そんなことのないように友達のよしみとして面倒を見て下さい」と言う。そして、「後藤は今、稲取のどこそこにいる」と立ち去った。私もまさかと思い、とにかくその日の半日、授業を終えてバスの時間表を見たが、都合よくバスがない。仕方なく自転車を借りて稲取へ急行したところ、彼氏、ぴんぴんと取りたての海老の如しとも言わぬが、さりとて深刻な顔もしていない。色々話を聞いて、私は彼に同情した。女の母が彼よりも条件のいい男性との結婚を薦めて、女もその気になったという。二人は期せずして「大馬鹿野郎」と叫んで別れた。尤もこれは彼女の後藤に対する最後の好意だったのかも分からない。

今井浜の記念写真

昭和一一《一九三六》年八月に、弟《隆三》が遊びに来た。偶然にも後藤が**飯山六四郎**という法政で一年だけ一緒だった男を連れ、これまた遊びに来た。中井もいたし、**今井浜**で撮った写真は今となってはちょっと珍しい。この時、鯵《あじ》の刺身を皆で食べた。皆が戻っ

今井浜で撮った写真。右は父、左から二番目は弟隆三。左は中井氏か。左から三番目は飯山氏か。同四番目は後藤氏か。子供は不詳。昭和十一年八月撮影。

てから、また食べたら、小使いと二人してすごい中毒をやって、その後、鯵と聞いても身震いした。両方共、小鯵でぴんぴんしていた奴を食べたのにやられた。なぜだか分からない。

飯山はその後、府立高校、**東大印哲科**《印度哲学科》を経て、東北で農学校の教師をしていた。彼の父は**飯山七三郎**[32]といって**青山師範**《学校》の教頭だったそうだ。父が七三郎で、倅の名が六四郎というから振るっている。八二郎だの九一郎だのという兄弟がいたというから、ますます振るった一家と言うべきだった。後藤は彼の父の世話で、《東京》府下《の郡部》の小学校に勤めていた。尋正《尋常小学校本科正教員／高等科を教えられない教員》は《東京》市内では採用しなかった。

苦悩

毎日の仕事に自信が持てず、前途に希望も持てず、さりとて辞めても仕方なく、私は愉快でない日々を送っていた。今、考えてみれば、よく使ってくれたものである。温泉に入るのと、さして飲めない酒を飲んで、憂さを晴らすのがせめてもであった。菊水《館》に泊まって静養し、前途について考えを巡らしてみた。**上河津**の**片岡巌先生**宅の旅館に泊めてもらったのも同じ目的だった。ここは景色のいいところだった。湯の量も多い。河津川の清流に臨んで、四六時中、岩を噛む水の音が絶え間なく響き、水は飛沫となって雨の如く落ち、なおかつ蛙の鳴き声も賑やかだった。付近には大小の滝が数多くあり、鮎をはじめ色々な川魚が獲れた。私は決していい加減な毎日を送っていたのではなかった。否、向上を期していたればこそ、かつ良心的であったればこそ、結局、心身共に疲労していた。

「尋正」の無試験免状をもらう手続きをしに**芝区役所**（本籍地）に行った時、小学校で教えを受けた**藤林幸太郎先生**に出会ったことは前に書いたが、しばらくして私のところへやって来た。「長い教師生活を辞めたので、伊豆か千葉あたりに家を建てたい」と調べに来たのだ。それがどう実現したかは知らないが、後年、私が神戸に住んでいた時、家人から死亡の通知があったので香典を送った。

この人は昔風の頑固親父だった。私の授業を見て酷評した。しかも校長がいる前でやったのには恐れ入った。伸びんとするものに酷評、また結構。ただ、心底冷たく見えたのは私の僻みか。しかし、恩師はあくまで恩師。一泊くらいして帰ったが、私は貧しい財布をはたいて、旧恩に報いんとした。

中学校への就職運動

母の知り合いで、新橋駅の近くで開業していた野口という医師がいた。その人の娘さんの嫁ぎ先が東北帝大を出て、当時、静岡県庁の警察部に勤めていた紫村《しむら》博という警部であった。紫村氏は以前は、どこかの県庁で特高《特別高等警察》の仕事をしていたらしい。特高は思想取締の警察である。

ある時、静岡市の自宅を訪ねた。初対面である。一晩泊めてもらって、翌朝、県庁に連れて行ってもらい、学務部長、学務課長、視学官（郡市担当の視学の親玉で、中等学校長級）に紹介してもらった。中学校への就職の斡旋を頼んだ。予想外で大変喜んで帰った。遠路、天城の山越えをした値打ちがあると思った。

郡市担当視学は小学校では平素、神の如く考え、恐れている。しかし、県庁の中では普通の存在であった。それを目の当たりにして愉快だった。また、係員が専用の電話で、どこか遠い府県庁とゆっくり、あせらず明瞭に通話をしているのを聞いて、物珍しく思った。役人というものの勤務の楽なのにびっくりした。

ところが、その後、何の音沙汰もなく、さっぱりだった。夏休み前、視学官が婦人会の用件で下河津へ来た。その時、偶然、私の英語の授業を見た。夏休み前の短縮授業中の午後だったので、授業している者は数人しかなかったのだ。私はそれを渡りに舟と、敢えて連絡を付けて、中学校への就職運動をやったが、上手に肩透かしを喰わされた。やがて視学官は神奈川県の平塚辺の中等学校長に転出してしまうし、紫村氏は鹿児島県の特高課長に栄転して行った。

飯田校長と大喧嘩をした一幕

昭和一二《一九三七》年六月のことだった。ちょうど田植の頃だ。尋常三年の読方《よみかた》の本に田植えの絵が載っていて、上方に燕《つばめ》が舞っている。そして、散文詩が書いてあった。燕が舞うのも現実とぴったりしていた。この教材を教えているところへ飯田校長がぶらりと入って来て、一〇分くらいいただろう。何かメモして戻って行った。

この日は土曜で、会議が一通り終わったのが午後六時頃だった。「時に」と彼は言う。「今日、永瀬君の読方の授業を見たが、実になってない。生徒の帳面を見たが、何を指導しているのやら何やら訳が分からない。不体裁な大きな丸をつけて何てことだ。一体、君はどんなつもりで教員をしているのか。聞くところによると、川津先生の妹さんに英語を教えたというが、五円もって来いと言ったそうだな。一体、それは何のことだ。教師の風上に置けないじゃないか」と、物凄い絡み方である。

私は聞いているうちに、彼の腹が読めた。私を槍玉にあげて、ちょっと締め上げて威厳を見せておけば、今後の学校経営上よいくらいのところだろう。以前、村長が縄地分教場の横山先生に役場の人達の衆人環視の中で敢えて威張って、へいつくばらせたことがあったが、それと同じだ。まさか私が反抗するとは思わず始めたことに違いない。

私は彼に言った。「授業がうまいとは自分も思ってない。しかし、誠意を以てやっている。それは疑わないでもらいたい」。五円の月謝については「高いと言うなら話は別だが、余分の心配をかけないようにという配慮より敢えて五円と言ったので、私としては親切だと思っている。それがどうして悪いのか分からない」。

ところが、分かったと言っては面目にかかわると思ったのか、電灯設備がなく、わずかに提灯を二つ三つ点けただけの理科実験室で、午後七時、八時、九時、一〇時、一一時と五時間に渉って、私と一騎打ちをやった。私は一歩も退かない。良心に恥じないことに退却はない。明日から食えなくなっても、そんなことはしたくない。

私の意地で校長もいささか困却したように見えた。私の抵抗が意外だったのだろう。痩せても枯れても一校の校長が末席教員にやられている図なんて、およそ格好のいいものではない。私は彼の焦りを感じた。とうとう「それなら辞め給え」と来た。一一時頃だった。この一言で校長は負けたと言える。私は「面白い。書いてやる。待っておれ。半紙でいいんだな」と馬鹿念を押して部屋を出て、一〇歩ほど歩いて、電灯が薄ぼんやり点いている職員室へ入った。主席訓導が息を弾ませて後を追って来た。

「興奮しちゃあいけない」。

「いいえ、私は興奮していません。私は平素、辞めたいと思っていたので冷静です。東京へ帰って何でもします」。

「助けてくれよ。それでは主席の役が勤まらない」

と口のあたりを痙攣させながら、真青になっている。

「先生方は巻き添え食って夕食もとらず、さぞや腹が減っただろう。本当に皆さんに失敬した。もう帰ってもらおう。俺が謝る」

と言って引き返し、散会した。午後一一時半だった。小使いも帰るに帰れず、宿直室でぼんやり、私のために作ってくれたお膳のそばで待っていた。さすがに疲れて飯がうまくなかった。それにしても、今思い返しても変なのは教員という人種だ。約二〇〇人の教師は誰一人、何も言わず、何も食わず、黙って坐していた。

疲れた

その翌朝、八時頃の下田行バスに乗って、下田小学校の主席訓導鈴木万次郎先生を訪ねた。校内に校長、主席の二軒の住宅があった。早速、昨夜、これこれだと話し、辞めたいと言ったところ、あなたは東京から何しに来たのか。生徒を教えに来たのか。校長や他の教員と交際に来たのか。生徒が嫌になったのなら別だが、そうでなければ辞める必要はない。明日から何事もなかった顔で勤めたらよい。もし何かあったら知らせて来なさいと言う。奥さんもそばから気分を改めて、明日からやって下さいねと言う。そんなものかと考えて、翌朝何も言わず、何もなかったかの如く勤めた。

それからしばらくして、ある日曜の早朝、私が寝ているところへ、小使いのおばあさんが息せき切って飛んで来て、「大変だ。今、校長さんがやって来て、すぐ来いと言っている」と告げた。よしこの間の続きか、面白いぞと、袂《たもと》に新品の煙草を入れて、校長室に入った。すると、婦人会の伝達を各部落に流してくれとのことで、あっけなく終わった。

私は心身共に疲れていた。いつまでも、こうしていては平素の念願は達せられない。一つもう一度、学校へでも入ろうかと思った。

サボった話

私は気晴らしがしたくなり、かねて上京した折、弟と打ち合せてあった通り、「チチキトク」の電報を打ってもらった。六月と言えば青葉の旅行シーズンだし、学校の新学期の多忙も落ち着いて、ちょっと留守するにも適当な時期だと思った。

局の配達人が自転車をかなり飛ばして来るのが、授業をしながら手に取るように見えた。裏の運動場へ入って、すうっと私の教室の窓の下へ来た。真剣な顔で先生、電報ですよと言う。ぐっと手を伸ばして受け取る。人を欺いて済まないような気がした。有り難うと言って、おもむろに開く。打ち合せの文句の通りだ。

私は神戸へ行くことを考えていた。だから、天城山をバスで越して沼津から汽車に乗ればよいのだが、これは東京へ帰るルートではない。他人の目を警戒する必要があるので、熱海行バスに乗り、熱海から東海道線に乗って神戸に向かった。途中下車してぶらぶらするつもりだったので、普通列車に乗った。

まず浜松に下車した。浜松は新潟県の親不知から直線を引いて、関東、関西の方言線の境界とされているが、食物の味は関東流だった。恐らく味も境界線なのだろう。次に豊橋で下りた。むしろ名古屋で下車したかったが、到着が深夜だったのでやめた。豊橋の後は神戸へ直行し、元町のM時計店を尋ねた。目的は金を借りる相談だった。こんなことを考えていた。高等師範部の一年で卒業する研究科を受験する。そして、そこで就職の世話をしてもらう。そのための一年間の生活費をMに借りる。Mとは何者かは後で記すが、断られた。

結果的には、ここで貸してもらわなくてよかった。しかし、その時は当然面白くないから、さっさと戻る気になって、話をした支那料理屋を出ると、すぐ三宮駅へ向かった。ちょうど汽車が来たので乗った。これが準急で、大阪で一度停車しただけで走ることちょうど一時間、京都に着いた。実質は特急だった。さて、二年ぶりの京都だ。中書島行の市電に乗って終点で下りて、大一屋のあたりを歩いてみた。その後、建物はずっと空き家だったと見え、実にひどい荒れ方をしていた。

木村秀一君も訪ねてみた。交際は絶えていたが、前の住所の近くで聞いてみたら、すぐ分かった。元の大一屋に程近かった。木村によく似た二歳くらいの男の子が無心に遊んでいた。大一屋の元同僚の朝山君にも会って、そこに泊めてもらった。翌日は《京都の》新京極を一緒に歩いた。それから東京へ直行して、佐藤尉二郎君と遊んだ。

学校を出た切り連絡しなかったものだから、その後どうしたと問い合せが来た。親父は助かったと返信して、一〇日目に戻った。ちょっと息抜きをして愉快だった。露骨に言えば、飯田め、威張るなだった。その後、今日に至るまで、こんなことをしたことがないのは、これほどの逆境に置かれたことが二度なかったからである。ただ、後に二〜三日、ずる休みをした。これは後で述べる。

退職

数ヶ月後、私は辞めた。上記の事件とは関係ない。昭和一二《一九三七》年九月に新米教師が男と女と二人来たので、知っている限りのことを教えて、仕事の引き継ぎを万事済ませて、九月二二日に下河津を発った。校長及び教員がバスの乗り場まで生徒を連れて、見送ってくれた。飯田校長が万才を叫んだ。伊東、熱海を経て東海道線で東京へ帰った。

一人々々の生徒の名はよく覚えていない。今《昭和三〇年》、頭に残っているのは数人に過ぎない。**縄地**の子で**山本愛子**という素晴しく頭のいい子がいた。私が帰る時に絵葉書をくれたので、アルバムに貼ってある。

山本愛子さんのくれた絵葉書は確かに父のアルバムに残っている。「天下の絶景　奥伊豆探勝」と題する一〇枚セットで、地元の風景が写されている。私の故郷の伊豆を忘れないで下さいというメッセージであろう。「永瀬先生　静岡縣賀茂郡下河津村縄地　山本愛子」との書き込みがある。山本愛子さんは恐らく最後に担任していた「四年女子」のクラスの児童であろうが、本人か書いたか保護者が書いたか、しっかりした筆跡である。この絵葉書の風景はひょっとしたら今となっては貴重なものかもしれない。

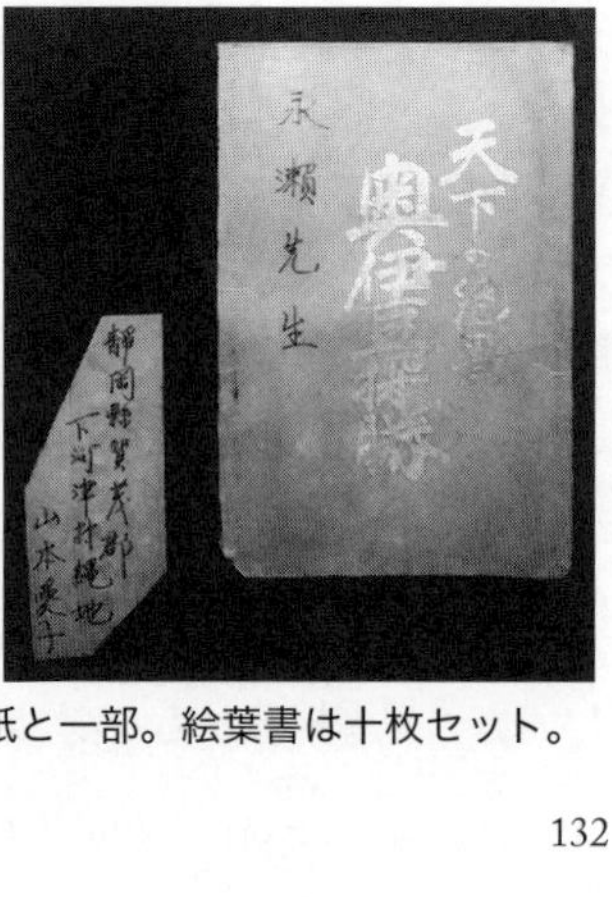

山本愛子さんにもらった絵葉書の表紙と一部。絵葉書は十枚セット。

小学校勤務の決算

小学校勤務は一教師として長い目で見れば、よい経験であった。尤も小学校で教えた個々の教科については、《現在は高校教師だから》経験にはならない。しかし、小学校は生徒が小さいから仕事も勢い細かく、かつ職員も互いにうるさい。そうした関係上、私は普通の高校教師よりは注意が行き届いていると思う。私のような経歴の者も絶無ではないが、それらが皆、注意深い教師とは決まっていない。無論各人の性格にもよるし、経験をよりよく活かすか否かにもよるが、私の場合、決して無用な経験になっていない。ただし、高校生の心理としては、これを得と取るか、反対に損と取るかは分からない。

高等学校教育も昔日に比して進学者の数が増大した。その意味で準義務制と言える。そういう高校の現状だから、小学校から始めたのはよかったかもしれない。しかし、現在《徳島県立池田高等学校教諭》に至るまでの過程を考えると大いに苦しんだのであり、個人としては決して幸福だったと言うことはできない。

〈3〉中目黒時代

母の移動―東京、京都、神戸

昭和九《一九三四》年、勧める人があって母は室さんの看護会を辞めて、京都の武藤絲治氏の家政婦的役目を引き受けることになった。武藤家の人々と一等車《今日のグリーン車》の貸切りで、華々しく東海道を下ったそうだ。ところが、使用人を酷使する家で、女中は一ヶ月と続かなかったらしい。ご飯を食べながら居眠りし、入浴しながら居眠りしたと言う。夜の二時に寝て、五時に起きていたようである。これでは身体を壊すということで、従前、出入りして懇意にしていた自動車屋の主人が母を心配してくれて、武藤家から出られるよう助力してくれた。

こうして武藤家を出たはいいものの、東京へ戻れもせず、心に浮かんだのは室さん方で面識のあった神戸の産婆さんの**管野栄**さんだった。相談したところ、糸永さん経営の**浄徳看護会**に入れてもらえた。

武藤家で働いていたことは、第二部「養父の最期」で述べた。

人生経験

私は帰京してから約一ヶ月間、本郷の東大付近の本屋で働いた。本屋というよりも会員組織の雑誌を読む会で、自転車に乗り、三日おきに一軒一軒雑誌を取り換えて回るのだった。一日五〇軒として三方面、一五〇軒を覚えねばならないが、一度や二度、先任者に教えてもらっても、そう急に頭へ入るものではない。覚えてしまったら二～三時間で回れるはずのところでも一日かかったものである。また、配本を相手の希望に従って、上手に回すのも慣れないといけない。つまり、同種類のものは数冊しかないから、これをうまくやり繰りして、重複しないように配るのである。

一日中、自転車を乗り回すので、腹が減って、いくらでも食事が進んだ。後にも先にも、この時ほど、ご飯の進んだ経験を持たない。食費が嵩んで大変弱り、やり繰りに骨を折った。貧乏すれば余計に貧乏するとは変なものだ。つくづく引き合わないと思った。また、この仕事をしている間、何か軽く扱われている気分にさせられた。しかし、それはそれで良い社会体験であった。それよりも収支のアンバランスは如何とも し難かったので、一ヶ月で辞めた。

その後、ちょっとの間、遊んで、一二月二五日から畑中君の口利きで、目黒郵便局の年末臨時雇員となった。《目黒局で働くのは》ちょうど四年ぶりだった。人によって雇ってくれる日数が違うが、私は最も長く一五日くらい働いた。

何だかんだといっても、伊豆の小学校で「先生」と呼ばれていたのだから、軽く扱われている気分になったというのはよく分かる。

明けて昭和一三《一九三八》年一月一五日、この日から目黒区原町の本屋へ行った。主人は大変温厚な五〇格好の人で、本郷よりも余程、万事に紳士的だった。ここで一〇日ほど働いた一月二五日に目黒局から呼び出しの速達が来た。畑中君に目黒局に就職を頼んであった。翌二六日から臨時雇員として日給一円一五銭か二〇銭くらいで採用してくれた。

しばらくは午前九時から午後四時までの日勤だっ

た。そのうち雇員資格を取れとの指示があり、逓信講習所(33)へ行って義務教育終了程度の試験を受け、資格認定書をもらった。ここら辺がお役所的形式主義で、滑稽極まる話だ。私は大学を卒業している。しかし、有り難いことに日給一円三五銭を頂くことになった。そして、三九銭、四三銭、五四銭と上がって行った。

郵便局というところ

郵便局の一・二等局は役所である。いわゆる現業官庁である。目黒局は当時、二等局だった。組織は「郵便」、「電信」、「保険」、「為替貯金」、「庶務」の五つで、一等局なら、これらの名の下に課が付く。中心は何といっても、また常識上からも、「郵便」である。当時、葉書二銭、封書四銭で、これで利益を上げていたと聞く。

郵便の業務は「区分係」、「小包係」、「特殊係」、「伝送係」の四つであった。区分係は「差立区分」《他局に送る郵便物の区分》と「到着区分」《自局に届いた郵便物の区分》に分かれる。小包係は小包の係、特殊係は封書の書留の係、伝送係は速達の係、及び、差立・到着郵袋《ゆうたい》の責任者である。

電信は赤字で、郵便から助けてもらっているとのことだった。しかし、三〇人くらいの人間が三交代でやっていた。朝は特に多く、五〇通から七～八〇通くらいの電文を立て続けに聞いて、瞬間的に複写タイプを打つ。これはたいした仕事である。しかし、夜は九時ともなれば、だいぶ暇だった。

保険、為替貯金、庶務は全員、日勤であった。現金を扱う係は神経を使う。一度ミスがあると、すなわち一日の収支が合わないと、全員残ってあくまで追求する。ミスとは「超過払い」だから相手が分かれば、もらってくればいい。しかし、相手が分からぬ時は当人の弁償である。当時の金で何千円もの弁償金を負い、月々払っているという気の毒な事務員がいた。

私が特に印象に残っているのは、郵便物の配達に出る前の仕事ぶりである。局内は各担当者が実に機能的に、そして熟練した高度な技能で、時間と闘いながら、迅速かつ整然と仕事を進め、最後に集配手が各々の受け持ちの町へ散って行く。ちょうどその時、局の通用門に立っていたら、二～三〇台の赤自動車が矢のように飛び立って行くのを見ることができる。それは壮観である。文化国家の一シンボルと言えよう。仕事は「速く、正確に」という修行を、私は確実に目黒局でやった。この経験は今日、非常に役立っている。

局員泣かせ

私が経験したことを一、二記す。「東京市　渋谷目黒書店　御中」というような訳の分からぬ宛先があった。《東京市内の》渋谷、目黒、大崎、幡ヶ谷、世田谷など各局の付箋がずらりと貼ってある。たらい回しになっていた。差出人の住所は書いてない。虫眼鏡で見ると、北海道の稚内の消印だ。私は断然「稚内戻し」と赤インクで書いて戻した。これは葉書だった。切手を貼って出す以上、確実に届けてもらうには宛名ははっきり書くべきで、それを局に散々手間取らせて、結局、己に戻って来るというのは、無意味もこれ以上のものはない。

また、達筆も程々である。人が読めなければ、届けられない。例えば、年輩の郵便主任が「これは姫路だろう」と言うまで、何人も読めず苦慮したものだ。それと「東横沿線○○駅前××様」とか、「阪急宝塚線△△駅隣○○殿」などは行かないとは言わないが、大いに局泣かせであると共に、届くのはやはり遅くなるだろう。

中には「配達不能かつ返送不能」というものもある。この場合は法規によって開封し、返送できるものには断り状を付けて返す。返送不能の場合は一定期間保管して処分する。差出人は必ずはっきり己のことを書くべきだ。何とかして戻してあげようと努力して、虫眼鏡で薄い消印を穴の開くほど見て、あくせくするなぞ、ちょっと部外者には想像のつかない姿だろう。一枚の葉書に付箋が五枚も六枚もくっ付いて、A、B、Cの局を行ったり来たりし、忘れた頃にまたお目にかかるなんていうこともある。

それから小包の修理までやった。こんなのは一般には想像外のことだろう。「未納郵便（切手なし）」も局員泣かせの一つである。この手続きは事務員にも集配手にも、かなりの手間と神経を強いる。途中で剥がれたのかもしれないが、きちんと切手は貼って出すべきだ。平凡事を実行したら、自他共に大いに助かる。

外国宛はすべて「中央局外国課」に向けたが、到着は大変だった。当時は船で来たから、ない時は一つもないが、来たら相当量になる。外国郵便の山と格闘することになる。それを一つ一つ集配手のために、事務員が鉛筆で町名や姓名を走り書きして行くのだ。ローマ字綴の変な表記が随分あった。しかし、全く分からないというのはなかった。目黒局は外国物が多かっただろうと思う。《旧制》第一高等学校、府立高等学校《後の都立大学、首都大学東京》、海軍技術研究所《現防衛庁防衛研究所》、農林省研究所があり、かつ個人で外国郵便をもらうような人達（実業家、外交官、大学教授）が数多く住んでいたからである。

ところで、組織内のことで興味深かったのは、事故の取り合いである。すなわち、消印漏れ、誤区分、郵袋への入れ間違い（例えば千葉宛の書状の束が関西行に混じった）、未納郵便に未納印が漏れた等、色々な誤りがある。それらを都市逓信局経由で相手局に申し入れるのだが、それを事故を取ると言う。その数ヶ月の統計が回って来て、何局は多い、少ないということになる。つまり、局同士を競争させて、仕事の効率を上げさせる仕組みになっていた。

中川靖造『海軍技術研究所　エレクトロニクス王国の先駆者たち』によると、「海軍技研《海軍技術研究所》は大正十一年のワシントン海軍軍縮条約成立後『量から質へ』の転換を迫られた海軍が兵器の質的向上を図るため、東京築地にあった海軍艦形試験所、航空機実験所、造兵廠を統合し、大正十二年春に発足したのがそもそもの始まりである。ところが、発足直後、関東大震災で被害を受けたため、東京目黒の高台にあった旧陸軍の火薬製造所跡地に移転することになった。海軍技研の復興建設工事は、昭和二年から始まったが、緊縮財政のおかげで完成が大幅に遅れ、昭和五年九月にやっと工事を完了した[34]」とある。結局、関東大震災が原因で目黒に移転した訳である。震災が東京の人々を郊外に移すきっかけとなり、それが後の目黒区の発展の始まりとなったことは第二部で述べたが、海軍技術研究所もその一例であった。

こぼれ話

①字が全く読めない集配手

字の全く読めない集配手がいた。彼の仕事は開函、つまりポストを開けて取り集めて来ることだけだった。開函長というニックネームが付いていた。

②犬と集配手は仇同士

犬と集配手は仇同士のようだった。特に深夜における電報や速達の配達が大変らしい。時には一度帰局して、相手に電話をかけ、「先程、犬が吠えて仕方なく戻って来た。今度〇〇時頃行くから犬を繋いでおいてくれ」なぞという深刻なのもあった。聞いてみれば、「あそこは猛犬だ」。

③大金を積んで走る赤自動車

保証金を積まないと三等局は開業できない。しかも、夜間はその程度の金額しか置かしてくれないらしい。すなわち、夕方、超過金と称して集配手が赤袋に入れて、本局に持って帰る。朝はまた資金と称して、反対に持って行く。それは本局でも同じで、一定額以上は中央局に送る。夕方の赤自動車は当時の何千円、何万円の超過金を特別の袋に入れて、また普通の郵袋中に混ぜて、何の変哲もなく走っていた。

④年に一度しか郵便の来ない家

世間は広い。年に一度しか郵便の来ない家があると言う。面白い話だ。一度とは、年賀状だ。

⑤私は一度ミスをやった

運転手が終便に速達だけ持って行き、通常郵便を置いて行った。これを明日の一便まで放っておく訳にはいかない。どうするかと困ったが、幸い運転のできる集配手が泊まっていたので、予備の小型車をひっぱり出して、送ってもらった。蕎麦を一杯振る舞って、勘弁してもらった。これが私の局時代のただ一つのミスだ。尤もそもそもは置いていった運転手の責任だが。

⑥監視員という役の人がいる

大変気の利いた制度だと思う。皆が忙しいから、皆をゆとりのある気持ちで眺める立場の人がいるのは大事である。これは一面、事故係でもある。およそ局内の事故は何でも処理する。また、開函の際、《郵便物を》少し残す不心得の集配手がいるから、ポストに紙を投げ入れておいて、彼らが戻って来てテーブル上にぶちまけた時、その紙を集めて、さようなことがないかどうか調べるのも役目だった。

⑦局は年中、風呂を沸かしている

局は年中、風呂を沸かしている。午後からである。

これは一種の現品給与だ。現金を渡すより、この方が得なのだろう。東京の市電は運転手、車掌に風呂に入らせ、その間に荷物検査をすると聞いたことがある。それとはちょっと意味が違うようだ。

⑧年に一度慰労してくれる

有給休暇は月に二回、そして賜暇《しか》《官吏が願い出て許可される休暇》は年一〇日ほどだが、願い出ると上司の機嫌は悪い。心臓の強いのがたまにもらうくらいのところである。それくらい一年中、使われているが、年に一度、大劇場を一ヶ月くらいの間、定員の半分、または三分の一程度、借り切って、順に招待してくれる。そしてお土産までくれた。

⑨世にはあわて者が多い

県名なしで、いきなり温泉郡なぞと書き出すのが必ずある。これは除けておいて最後に虎の巻を見る。配達が遅れるのは確かだ。温泉郡とは愛媛県だった。さらにひどいのは裏《の通信文》のみ書いた葉書である。表書《宛名》がない。これも非常に多い。全く処理のしようがない。出した本人は「局はけしからん、この間、確かに出した」と力んでいるに違いない。

葉書には多いが、封書で宛名がないものはない。逆に表《宛名》だけ書いた葉書は、私は見なかった。理にかなっている。

⑩切手はしっかり貼って出すこと

切手のことは前にちょっと述べたが、補足する。色々な原因で切手は剥がれる。《集配手が》ポストから鞄に入れる時、または帰局して整理台の上にぶちまける時によく取れる。時には消印後にさえ剥がれる。「剥がれて出て来た切手の数」と「切手のない封書の数」が合えば文句はないが、そんなことはまずない。

係は切手のない封書をよく見る。一度貼ったものは表面を見ると跡がある。その場合はあたかも消印後、剥がれたようにしておく。貼った形跡のないものは未納郵便の印を表に押す。

⑪現金不要の怖さ

局員は日用品店、食堂、理髪店、医師まで、すべて伝票で通る。全く便利だが、使い過ぎてしまうのは人の常で、給料日に《現金が少なく》軽い袋をもらい、時には赤字の袋をもらう。この制度は便利過ぎて怖い。私はこの経験から、今でも後払いの天引きで買い物をする気がしない。

⑫集配手

集配手の制服は頭から足まで支給されるが、出勤時は多くが背広で来る。下町辺の局だと和服に袴、夏なぞ絽《ろ》《薄き透き通った絹織物》の羽織でやって来る風流人もいると言う。

三交代（日勤、宿直、明け）で八時間労働ゆえ時間の余裕はある。勤勉な者は内職（アルバイト）をやる。前歴が大工、左官なら、そんなことをやったり、かみさんの小店を手伝ったり、中にはギターの先生をしているのまでいた。各人各様の余暇の善用をしていた。初めから集配手というのは少ないようだ。他の職から転じて来た人達が多かった。

犬に吠えられながらの深夜勤務は前言の通りだが、雨の日には、もちろん合羽と特別な帽子はあるとはいうものの、ずぶ濡れになり、夏の炎天下では暑さに喘ぎ、冬となれば寒風に青ざめて震えて戻って来る。大変な仕事である。その分、賃銀は高い。お金を貯めて家主になっているのも一人二人ではなかったようだ。ただ、当時は恩給制度《年金》はなかった。

⑬儀　式

官庁だから祝祭日には儀式をやる。しかし、これが私の目に少々変に映じた。君が代にしても、その時々の祝歌にしても、調子の外れた蛮声を張り上げるだけで、気分が全然出ない。これは予め練習もせず、楽器もないから仕方がないとはいうものの、だらしない儀式だった。

⑭親切な人

後藤小四郎さんという四〇《歳》くらいの書記補がいた。誠に善良な人だった。私を林業試験場(35)に就職させると言って連れて行ってくれたり、義兄弟の大学の先生に紹介してくれたり、全く親切だった。この人とは、初対面の頃に、私の人生の過去と未来について話したものだ。馬が合ったのだろう。やがて局をやめて、かますのブローカーになった。うまく行って大金を得たようだが、終戦後、五〇《歳》にもならずして亡くなったと聞いた。

モガ・モボの時代

私は《目黒》局から二分のおでん屋の二階に住んでいた《当時の目黒郵便局は中目黒駅前》。東横線や中目黒駅の雑音が一日中、響いて静かではなかったが、近くで便利だった。その頃、指導員の畑中も隣室にやって来て、仲良くやっていた。中目黒の喫茶店街を歩き回り、どこそこに美人がいるなどとたわいないことを言いながら、一杯のコーヒーを楽しんだ。事実、美人がいた。当時は《東京》市内の至るところに喫茶店街があった。神田の神保町付近にも大集団があった。

新宿のムーラン・ルージュ《ムーラン・ルージュ新宿座》が好きになって畑中と行ったり、一人で行ったりした。一〇日目の変わりには必ず見に行った。一円少々あれば、一日が楽しく送れた。電車が往復三〇銭、ムーランや武蔵野館[36]が五〇銭、滅法うまい焼飯が二五銭、コーヒー一杯一〇銭[37]。誠によき時代だった。

ムーラン・ルージュについて、中野正昭は次のように言う。

「昭和初期の新宿は、洋画封切の専門としてインテリ層の支持を集めた武蔵野館…（中略）…など基本的には映画館の街[38]」で、「必ずしも演劇向けの街ではなかった[39]」のだが、その「新宿で…（中略）…レヴュー劇場を経営するという計画は無謀だったと言うべきだろう。だが、その無謀に挑戦し勝利を手にしたのが…（中略）…昭和の芸能史にその名を残したムーラン・ルージュ[40]」であった。

ムーラン・ルージュ新宿座は昭和六（一九三一）年一二月の開場である。「演目は四〇分ほどの芝居三本と一時間強のヴァラエティ・ショウ一本の計四本立てが基本で、これを一〇日替わり、つまり月に三回初日をあけた[41]」と言う。「一〇日目の変わりには必ず見に行った」と父は書いているから、余程楽しみにしていたのだろう。

「入場料は一階席が四〇銭、二階席は七〇銭（一階三〇銭、二階五〇銭という説もある。後に一・二階とも五〇銭[42]）」というのも父の言う通り。「最盛期には二ブロック先の武蔵野館まで行列ができ[43]」ていたと言う。ムーラン・ルージュは正に時代の最先端であった。

中野は当時の新宿をこう評する。「昼の百貨店と夜のカフェー、モダンボーイとマルクスボーイ、新宿駅の群集と長閑な郊外生活、そんな相容れない事物が渾然一体となって存在する」(44)。

なるほど、父の残したアルバムにはいくつものマッチ箱のラベルが貼られていた。

「新宿喫茶街　胡蝶園」

「早苗の家　渋谷百軒店裏」

「ゆら　渋谷駅前」

「南蛮　茶房　ぎんざ」

「純喫茶　五反田茶房　コーヒーとジャズの殿堂」

「喫茶ユーカリ　世田谷　上馬中里」等々。

マッチラベル。「上馬中里通りのユーカリ」と「五反田駅前の五反田茶房」。父は三八種類のラベルを残している。

私は当初これらに対して特段の意識を持っていなかった。そんな折、二〇一八年に墨田区の「たばこと塩の博物館」で「モボ・モガが見たトーキョー展」が開かれた。その展示物を見ている時、私の身体に衝撃が走った。そこには大量のマッチ箱が展示されていた。

そうか、これらマッチ箱（すなわちカフェー）こそ、大正末期から昭和初頭にかけて現出した新風俗――モガ、モボ（モダンガール、モダンボーイ）――を象徴するものだったのだ。

かくして改めて父の若き日の写真を見直すと、背広に山高帽、ロイド眼鏡である。これぞモボそのものである。父はモボ、すなわち、モダンボーイだったのだ。「モガ・モボ」という「歴史単語」が初めて生きたものになった。

畑中君のことで一つ忘れ得ないのは、彼氏、「必ず明日の朝は、どこどこの局へ行かねばならぬ」と言って寝て、翌日は昼まで寝るに決まっていた。早くても一〇時だ。酒を飲むでもなし、勝負事をする訳でもないのに、ただの一回も間に合って起きたことがない。全く痛快な話である。

畑中君の失敗話

彼は長いこと**向原局**《板橋区》に勤めていた。衣食住に何の不自由もなくやっていたのに、何の錯覚か、局長や友達（私も）の止めるのを振り切って、三井生命の外交員になった。一年経たぬうちに全く食い詰めた。実際食わなかった時もあるだろう。やっとある街工場に就職して餓死を免れた。そのうち向原局長が三等局の巡回指導員に推薦してくれ、結局、元の鞘に納まった。

私は中学時代、英文で次のストーリーを読んだことがある。**ニュークラウンリーダー**だっただろう。ある男が長年愛用した靴に飽きが来た。ある日、交換すべく外へ出た。途中で出会った男と二～三度、取り換えたが満足せず、いらいらしたが、ついに気に入ったのを発見して、大喜びで帰った。細君に誇らしげに語ったところ、細君静かに曰く、「それは、今朝、履いて出た靴ではありませんか」。人生、案外これが多いのではないだろうか。気をつけなくてはいけない。

法政大学同窓生、畑中俊夫氏。法政大学卒業アルバム（昭和七年三月発行）より。

生涯最良の日

私は必ず他日を期すという気持ちを捨てず、そのために相当勉強した。結果は実力の低下を妨げたのみで、向上まではできなかった。ヒアリングの勉強の意味でトーキーも見たが、余り効果はなかった。目黒局に勤めて二年二ヶ月、大阪の中井治君との話がまとまって、**大阪電気学校**勤務が決定した。

辞める時、挨拶に行った庶務主事がそんな偉い人がいたとは知らなかったと驚き、心から感心してくれた。**郵便主事の肥後**さんは苦労人で、円満な人だった。頼んだ訳ではないのに旅費もいるだろうと、辞めて遠くに行く私にまとまった金を貸してくれた。私は一ヶ月後に、大阪から礼状と共に返金した。

大阪電気学校が決まった日、嬉しくて一晩中、寝られなかった。生涯最良の日であった。

第四部 関西生活（昭和一五年四月より一七年八月まで）

〈1〉夢叶う―大阪電気学校

大阪電気学校へ

中井治君の手引きで、**大阪市西淀川区塚本町**（※原註）にある私立大阪電気学校に勤めるため、大阪へやって来たのは、昭和一五《一九四〇》年三月二八日のことだった。校主《経営責任者》兼校長は高知県出身の**山崎猛一**《たけいち》(1)という人だった。

当時、母は神戸の《市電の》**大倉山停留場**の近くの糸永女史（岡山県人）の経営する**浄徳看護婦会**で働いていたので、親子仲よく暮らせると思った。中井君は大阪府の青年学校教員養成所(2)を出て鶴橋小学校に同居する**鶴橋青年学校**に勤めていた。中井君の最初の考えは、彼は当時、堺に住んでいたので、電気学校の**堺分**校に私を勤務させて一緒に遊ぼうということだったが、私の大阪着が少し遅れたので、西淀川の本校に勤めることになった。神戸に近いので、結果的には、私にとっては好都合であった。

（※原註）後に柏里町と改名《現在の大阪市西淀川区歌島》

大阪電気学校はどこにあったのか、私は父のかつての勤務校（西淀川の本校）を訪ね、大阪に出向き、塚本駅で下りた。持っている情報は父が記した「大阪市西淀川区塚本町（後に柏里町と改名）」と「塚本駅から歩いて一〇分の距離」（後掲）の二つだけである。

現在の大阪市西淀川区柏里は塚本駅の西方に広がる。特段の当てもなく柏里を歩き、「昔、このあたりに大阪電気学校があったはずですが、御存知ないですか」と聞きながら歩くのだった。一人の年輩男性が学校を覚えていると言って場所を教えてくれたが、見つけられなかった。
そのまま数年が経った。ある日、何気なくインターネットで大阪電気学校を検索したら、思い掛けないヒットがあった。寿印刷という会社が大阪電気学校の跡地にあり、しかも会社の建物は当時の校舎を利用していると言う。所在地は年輩者に教えられた一帯であった。何と私は、その時、一本向こうの道を歩いていたのだった。もし寿印刷の前を歩いていたら、建物が見るからに学校風だから、中に入って尋ねていたかもしれない。早速、寿印刷に手紙で見学を依頼してみたら、すぐに御快諾の返事を頂いた。こうして二度目の塚本駅下車となった。

大阪電気学校の教室にて。（上）右奥の黒板前が父。（下）前列左から二番目が父。昭和一六年三月撮影。

かつての大阪電気学校がそのまま残っていた。先の三井の拝島の別荘と並び、「父の記した場所そのもの」に触れた二例目となった。

大阪入り

三月二八日午前一〇時半、急行で東京駅を出た。畑中君が横浜まで送ってくれた。友は有り難い。午後八時半、大阪駅に無事着いた。

乗車したのは「東京発下関行急行」である。東京を十時三〇分ちょうどに発車し、横浜に十一時二分に着く。畑中君はここまで付き合った訳である。大阪には二〇時三七分に着く。父の記載の通りである。(3)

かねて中井君から手紙で教えられていた通り、城東線に乗り換えて天王寺駅で下車し、南海電車に乗って堺に向かった。ちょうど空の電車が停まっていた。乗ってしばらくすると動き出したが、私が考えていたのと反対の方向へ走り始めたので、一瞬びっくりした。知らぬ土地へ来て、西も東も分からぬとは、このことだと思い、苦笑したものの、前途は明るい。

昭和一五年時点では大阪環状線はまだできていない。城東線とは大阪駅と天王寺駅間の電車路線であった。

城東線は「初発から終発まで五分乃至十分毎に運転[4]」であり、かつ大阪駅から天王寺駅までの所要時間が一八分[5]だから、恐らく二一時頃、天王寺駅に着いたのだろう。

当時は、天王寺駅と天下茶屋駅の間に「南海天王寺支線」があったから、天王寺駅から南海電車で堺へ行くことができた。ところで、イメージと違う方向に出発するのはよくあるが、よくぞこんなことまで覚えていたものだ。

堺で下りて、知らぬ土地の夜道を尋ね尋ね行くので、かなり時間がかかった。商店なぞ余りない住宅地では、仕舞屋《しもたや》《商店でない普通の家》で聞かねばならぬので苦労した。こんばんはと声をかけても返事のない家が二～三あった。東京から見て、のんびりしていると思った。

やっと中井君の下宿の藤本という家を尋ね当てたが、まだ帰っていなかった。彼は夜間勤務だ。東京から来たと言うと、話は聞いている、まあお上がりと、おばさんの挨拶。待つこと一時間余、戻って来た彼はいきなり、何をぐずぐずしていたかという意味の文句を言った。お江戸風の親愛の表現で、親しいから言える。積もる話をして、やがて寝た。彼はかなり広い二階を借りて自炊していた。きれいな家だった。

電車の所要時間、待ち時間、堺の街で尋ねながら歩いたことなどを合わせ考えると、中井君の下宿に着いたのは二二時過ぎだろう。中井君との再会は二三時以降だったと思う。

西淀川本校勤務

翌朝、手土産を持って大阪電気学校の本校を訪ねた。きれいとは言えないが、相当大きい構えである。山崎校長に面会して色々話を聞いたところ、中井君は堺の分校にと言うが、そっちはもう決定したから本校に勤めて頂きたい。本校なら学級が多いから英語だけで結構と言う。私もその方が楽であるから文句はない。かねて中井君の手紙では、分校だから何か他の教科もやってくれと言われていた。

　父が勤務しなかった堺分校は今日の清風学園である。『大阪府教育百年史』に、「《昭和》八年四月、堺市浅香山町に、『大阪電機《ママ》学校堺分校』として設立され、電気科および機械科を置いたが、《昭和》二〇年二月、中等学校令による『浅香山電気工業学校』となった。そして、戦後は現在の『清風高等学校』へと発展した[6]」とある。

　月給は六五円。手当二～三種類と夜間部手当を合して九五円か百円くらいになる。本当に嬉しかった。これで少しは人並みの生活ができるというものだ。まず滑り出しは上々。月給は臨時的手当の関係で百二～三〇円になることもあった。しかし、借金があったので、しばらくは楽にならなかった。といっても、苦しいことは無論なかった。

　学校を辞した私は次に母を訪ねるために、阪急電車の芦屋で降りた。当時は精道村である。後に《昭和一五年一二月》合併なしの一村独立で芦屋市となった。そんな例は全国でも稀だと言う。それもそうだろう。下りた駅前で、へへえ、これで村ですかと、びっくりした。実質的に都市の形態であった。なるほど関西のお金持が揃って住んでいるところだと頷いた。

　母の派出先はすぐ分かった。久しぶりの対面だったが、仕事中である。とにかく今夜、神戸の間借り先へ行け。浄徳看護婦会へ電話しておくから、そこを訪ねて案内してもらえと言う。

　浄徳へ着いた時はもう暗かった。途中で食事をしたり、理髪をしたりしたせいもある。玄関で会長さんに挨拶した後、若い看護婦のNさんが四～五丁《一丁は約一〇九m》離れた古風な構えの家まで連れて来てくれた。相当のおばあさんが出て来て、まあお上がりやすという訳で、二階へ案内され、関西の第二夜を過ごした。ここは神戸市湊東区楠町八－二七四　斎藤源太郎さんの家である。昭和一五《一九四〇》年四月から昭和一六年一二月までの一年八ヶ月間の私の住まいであった。中井君は神戸に住んだことには何も言わなかった。

　父と祖母が間借りして二人で暮らした楠木町について、神戸市中央区役所に問い合わせたところ、丁寧な回答を得た。そして、私はある一日《ひとひ》、ここを訪ねた。大倉山公園と宇治川の間の細い道を入って行くと、やがて細長い台形の駐車場に着いた。そこにかつて斉藤家があった。今はただの平面である。ここにどんな家があったのか、昔を辿《たど》る縁《よすが》はなかった。

国鉄《現JR》神戸駅から大阪の一つ手前の塚本駅まで一ヶ月定期券五円。私達は高いと不満だったが、実は高くなかった。というのは、電車が速いので近いと錯覚したのだ。当時の東京近辺の電車より速かった。汽車と並行線であるから、神戸大阪間を停まらない汽車と一〇余の駅を停まる電車とを同時間にしておかないと、電車の存在価値が減るというのが快速の原因かもしれない。また、阪急、阪神の二私鉄が並行していることもあろう。

神戸大阪間の駅は神戸、元町、三ノ宮、灘、六甲道、住吉、摂津本山、芦屋、西宮、甲子園口、立花、神崎（現尼崎）、塚本、大阪である。塚本まで所要時間は三五分、大阪まで四〇分。電車の急行は神戸大阪間二五分だった。

念願の英語教師

約二年半ぶりで、また教師となった私は毎日明るい気分で通勤を始めた。朝六時半までに起きて、母がいれば共に朝食をし、派出でいない時は近所の飯屋に飛び込んだ。七時一五分の上り京都行電車がぎりぎりで、プラス三五分、七時五〇分、塚本着。そこから学校まで歩いて、八時始業にちょうどであった。

一年生の英語を教えた。ABCDEFくらい組があった。半分電気科、半分機械科だったろう。私立の、しかも一年生と来たら七〇人くらいを一つの組に詰める。中央に立っても視野へ入らぬ生徒も出て来るというものだ。これは私立の一種の宿命である。七〇人のクラス六組で四二〇人、それに夜間の一クラス（五〇人）を加えて、七組で四七〇人、たいしたものだ。世間に生徒数五〇〇人の学校はざらにある。七組に全く同じ教材を教えるとは、天下にこれに勝る楽はない。でも、慣れて来ると単調だなんて考え出し、レコード並みだなどと思い出す。人間の不平は尽きるところがないようだ。

サラリーを一二〇～一三〇円もらって、午後の二時半には大手を振って帰れる。小学校や郵便局で苦労して来た私には、もったいない気がした。神様が埋め合わせをして下さっている、そんな気持ちにさえなった。

「小学校教員の俸給が安いことは有名であった」[7]から、小学校から中等学校へ移った父には天国に思えたことだろう。

だが、この学校は職員の出入りが案外多い。それは将来の保証がないこと、すなわち私立中等学校恩給財団に加盟していないこと、及び、生徒の質が悪く、学校全体の柄がよくないことなどが理由だったかもしれない。赤紙（兵隊の召集令状）が来たら一ヶ月分もらって退職して軍に行かねばならなかったが、公立学校の「赤紙先生」の穴埋めのために《引き抜かれるので》、私立学校の出入りが激しかったという面もあろう。特に基礎の弱い私立では仕方あるまい。

生徒の成績は至って振るわなかった。テストをすると片端から零点だの、あるいは、それに近い点となる。普通の点の者はぽつりぽつりである。しかし、なまじ書いてくれると約五〇〇枚の答案の採点は骨が折れるが、こういう訳だから案外楽というものだ。物は考えようである。

母子水入らず

二時半頃、帰途について神戸で下りる。お茶が好きで、まず喫茶店へ入る。珍しいから方々の店へ行ってみる。多い日には一日に三回も行った。学校の空き時間にも行った。駅から足は自ずと神戸の浅草、新開地へと向かう。漫才、映画、新劇等を毎日見て歩いた。漫才は三〇銭くらい。映画や新劇で四〇銭あるいは五〇銭くらい。

夜学の日は（校長の厚意で週二回だけにしてくれた）、一度神戸に帰り、夕食を済ませて、また上りに乗った。授業が終わって神戸へ戻ると午後九時、さすがに疲れていて、すぐ帰宅した。夜学の日でも陽の長い頃は阪神間を順次下りて、街の様子を見て歩いたり、食事をしたりした。

母と神戸の街を散歩し買物をした。世帯道具も買った。母は生涯に何度、世帯道具を買ったことだろう。そして、いつも満足な家庭生活をせずに一生を終わってしまった。不幸な人だ。一緒に映画も見た。外国物で筋がよく呑み込めないと言うので、帰る道すがら話してあげたこともあった。

部屋を借りていた斎藤家は夫婦養子という話で、おばあさんは未亡人だった。養子の源太郎さんは大阪専売局（煙草製造）に勤めていたと言う。私の入り込んだ頃は入隊中だった。やがて外地に出征する間際に戻って来た。金の力のように聞いた。奥さんたるもの誰でもうれしいが、この奥さんの喜びようはちょっと羽目が外れていた。

隣の部屋の間借りをしていたのは八木さんという船員さんだった。船員とはいかにも神戸らしい。奥さんは歳の頃は五〇くらい。ご主人はついぞ見たことがない。何もすることがなく呑気に暮らしていた。子供はいないようだった。この人はちょっと変わっていた。商売にはしていなかったが、人に頼まれれば予言をするのである。当たるからお礼に物なぞもらう。話を聞いてみたが、要は直感らしい。ご本人は必ず当たると言う。出征兵士を見て、この人は死ぬ、この人は帰ると分かるらしい。また、入試の合格かどうかよく当たるので、二月三月の頃は忙しいそうだ。我々にとても親切にしてくれた。

私は糸永会長さんと親しくなった。私が神戸へ来る少し前に、糸永のごく近所のさる娘さんを私の嫁にと母が望んだそうだが、さりげなく断られたと言う。真の理由は、息子さんは知らぬが、あんなしっかり者のお母さんでは、という裏話を会長さんから聞いた。しっかりしていればこそ、子供二人を独力で大学まで出したのだ。つらい話だ。

神戸元町

元町裏の洗い張り屋に嫁している母の妹、井野辺へもよく出掛けた。名は忘れたが、顔や背丈は母によく似ていた。しかし、性格は違った。妹はあくまで世間並みの主婦だった。「姉さんは昔からしゃんしゃんしていた」とは妹の言だった。「あんたをおんぶして、尻をからげて両手にバケツを持ち、『さあさあ邪魔だ。退いた、退いた』と元気に怒鳴りながら、風呂の水入れをしたものだ」などと、昔話をしてくれた。

年齢は一〇歳か、それ以上違っていた。まだおばあさんと言っては気の毒なくらいで、長男がやっと満二〇歳になったくらいであった。この人とは前にも後にも、この時だけの交渉で、その後、徳島から（後述）神戸を訪ねた時、この後ですぐ述べるMから聞いた話では、空襲で焼け出され、阪神沿線の香櫨園へ移ったようだ。

井野辺のすぐ近くで、元町通りのMという時計店兼宝石商へ養子に入っていたSさんという母の義弟《養父高森柳太の息子》がいた。この人は全く実直のサンプルみたいな人間で、変わった話の持ち主であった。初めは大阪の大きな薬屋の養子だったが、その家付き娘が死んだ。Mの主人が無理を承知で薬屋にSさんをくれと談じ込んだ。結局、熱意に負け、無理が通って、Sさんは子連れでMの未亡人と結婚した。Mには死んだ前の養子の子供がある。後には二人の間に子供も生まれる。つまり三色の子がMにはいた訳だ。神戸でも一流の時計屋として商売は順調、家庭は円満、何の文句もない。

かつて関東大震災の時に、大阪商人らしい、薬屋の番頭然とした服装で母を見舞ってくれた。その時、私は初めて会った。私にもお見舞をくれたように思う。伊豆で苦悩している時、金を借りようとしたのは、このSさんだった。Sさんとの付き合いは、後にも先にも私が神戸にいる時だけだった。母の義弟だが、むしろ他人行儀だった。

微妙な仲

京都の武藤絲治家に勤めていた母が激務に耐えかね、体がダメになってしまいそうになり、無理に辞めた。さてどこへ行くといって、今さら東京へ恥を売りに行く訳にも行かず、神戸の菅野さんという産婆さんを頼り、糸永女史を紹介された《第三部参照》。菅野さんは東京の室さん方で度々出会って顔見知りだった。独身で、母にも私にも大層親切にしてくれた。この人と糸永女史には、私の家庭のごたごたの相談にも乗ってもらった。会長の糸永さんも子供を二〜三人独力で育てていた。法律上は別れた夫の子というのも母と同じ立場だった。話のよく分かった人で、天理教の信者だった。

初めて神戸へ行った時に、母の下宿に案内してくれた看護婦のNさんも菅野さんの口利きで糸永に勤めていた。いつとはなしに、この人と仲よくなって、日曜日なぞ朝から晩まで遊んだものだ。夜になってもなかなか帰らず、催促して帰らせたこともあった。菅野さんとの関係を考えて、軽率な振る舞いはしなかった。

母が派出疲れで寝ていたある日曜のこと、黙って二人で、《和歌山県の名勝》和歌浦へ行った。Nは泊りたかったらしいが、私はいい年をして母が怖いから、夕方別れた。しかし、またどこかへ行こうと言うので、よしそれなら次に琵琶湖へ行こうと約束した。ところが、黙っていればいいのに、彼女は帰って同僚に話をしたから堪らない。母の耳にも入って、琵琶湖行きはおじゃんになった。それは一向構わぬが、私は母から皮肉られた。その後は母の彼女に対する態度が変わって、妙な空気になった。母は糸永方で誰にともなく、不同意との意思表示をしたそうだ。

後藤菊恵さん

東京を出る前に、後藤明君(当時、朝鮮の小学校へ行っていた)の弟の何とかいう人(新宿のまるやという高級カフェのマネジャー代理で信用の大変厚い人)から、妹が大阪の西淀川にいるから、よかったら遊びに行ってくれと言われた。大阪へ来てしばらくしてから手紙を出してみたら、都合のいい日に電話をくれと言う。この人は日赤看護婦で**四貫島**《此花区》にある**日赤診療所**に住み込んでいた。戦地帰りで、少々体を痛めたので、楽なポストに置いてもらっているとの話だった。

私はほんのあどけない娘さんを想像していたところ、初めて大阪駅の地下鉄入口で出会ってみたら、これがとてもの美人でびっくりした。名を**菊恵**さんと言った。それから市内は言うに及ばず、六甲、堺水族館、(8)奈良、橿原神宮とやたらに遊んで歩いた。心斎橋辺でお茶を飲み、食事をしたことも度々であった。二人は清い交際を続けた。友人の妹で、静岡の生家の父も長兄も、皆、知っている。変なまねをしたくなった。

ある日、いつもの通り午後二時半頃、《大阪電気学校から》塚本駅へ向かって歩いていたら、向こうから、彼女の同僚の**三か崎**《みかさき》さんがとことこやって来る。どちらへ、実は先生に、それではこの辺よりいっそ梅田に出ましょうと言って、大阪駅前の喫茶店へ入った。私は近いうちに嫁に行きますので、辞めて滋賀へ帰ります。ついては後藤さんのことですが、あの人が大阪へ来たのは、私と親友で一緒に勤められるならということでした。だから、今、私だけ帰郷したら心残りです。幸い、近頃、先生と交際していなさる。何卒お願い、もらってあげてということだった。私は何分《なにぶん》考えて御返事すると言って別れた。それからしばらく会うのを避けていたが、またちょいちょい遊び歩くようになった。

私の気持がなかなか決定しなかった訳は、次の如き事情によるのだった。

一　看護婦は嫁にしないと、母は昔から言っていた。

二　彼女自身、外見はよろしいが、実質、ちょっと目怠《めだる》く思うところがある。

三　当時、朝鮮から戻っていた兄の明に、それとなく手紙で当たってみるとノーと出た。

実は「三」には訳がある。彼女も三か崎さんも知らない事情があった。すなわち、明に言わせると、「五～六年前、彼女の姉のいし子をお前にもらってくれと何度頼んだか忘れていまい。その時、断り続けておきながら、そして、いし子もまだ独りでいるというのに、姉を差し置いて、今さら自分勝手に妹をくれとは虫がいい。やるもんか」という多分に感情的な要素があった。なお、姉は裁縫が上手だったが、私の好みの女性ではなかった。

私はもらうか、もらわないか、約半年間、考えた。《神戸塚本間の》車中の三五分も、あたかも一〇分くらいにしか感じなくなった。それほど物思いに耽った。三か崎さんを湖北の木之本というところまで訪ねて行って、気持ちの区切りをつけようともしたが、うまくいかなかった。すべての角度から考えて、分からなかった。

決断

自ずと解決し得る日が遂に来た。それはたまたま東京の畑中君に何か便りをしたところ、返信の末尾に、こんなことが書いてあった。兄の明の言葉として、戦争で膨れた電気学校なんてものはいずれ潰れるに決まっているじゃないか。永瀬の嫁になって、そんな時が来たら妹が可哀想だと畑中君にもらしたと言う。彼の立場になってみたら、そうかもしれない。といって、御存知あるまいが、こっちは半年、真面目に考えている。私の誠意と比較して穏やかでない。ちょっと毒を含んだようである。私としては意地を抜きに、その通りとは言えぬものの、もうこれまでと決意した。そして三か崎さんと本人に手紙を出した。しかし、いざとなると未練が湧く。大阪の空が恋しい。日曜日だったか、とにかく彼女に会いたいと思って西宮辺まで行ったが、やっと理性を取り戻して帰って来た。

幸い翌日は理性的であった、完全に。しかし、手紙では十分に意を尽くせない点もある。しばらくして彼女を訪ねて、前後の事情、ひいては私の心境を説明して詫びた。誠に悲しいことであった。しかし、人間的に成長して苦難を生かして乗り越えてくれたならと期待して、私は神戸へ帰った。明君とも文通が絶えた。一つには菊恵さんに対するお詫びでもあった。

　母も彼女を見もせずに嫌っていた訳ではない。看護婦の嫁は家庭的でないから好まないが、とにかく一度会ってみようと物分かりよく出てくれた。職業婦人だから、そういう分かった一面はあった。昭和一五《一九四〇》年のクリスマスに神戸へ遊びに来てもらった。ほとんど一日遊んで帰ったが、押し出しはいいねえという母の感想だった。しかし、後はさあねえ、である。加うるに戦地の激務でちょっと胸がデリケートというのもお気に召さなかったようだ。結局、原則論が台頭して来て、強くノーと出た。

　ところで、菊恵さんと地下鉄の心斎橋駅ホームで立ち話していた真後ろに、糸永さんがいた時はびっくりした。世間は狭いと驚いたものだが、別に何事もなかった。糸永さんとは琵琶湖畔の石山寺付近で、《大阪電気学校の》春の遠足中に出会ったこともあった。後で数人もの先生の中で一番立派に見えたと母にお世辞を言った。この二つの例を見ても、なかなかのレディーであった。

私学経営

　この学校には二年いたに過ぎないが、長くいたように感じたのは、余りにも頻繁に同僚が変わるので、そういう錯覚が起こったのだと思う。四月一日に登校した時も一〇人もの新任者で、びっくりした。教員の三分の一である。待遇は悪くなかったが、前途にさしたる希望が持てないというあたりが前言の如く真相であろう。

　大阪府の認可する各種学校の部類に入る乙種実業学校[9]である。終業は三ヶ年。四～五年生というのがいたが、それは勝手に勉強しているのであって、何の法的資格もない。生徒数は千五百人、分校をあわせて二千人という大世帯だった。分校長は校長の息子で、帝大出の工学士だったが、若死にした。

　乙種実業学校は宜しく府の当局者に渡りをつけておけば定員なぞ出鱈目で、ぼろ儲けだったらしい。四月には校長一家が全員出て来て、教科書から学用品まで全部を売った。いかにてんてこ舞いでも、決して教員に手伝ってくれとは言わなかった。また、教科書は各科教員に書かせ、三百円くらいの謝礼で版権を校長が持った。[10] あるいは、本屋が処理に困っている本を目方で買って来て、それを定価売りした。これはぼろくそ儲けと言うものだ。うどんを昼食時に一〇銭で小使いに売らせ、これを年に一度の教員のボーナスにした。万事この式だった。みかん水やラムネを売りたいと校長が言い出したが、流石に教員連の反対で引っ込めた。でも、借金があったと言うから、割り引いて考えねばなるまい。

こんな学校だから、後で言うように、教員は純教員型、野人型などバラエティーに溢れていた。だから、一面、活気があった。校長には学校が嫌ならいつでも辞めてくれという風が見えた。先生の代わりはあっても生徒の代わりはないという肚だったようだ。また、一定数の教員を子飼いで確保する傾向も見え、卒業生の中の成績優良者を専門学校や大学へ通わせていた。共存共栄のやりかたであって、校長もなかなかやるわいと思ったものだ。

生徒募集と入試

学校の所在地が大阪の西に偏していたので、兵庫県または神戸の生徒が半数以上であった。三学期になると、大阪市内、阪神間、神戸市内と分担を決めて、小学校へ挨拶回りに出された。担当になった人の授業は昼までで打ち切って各方面へ散った。私は神戸市内をあてられた。細長い市内を東は灘のあたりから、西は須磨のあたりまで歩いた。負担になるというよりも、むしろ愉快だった。

丁寧に応対してくれる人、熱心に質問してくれる人、頼むのはこっちですよなどと言う人、鼻の先であしらう人、行商人を追い払うが如く玄関で突き放す人、女子だけの高等小学校へ行って頓珍漢の問答をして、恐縮して引き下がったりというような珍談があったかと思うと、訪ねあぐんだ学校が円形で総ガラス張りという初めて見る形態で、学校と気付かず、行ったり来たりしていたということもあった。

こんなことをしなくては生徒が集まらないという訳でなく、校長としてはエティケットと心得ていたのだろう。事実、昭和一六《一九四一》年の三月には千二百名という校長自らが一驚したに違いない志願者がやって来た。それで入試を行う訳だが、実は一校ずつ過去の実績を踏まえ、志願者数から合格人数を割り振って行くのだ。何という出鱈目だろう。不幸にして漏れた生徒は何とも気の毒というものだ。ただ、そこで小学校の先生としては父兄に面目の立たぬ生徒が出て来る。必然的に裏口運動となる。そのおかげで、我々は煙草銭を儲けられた。

同僚

校長はもと一介の数学教師で、独力を以てよく大校を築いた。やり手である。偏していると思うくらい、他の援助を避けた。阪神電鉄が土地を差し上げるから移動したらと言って来ても応じなかった。中井君の実兄が校長と知り合いで、彼氏が就職すべきところを、他に考えあって私に譲ったのだった。

校長は常に変わる教師への対応のため、色々なルートを持っていた。それでも時に行き詰まる。すると匿名の新聞広告を出す。それで、ある時、珍談が生まれた。「数学教師募集」の広告を出したところ、河原という先生が山崎校長と知らず、サラリーの鯖を読んで一五〇円欲しいと履歴書を送って来た。校長や奥さんは職員室の椅子に座っている河原先生を見ると、おかしくて堪らなかったと言う。

数学の先生と言えば、一人奇人がいた。六〇歳くらいのおじいさんで、酒が災いして妻子に愛想を尽かされ別居し、小使い室に置いてもらっていた。月給日には奥さんが学校の会計に現れて給与を受け取り、そして本人にいくらか渡して戻った。

この人は飯を食わない。煮た大豆を肴にアルコールを飲む。三度三度それだけだと言う。欠け茶碗を拾って来て小使いに笑われたり、大阪駅のホームで生徒のいる前で煙草を拾ったり、全くの奇人であった。服装と言えば乞食に近かった。だから、流石の校長さんも一度は断ったと言うが、人手不足ゆえに服装を改善するという条件で来てもらうようになったそうだ。元は公立学校の先生をしていた。ただ、この人の授業は隣室から聞いていると、三〇歳くらいの青年がしゃべっているかのように元気が感ぜられるものだった。

また、五〇歳くらいのおじいさんで、月給をもらうと、三〜四日帰宅せずに飲み歩く人がいた。前記とは別人である。初めは、塚本駅の改札口で奥さんが月給日に網を張っていた。それをご亭主さんが何か裏をかいたのだろう、しまいには奥さん自らが月給をもらって帰るようになった。好人物だったのだが、人には色々な癖があるものだ。そう言えば、独身の青年で、宿直するごとに、酔って寝小便をする先生もいた。

校長の知り合いで、小使いのおばあさんがある時、一人来た。元遊郭のやり手婆《遊女の指導や手配をする女性》だった。この人は時計の見方が怪しい。出鱈目な合図をするので、とうとう居づらくなって辞めた。この学校は小使いまで変わっていた。

徳島市出身の教練教師で、**淡島鉄之助**という快男児がいた。校長に向かって娘が何人もあるじゃないか、永瀬に一人やれと言ったそうだ。この男は教練教師の前後に、会社ゴロ、闇屋、古着屋などをやったようだ。ある意味、有能なのだが、毒にも薬にもなる人物だった。

私と特に交際した職員は、この淡島先生、数学の**藤原先生**（元小学校長、修身の中等教員有資格者）、国語の**岸本先生**（二松学舎出身、後、戦死）、歴史の**堀田先生**、修身公民の**盛先生**、英語の**太田先生**（同志社出身）等であった。堀田先生は摂津本山に住んでいたので、同方面の通勤のせいもあり、特に懇意にしていた。

〈2〉人生の大波乱

嵐の始まり

中井君ともよく遊んだ。高野山に登ったこともあった。京都方面へもよく二人で行った。そのうち彼氏は**私立愛泉高等女学校**[11]へ転じた。その頃の愛泉は新築移転した直後で、日の出の勢いだった。彼は後に塚口《尼崎市》の何やら商業[12]へ変わったり、京都の立命館大学の夜間で地歴を勉強したりした。

彼氏が愛泉に行っていた頃のこと、電気学校よりちゃんとした学校へ行かないかと、私に言って来た。電気学校に続き、またもや彼氏の兄の世話で、**布**

法政大学同窓生、中井治氏。法政大学卒業アルバム（昭和七年三月発行）より。この人物がいなければ、筆者は絶対に生まれていない。

施市《現東大阪市》の大阪錦城商業学校（甲種実業学校）(13)へ行けと言う。この兄は布施の小阪に住んでいた。時々挨拶に参上していた。

錦城商業だとサラリーが二～三〇円安くなるのが困ると言うと、俺が考えていいと思うから、ほとんどまとめた。理事は大阪府の教育界には勢力があるから、将来、府立でも何でも行ける。二～三〇円減るのは兄貴と相談して家庭教師の口でも探そうと言う。嫌とは言えず、友情を保つために決心した。しかし、家庭教師の口は実現しなかった。ここらから、いよいよ嵐が吹き始めた。

結婚

その少し前、彼氏が女房を世話しようかと言うので、頼むと返事した。すると、鶴橋の小学校にとてもいい人がいる。親孝行者で有名である。同僚の男の先生二人に頼んである。一度会わないかと言うので、ある時、言われるままに小学校にそっと行ってみた。ストーブにあたっている人がそうだと言う。普通の顔だと思った。

次に母親と二人の男の先生に付き添われて、神戸へ遊びに来た。薄曇りのちょっと寒い日だった。須磨の辺を散歩して別れた。何となく惹き付けるもののない人だった。母も私も断ろうと一致して、仲人の男の先生二人に手紙を書いた。

それでおしまいと、こっちは思っていたところ、半年も経ってから日本髪を初めて結ってみたから見せに来たと言って、布施から神戸までやって来た。我々母子はびっくりして、ははあ、お二人の先生方、断りの手紙を握り潰したなと悟った。こんな小細工は先方の母の得意とするところで、気に染まないなら断るべきであり、賢愚の分岐点だったが、残念ながら誤った。よく言えば人情に負けた。ついに約束をしてしまった。昭和一六《一九四一》年の秋のことだった。家も先方の勧めるままに布施市足代二－一二六《布施駅から徒歩数分》の長屋の一棟を借りて移った（※原註）。昭和一六年の年末であった。

（※原註）隣組組長は足代二－一二八の加藤光五郎氏

大阪錦城商業へ

かくして運命の昭和一七《一九四二》年が訪れた。日本の戦争の負け始めの年であり、私にとっても激動の年だった。電気学校から錦城商業への転勤話は妻を迎えて三ヶ月ほど経った三月のことだった。新婚家庭で金がいくらでもいる際に、二〜三〇円の収入の減少は痛い。転勤問題は妻との不協和音を生んだ。

だが、元来、同格の友人であるはずの者がいつの間にか就職と結婚の恩人になっていた。争うどころではなかった。山崎校長に事情を話して、四月一八日土曜日限りで退職させてもらい、二〇日月曜日から錦城へ出た。錦城では月出という教師が後任をお待ちかねで、早速辞めて行った。

二〇日の朝、出勤して、XとYの両常任理事に面会したら、その場で嫌になった。これは長くは勤められないぞと思った。なるほど体裁は電気学校よりちょっとよいが、実質は似たりよったり。それで私のサラリーは九五円ぽっきり。これは一年ものだと決心した。しかし、一年ではまた中井君と気まずくなるとも思った。

この学校は癖が悪くて、出張旅費や宿直料、その他の立て替えをなかなか払わない。その反面、生徒からは何かと名目をつけて頻繁に金を取る。実は私はこの学校には一学期しか勤めなかったが、その間に集金の切れたことがなかったと申しても過言でない。志賀という人をよく笑わせる国語の先生が三日ほど集金のなかった時に、おい、この袋が泣いているわいと、布袋袋みたいなものを机の前に立って振り回しながら、「集金はないんか、集金は」と、がなり立てて同僚を笑わせたほどだ。だから、一学期に、瓢箪山[14]あたりの料亭で宴会をして、土産までくれたのはちょっとでき過ぎだった。

この学校は教員を酷使する。その腹いせか、先生がよく休む。すると、補欠《休んだ先生の授業の穴埋め》に回される。電気学校では全く無欠勤で特別ボーナスまでもらった私が、弟隆三が大阪へ遊びに来たのを幸いに、私も休まねば損だと思って、二〜三日休んで四ツ橋の電気科学館へ行ってプラネタリウム[15]を見学したりした。算盤の先生は雨が降ったらまず休んだ。翌日やって来て、「雨の日まで出て来るほど、もろちゃおらん」の「ん」を大阪式に上げて言う。全くユーモラスな話だ。

常任理事が校長を操って、独裁政治をやる学校である。校長はロボットで、何も仕事がなく退屈紛れに廊下ばかり歩いている。大阪府の役人を辞めたというX

理事が権力を振るっていた。つまり、Xの学校である。ただ、Xは金がないから、Yに出させて独裁の分け前を少し与えている。それでも金が足りないから、方々から金を引き出して来ては、その人達に理事という空名を授ける。だから、当時、錦城の理事というのは一〇名も一五名もいたはずだ。

各教員は必然的に理事の誰かの息がかかっている。何か障りのあることを言えば、明日は理事に筒抜けだろう。教員同士スパイである。国語の教師が速達一本で馘になったのを見た。勤めを終えて帰宅したら速達が待っていたと言う。解雇の理由は知らない。私は益々長居するところにあらずと思った。

余話

一　マレー語

振るっているのはX理事発案のマレー語教育であった。《南方進出を図っている》時局柄、マレー語が必要だと来た。彼は東京高師《東京高等師範学校》出の国語の教師だと聞いたが、英語には全く苦しめられたとかで、英語にうらみは数々ござるのだそうだが、それはそうとして、マレー語問題はどうしたことだろう。生徒はいい面の皮だが、英語の時間を削っていよいよ始まった。

マレー語の授業を担当したのは拓殖大出の人だった。私と《布施》駅前の喫茶店で茶を飲みながら曰く、「弱りました。自信があるという訳じゃないです。今年一年は単語くらいやってお茶を濁しても、来年は文章をやらねばならん。全く骨の折れることになったものです」。

この人とはよくお茶を飲んだが、話の面白い人だった。やがて、それもそうだと分かった。この先生、変り種という部類だ。いわゆる活動写真時代に楽士をやっていたと言う。トーキーと共に意を決して大学へ入ったと言う。どうも触りが違うと思った。天野さんと言った。

マレー語教育問題については第五部で考える。

司書だったという国語の先生とも馬が合って、ご飯を食べたり、お茶を飲んだりした。子供がいが《歪》まずに大人になったような体操の先生もいた。社交術の天才のような英語の先生もいた。そんな先生でも結局怒って辞めたと言う。皆、辞める時、平な気の《穏やかな気持ちの》人はいなかったと言う。妙な学校もあったものだ。私は一年でやめるぞと固く決するところがあった。今日にでも辞めたいけど、エティケットに反するからやらないに過ぎなかった。

二　教科書泥棒

七月末、宿直明けの七時前、私は下シャツのまま便所へ行くべく、職員室の前まで来たところ、バタバタと走る音がして、私と反対の方向に走り、運動場へ逃げた生徒がいる。制服の後姿は運動場を横断し、姿を消した。試験前なので問題でも盗みに来たのだろうと直感的に思った。折よく一人の生徒が運動場にいたので、逃げた生徒の名を聞いた。

彼は教科書を盗みに来たのだった。前科もあり、会議の結果、退学と決した。X理事から誉められたが、何を抜かすかと思った。もしこの生徒の親が学校の有力者だったら、決して誉める訳がない。また、案の定、その時の宿直料は踏み倒された。(16)

教えてくれた生徒は私の家の近く《布施駅前》の風呂屋の倅で、その日の午後訪ねて行って、また何か聞いた。母親が出て来て挨拶し、風呂券を二〇枚ほど、私のポケットにねじ込んで、「お安い御用です。なくなったら、またおいで下さい、先生やご家族を風呂に入るくらいしれていいます」と言った。これを都会的センスと言うか、または戦時中とはいえ戦後の世の中と比べて、どこかのんびりした人情厚き時代だったと言うべきか。

暴風雨

かつて京都で知り合った浅田一雄君とは、その後も文通していた。電気学校に勤務するため大阪へ来た直後、堺市綾之町の宅にお訪ねしたら喜んでくれた。その頃、彼は府立園芸学校《現大阪府立園芸高等学校》に勤めていた。彼氏も英語を教えていたので、共に勉強しませんかとなった。ある時、中井君が堺の下宿先で突然意識不明となった。大家の藤本さんがびっくりして医者に診せると、すぐ入院となった。東京の親兄弟と布施の兄に電報で知らせ、私には速達を出した。それで、私は母と連れ立って見舞いに行った。その帰りに、同じ堺市内の浅田君を訪問して母を紹介し、双方満足して帰った。後日、彼は神戸に遊びに来た。いかにも毛並みのいい坊ちゃんだった。

法政大学同窓生、佐藤尉二郎氏。昭和七年撮影。

佐藤尉二郎君は法政卒業以来約九年、東京の九段中学校（第一東京市立中学校の夜間部）に勤めていた。一時、本所か深川あたりの天理教の中学(17)へ行ったこともあった。いつの頃か奥さんが健康を害し、郷里の徳島県海部郡川東村《現徳島県海部郡海陽町》へ戻り、昭和一六《一九四一》年、県立脇町中学校《現徳島県立脇町高等学校》に移った。私はごく軽く、いいところがあったら頼むと、挨拶語に近い程度で言ったことがあった。

昭和一六年末に家庭を持って、翌昭和一七年の三月までは平和だったが、四月から錦城に行って荒れ始め、五月末に嵐となった。発端は堺の浅田一雄君と徳島の佐藤尉二郎君から同時に、二通の封書を貰ったことだった。

一通は大阪府立黒山高等女学校《現大阪府立登美丘高等学校》への話、一通は徳島県立阿波中学校《現徳島県立阿波高等学校》への話だった。私は阿波中は断った。そして、浅田君を訪問して詳しく話を聞いた。玄関でいきなり、「いいニュースがありましてね、早速お知らせしたのですよ。まあ二階へ」と、実に厚意溢るる態度だった。

苦悩

一　明日から来い―大阪府立黒山高女

二日ほど経って、校長を私宅に訪ねた。「明日から来てくれませんか」と言う。私は首を傾げて、「さあ」と言う。すると、畳みかけて、

「あなたがその気なら、明日府庁へ行って発令させます」。

「それは無理です。いかに相手が私立学校でも四月に赴任したばかり。それも四月下旬であり、まだ一ヶ月にしかなりません。友人にも、その兄にも、錦城の理事にも顔が立ちません。浅田君とも話したのですが、一学期だけ待って頂いたら、何とか言葉を設けて辞めます」。

「それはちょっと長いですね。今、辞められませんか」。

「実は辞めたいのですが、今申し上げます通りで、口実がないんです」。

「辞めたいなら、何とかなりそうなもんですね」。

「さあ」。

全体が自己中心的で、府立を笠に着て、私立を見下げる態度が見える。それは別でも、明日から来いは困る。それで話を打ち切って戻った。浅田君は、

「中井君との関係は分かるが、よく話せば分かってもらえませんか。親友ならなおのこと、友の栄達を喜ばないはずはないじゃありませんか。僕がその立場なら大いに喜ぶけどなあ。折角こんないい口を逃して惜しい。実は最近も地理の先生のお世話をして、話がほとんどできたところで中止になって、僕としては大変迷惑しましてね。他人の世話はもう懲りました」と、しまいは露骨な嫌みである。結局ご機嫌斜めになってしまった。

中井君は「錦城に世話するのに兄も自分も努力した。今、辞めていいものか。常識で考えて分かるだろう。兄だって、錦城の理事だって、いずれ府立に世話するよ。まあお互い徐々にいい学校へ行こうじゃないか」と、ご機嫌は悪かった。

二　一学期待つ―徳島県立阿波中

一方、阿波中は佐藤君経由の断りにもかかわらず再考を求めて来た。初めは佐藤君と、後には直接校長と、何度も手紙の交換をした。

「只今（一学期）、生徒は英語を全然やっていない。御都合が悪いなら一学期待つ。是非一つお願いする」と、極めて辞が低い。黒山高女と正反対の態度である。

三　阿波中なら、離婚

この問題は家庭を混乱させた。黒山高女にしても、阿波中にしても、いずれも公立である。錦城よりはるかにいい話だ。しかし、すぐに来いと言う黒山高女はいくらなんでも無理である。校長と会って以来、話は立ち消えになった。といって錦城に居続ける理由はない。となると、一学期待つと言う阿波中である。しかし、大阪を離れることには妻や妻の家族、小学校の二人の先生（仲人）が猛反対であった。遡れば、電気学校から給料の下がる錦城へ行くことに妻は反対であっ

た。それが、さらに今度は徳島県である。燻《くすぶ》っていた火は段々大きく燃え上がって行った。どうしたらいいのか。私、母、妻の三人の関係がぎくしゃくした。母と妻の相性は、この問題とは別に、そもそも良くなかった。

私は冷却処置として一〜二年、徳島に行くのはいいことではないのかと思うようになった。阿波中の山田廣校長は二年もいてくれたら、お望みのところへ転任させると言っている。

やがて、阿波中に行くなら離婚するという雰囲気が妻の側に漂って来た。私にはそんな考えはなかった。離婚はそう簡単に考えるべきものではない。母は好きなようにしたらいいと言った。最初は半分くらい離婚賛成という意味だったと思うが、最後には全部その意味になった。もはやにっちもさっちも行かなくなった。私はともかく佐藤君と山田校長に会ってみよう、学校はどんなところにあるのか見てみようと思い、夏休みに初めて徳島へ渡った。

徳島訪問

天保山《大阪港》を夜一〇時に出る小松島行の汽船はがらんとして、人影もまばらだった。ちょっと波があって船が揺れた。あたかも近い将来を暗示するかの如く、淡い電灯はいささか物悲しく、空はどんより曇って、時折雨が落ちて来た。銅鑼の音を悲しく聞きながら、やがて淡い夢路に入った。私は昔から汽船の気分は好かない。

この一節、さながら私小説の書き出しのようである。文章には素人の父だが、追い詰められた心境を描こうとしていて、こんな言い表しとなったのだろう。恐らく嘘偽りのない素直な思いを淡々と表現したまでのことなのだろうが、読む者の心を惹き付けるものとなった。

翌朝、小松島発一番の汽車で、穴吹《あなぶき》へ向かう。汽車も汚い。乗客の服装も黒く、野暮ったく見える。田舎だなあと思う。道中もやたらに長い気がした、約一時間四〇分だった。駅前からバスに乗る。乗客を詰めて、娘の車掌さんがエンジンの上に馬乗りになる《ボンネットバスか》という勇ましい風景を見ながら脇町に着く。徳島県美馬郡脇町《現徳島県美馬市脇町》である。佐藤君と奥さん、娘さんに、東京以来久々の対面である。

　乗船前に煙草を買おうと思ったが売り切れで、その後、途中、手に入らなかった。佐藤君宅に着くや取り返しに、うんと呑ましてもらった。佐藤君は話を聞いてくれた上で、とにかく来なよと言う。翌朝バスが動き出す瞬間にも、また念を押された。今日は阿波中訪問の予定だ。


　大阪の天保山を出た汽船の時刻は分からなかった。昭和一七年の時刻表に載っていない。

　小松島から穴吹へは「小松島発一番の汽車」とあるから、朝五時の始発である。穴吹に六時三八分に着く。父が言う「一時間四〇分」は正しい。[18]

阿波中へ

　本来は昨日のコースを約四〇分バックして**鴨島駅**に下り、吉野川を渡れば近いのだが、川の出水で木の橋を水が洗うため、対岸に渡れなかった。そこで大迂回して、徳島市の**佐古駅**に戻り、**高徳線**（高松－徳島）で**板西**《ばんざい》**駅**《現板野駅》に至り、**鍛冶屋原線**《昭和四七（一九七二）年廃止》で**鍛冶屋原駅**に下車し、さらに徒歩で一時間余、やっと阿波中に着いた。午後一時過ぎだった。[19]

　山田校長と会った。しかし、確約はしなかった。私の煮え切らない態度に、校長は変な感じを持ったかもしれない。その夕方、**吉本教頭**の自転車を借りて、そそくさと鍛冶屋原駅に至り、宇野、岡山を経て大阪へ戻った。朝七時頃帰宅[20]したが、留守中の二人には冷たい戦争が続いていたようだ。邪推すれば、私が徳島に向かっていた前の晩、妻は実母から何か言われたのかもしれない。

　阿波中はどんどん引っ張って来た。ついに九月三日、発令してしまった。ああ、ついに一学期間に電気学校から錦城商業、そして阿波中と、学校を三転してしまった。誰がそんなことを予期したろう。

　妻は実母に引っ張られ、離婚を気早に決めてしまった。尤も母の気難しさを厭い、阿波行きを厭い、時局柄、英語教師の将来に不安を感じたとしたら、気早と評するのは適当でないかもしれない。しかし、妻の兄二人は何度も妻を変えている。あの家族は離婚をいと軽く考える風があるように見えた。

　中井君は学校の問題にも、家庭の問題にも腹を立てたのだろう。彼の母のとりなしにも応ぜず、一言、帰れと言い捨てて、ぷりぷり怒って、ぷいと風呂に行ってしまった。

四月から八月までの四ヶ月のうちに、学校を次々に転じ、八月に離婚、九月に徳島へという大波乱。生涯に二度とないだろう。浅田、中井の両君を失い、家庭も壊れた経過は以上の如くである。

第五部　阿波生活（昭和一七年九月より三一年三月まで）

〈1〉阿波中・阿波高時代

ドナウ川の漣《さざなみ》

昭和一七《一九四二》年九月三日付で、**徳島県立阿波中学校**教諭に発令され、月給九五円をもらうこととなった。一三日に赴任し、一四日から登校した。校長は福井県人で山田廣と言った。

大阪の天保山から汽船で四～五時間、徳島県小松島市に着く。それから汽車で二時間弱、徳島線を西へ行くと、**鴨島駅**に着く。駅前からバスで一〇分（約一里）、**吉野川**を渡って北へ行く。**徳島県阿波郡柿島村広永**《現徳島県阿波市》にあった。全くの田舎だ。桑畑の中に学校があったので、「桑中中学」と呼ぶ人もあったと聞く。

駅前からバスで、と書いたが、これは後日の話で、その頃は約一里《四㎞》の道をとぼとぼ歩いて、吉野川の有料橋を三銭出して渡って行ったものだ。その後、県営の橋となってお金はいらなくなったが、橋は大水の出るごとに悪くなり、ついには「一本橋」的なものとなった。それからやっとのことで鉄橋ができた。この辺の川幅は歩いて約二〇分という相当なものだった。

吉野川の橋について『市場町史』には、「鉄道が…（中略）…大正三《一九一四》年には池田《阿波池田》まで延長されるに及び《つまり、吉野川の南岸を東西に走る鉄道が完成し》、吉野川は東西の交通路《として》の必要がなくなり、《吉野川の》北岸の人々は《南岸の》鉄道を利用するには吉野川を渡る以外はなく、…（中略）…《橋が架けられたが》、年々出水のため流出して多額の経費を要した…

（中略）…これらの橋は県に移管されるまで通行料を徴収し、維持費に充当した[1]」とある。

昭和一七年《一九四三年》、阿波中へ行った最初の一年半は、学校の近くで下宿した。そして、時折、布施市へ戻った。母が一人で住んでいた。昭和一九年三月、金光文子《かなみつふみこ》《私の母》と一緒になってからは学校の住宅に入った。

住宅は柿島村大字柿原小字谷一九の二にあった。これは公舎ではなく、地元の資産家、手束弥之助が阿波中の教員のために建ててくれたものである。いかに公立学校といっても、地元でいくらかは寄付しないことには、《県は》学校は作らぬらしい。義務制の学校ではないからだろう。そして、寄付ついでに、田舎のことだし、遠方から来る職員の便も考えて、住宅を建ててやろうというのだったそうだ。その時は約八軒あった。この人は染料の藍で昔、大儲けしたらしい。

私の入居した家は三間のこぢんまりとした家で、吉野川に一番近く、景色がよかった。月光の川水に映えた情景は平和そのもので、「ドナウ川の漣《さざなみ》」の曲を思い出すようだった。しかし、戦争は文字通り日一日と激烈になり、そんな詩情は許されなくなった。

結果的に疎開と同じ

後から分かったことだが、《阿波中に赴任した》昭和一七年から日本軍は米軍に負け始めた。この年の秋頃から物資は急速に乏しくなった。一軒の店先に長い行列があるのを見ると、まず列に加わり、それから何を売るんですかと前の人に聞き、もしいらねば列から抜けるだけのことだった。しかし、不要なぞということはまずない。国民は空き腹を抱えて、勝てるものと思って、最後まで騙され通した。

私は物の買い漁りは絶対にしなかった。そういうことは何か恥ずかしくてできなかった。家族が少ないから、そんなおっとりした態度が取れたとも言えよう。阿波中の英語のN先生は年寄りを抱えているという理由で、棺桶まで買い溜めしていたと言う。他品は推して知るべしだ。

私はいい時に田舎の中学校へ行った。私達《夫婦》は小規模ながら、米・麦・芋類、その他色々作って自給自足した。その田舎も昭和二〇《一九四五》年にはかなり詰まった。学校の事務職員が麦糠《むぎぬか》を分けてくれたので、大喜びで持ち帰り、団子汁にして食べた。今、そんなものが喉を通るだろうか。

　私が徳島に赴任した翌昭和一八年頃から、都会から田舎へ帰る人が出て来たし、また疎開と言って地方に散ることも望ましいとされた。小学校の生徒は集団疎開と言って、先生に連れられて地方へ行き勉強した。また、建物疎開と言って、軍事的に何かの理由で家屋を取り払われて、田舎に疎開せざるを得ない人達もあった。

　疎開は物資、特に食物があるという意味で強制されるまでもなく、誰しも異存はないけれど、勤めや商売の関係で、必ずしも実行できるとは決まっていなかった。昭和一九年、二〇年には一家の主人だけ都会に残って、家族は安全な田舎へ行くということも多かった。京都市の人が徳島市なら安全だろうというので所持品の疎開をやった。ところが、徳島は空襲されたが、京都はされなかった。末期には世情が混然としていて訳が分からなくなっていた。

再婚と両親の死

昭和一九年三月一五日《金光文子誕生日》に、金光文子と一緒になった。見合いである。布施の住居の前の家に高野という人がいた。そこへ遊びに来ることのある娘さんの家が金光文子の兄嫁の親の隣家であった。そういう訳で、義兄金光英一《ひでかず》の嫁の登美子（旧姓小谷《こたに》）の親が仲人であった。

　私の両親の出会いは、こんなか細い偶然の糸だったと初めて知った。私の存在は奇跡以外の何物でもないと知った。

　私の母、金光文子の父（つまり私の外祖父）の金光太目治《ためじ》は岡山県人である。父の母であるかしは既述のように養父が岡山県人の高森柳太であり、かつ東京で働いていた室看護婦会の室さんもまた岡山県人であった。このように岡山県との関係が深いことから、私の母が岡山の血を引くということで気に入った面があったのかもしれないと思う。

父（永瀬宏一）と母（文子）。昭和二五年、阿波高校勤務時代。

　金光家のルーツは岡山県和気

郡和気町である。旧姓は荒内。太目治の父だか祖父だかが徴兵逃れのため、金光家に養子に入ったと聞いた。中学生の頃、母（文子）に連れられ、和気の菩提寺を訪ねた。荒内家の過去帳は室町時代まで遡っていた記憶があるが、私は最早、その寺の名さえ忘れた。こういうことは親から聞かされる若い頃には関心がなく、親を失ってから気になり始め、その時にはもう分からないという悲しいことになる。

なお、太目治の妻（文子の母）タケの実家は香川県丸亀市の由井家である。(2)

この年の初夏、弟が母を満州国新京市《長春市》へ連れて行った。その頃、満州国政府の役人で、関東軍の仕事をしていた。そして、約一年後、昭和二〇年六月一〇日午後五時一〇分、数え年六六歳で母は死んだ。終戦に先立つこと約二ヶ月だった。終戦の混乱の中、満州から引き揚げ、再び内地の土を踏むためには、言うに言われぬ苦難を乗り越える体力が必要であった。途中で野垂れ死にすることを考えれば、平穏裡に畳の上で死ねたのだから、よしとせねばならぬ。

その半年後、昭和二一年一月三一日、世田谷区上馬町で、親父が死んだ。数え八一歳だった。親父は支那大陸から戻って以来、一時は弁護士（京橋区頓宮雄蔵弁護士(3)）の秘書みたいなこともしていたが、結局、労働者になった。それは当人に苦ではなく、それが一番適していて満足していた。死ぬ前の二〜三年は遊んでいた。貯金を出して生活していた。腎臓が多少悪く、医者に診てもらっていた。しかし、死ぬまで健康で何よりであった。母とて、その点は同様であった。

結婚して数ヶ月後、かしは徳島に招かれた。布施に戻った後、徳島に送った礼状（昭和一九年六月四日）が残っている。「あんたの気持ちハ　私しにハよくわ《わ》可《か》つ《っ》て《て》居ります　…（中略）…　末《末》な《長》可《く》世話に成るのですから　此《この》後　無理お《を》せず　…（中略）…　何分にも宏一お《を》頼みます」。

母から私は「満州のお義母さんは『文さんに会いたい』と言って、宝石アレクサンドライトを送って来た」と聞いた。その石を私は奥住正子と結婚する時に、結婚指輪として贈った。

父の手記には、祖母を徳島に連れて行かなかった理由が書かれていない。父が結婚して間もなく、弟が満州に連れて行ったとしか書いていない。どんな経緯があったのか。兄弟間で母親の引き取りについて、何かあったのかもしれない。

英語受難—それなら音楽

昭和一七年頃から降伏した昭和二〇年八月まで、英語教師にとっては暗黒の時代であった。英語は「敵性語」ということで、授業時間が一組あたり週に二時間くらいに減らされた。東北の岩手県から来ていた青山学院出の英語のS先生が急に郷里へ帰ることになった。校長から英語時数が減るから、給食係になってくれと言われたらしい。他の英語の教員は助かるのだが、S先生は面白くない。なぜS先生にその役を持って行ったのか、その辺は何とも分からぬ。大変怒って、東北から四国までやって来て料理番の値打ちしかないんか、馬鹿にするなと、すぐさま郷里の学校へ運動して、さっさと帰ってしまった。

他校の英語教師の話を聞いてみると、暗い話が多い。数学に転向を強要されるなど他教科をやらされたり、勤労動員の専門係にさせられたり、英語はもう永久に不要という時代の空気もあって、多くの苦しみを英語教師が嘗めた。私は幸いにして、さほど不快なことは味わうことなく済んだ。吉本教頭が作文でもやったらと言ってくれたが、少々苦労しても私ならではのものがやりたいという江戸っ子的痩せ我慢の意識で、音楽をやると申し出た。全教師がひどく驚いたようだった。これなら代用教科として立派なものだと自惚れた次第だ。そして二年続けた。

だが、専門外のことをやるのは骨が折れる。楽譜を見ないでも弾けるくらいにして、授業を始める必要があった。専門でない教科は、そんなものだろう。時あたかも戦争末期。平時の歌は余りなく、ほとんどが戦時に相応しいものだった。つまり、できたばかりの新作品だから、普段慣れていないということからも、練習を十分にしてかかる必要があった。それでも私の下手糞オルガンが痩せても枯れても県立中学校の式日に式歌をやったのだから、満足である。

この頃、**ドレミファソラシド**と言うことが禁ぜられ、**ハニホヘトイロハ**だった。例えば、ミレドドはホニハハである。馬鹿げた話だった。戦後、英米から聞くところによると、両国は全く別で、言い換えれば全く逆で、従来ほとんど例外的に少数の人間がやっていた日本語研究を開戦と同時に大規模に始めたと言うから、これこそ物の考え方が健全と言うべきだ。それをこっちでは敵性語と呼んで、無用の長物と考えたのだ。何という狭い考え方だろう。今、振り返ってみて、せめてもと思うのは、時の権力者が中学校の英語を全廃しなかったことだ。一方、女学校は競ってやめた。そして、敗戦と同時に街に英語が洪水の如くに溢れたのだから、変なものだ。

川澄哲夫編『資料　日本英学史2　英語教育論争史』[4]の「第五章・太平洋戦争と英語（一）」に当時の英語受難の様が如実に示されている。以下に各節のタイトルを書き出す。

第五章　太平洋戦争と英語（一）
　第一節　敵性語から敵国語へ
　第二節　敵性風俗を排す
　第三節　「大東亜戦争」と英語の将来
　第四節　女学校の英語科問題
　第五節　英語教師の失業問題

これを示すだけで、十分、父の叙述を補うだろう。さらに実際に各節に掲載された当時の文化人諸氏の主張は、今となっては噴飯物であり、信じ難く、理解不能、率直に言えば、胸糞が悪くなるほどの内容である。父が「英語教師にとって暗黒の時代」と評した意味が簡単に分かる。よくぞまあ、こんな時代があったものだ。そして、その次には「敗戦と同時に街に英語が洪水の如くに溢れたのだから」、全く以て父の言う通り「変なもの」である。

ここで触れるのが最適のものがある。第四部「関西時代」で、父が大阪で二番目に勤務した大阪錦城商業学校でマレー語の授業を始めたという話があった。「振るっているのはX理事発案のマレー語教育であった。時局柄マレー語が必要だと来た。彼は東京高師出の国語の教師だと聞いたが、英語には全く苦しめられたとかで、英語にうらみは数々ござるのだそうだが、それはそうとして、マレー語問題はどうしたことだろう。生徒はいい面の皮だが、英語の時間を削っていよいよ始まった」との一節である。

前掲の川澄の資料集の中に、佐々木達の『力の上に眠る』（「英語研究」昭和一八年二月）という主張が収められている。そこにこうある。

「糊口のために英語英文学をやってゐた人達は、その需要がなくなってくれば、ドイツ語でもマライ語《マレー語のこと》でも、時世の要求するものに転業すればよい。呉服屋や酒屋が軍需産業の工員になると同じである。国家の要請に殉じたものであるから、賞賛されこそすれ、決して憫笑などされるはづ《ママ》のものではない」。

この文は昭和一八年のものであり、大阪錦城商業学校がマレー語を始めたのは昭和一七年であるから、この一文を読んでマレー語を始めたということはあり得ない。だが、外国語教育を行うなら国策や国益に応じた外国語に代えるべきであるとの主張は、当時それなりの力を持っていたのであろう。

毎日新聞の出す英字紙「英文毎日」は戦時中、ともかく生き抜いた。彼ら自身が戦後、「最暗黒の時代(ザ・ダーケスト・エイジ)」と言っただけでも苦しみが想像し得るというものだ。

「英文毎日(The Mainichi)」については、『毎日新聞七十年』が次のように言っている。

「太平洋戦争勃発前後は外国商社の引揚げと英語反対運動により読者は激減、一方用紙事情やガス供給の不足などが原因で建ページを四ページ、二ページと減らし、ついにタブロイドにまで縮小、空襲のひどい日にはタブロイド半截を辛うじて出したこともあった。しかし編集、営業、印刷の各部一致協力してあらゆる困難と戦い、ついに一日も休刊はなかった」[5](傍点筆者)。

この紙の不足は、学校では授業プリントの用紙やテスト用紙の不足となり、自らの分を生徒各人に提供させ、印刷、配布したことが手記のこの後に書かれている。

「『英文毎日』は戦時中、ともかく生き抜いた」と父は書いた。この背後には涙ぐましい努力があった。

市場飛行場

昭和二〇《一九四五》年はろくに授業なぞはなかった。石油がなくなったと言って、**松根油**なるものを採るべく、松の根を掘りに行ったり、農家の手伝いに行ったり、隣町の**鴨島の飛行機製作工場**《後述》に行ったりした。

松根油について、『市場町史』は次のように言う。

「昭和十八年後期より、松の木の樹脂の採取が始められた。…（中略）…更に木造船建造に切り出された松の大木の根から油を取るため、松根掘りに常会の人々は交替で毎日出かけた。山裾には大きな釜が準備されていた。このようにしてガソリン代用の燃料を得ようとしたのである[6]」。

八月一五日の敗戦の直前は、**市場町の飛行場**作りに、毎日、汗を流していた。これには数校が動員され、加うるに朝鮮人労働者、乗る飛行機のなくなった予科練生等が戦況など知らぬが仏で、死に物狂いでやっていた。麦畑を潰し、農家を移転させて八割完成したところで敗戦となった。天下に、これに勝る愚なる話があろうか。

一家の主人は兵隊に取られ、留守を預かるおかみさんが家と畑を取り上げられ、今日、明日に迫った取り壊しの運命にあるがらんとした広い百姓家の入口で、**骨の抜けた人間とはかくもあるらん**と思ったほど、萎《しお》れ果てて、へたり込んでいるのを見た時、名状し難い気分に襲われた。

徳島県阿波郡市場町《現阿波市市場町》は柿島村《現阿波市吉野町柿原》の西方の町。ここに海軍飛行場が造られたのであった。素人の父の筆だが、土地を取られた農家の主婦の描写は見事である。

『市場町史』が市場飛行場について述べている。

「太平洋戦争も終わりが近づいた昭和二十年四月、徳島海軍航空隊第二基地の飛行場が設置されることになった。…（中略）…東西二キロメートル、南北一〇〇メートルの滑走路を建設する計画であった。そのため飛行場用地とされた約二五六ヘクタールの土地内の住民は立ち退きをすることになった[7]」。

「滑走路予定地の民家一七戸は一週間以内に解体移転せよ。その他の区域内の住民は一か月以内に立ち退くことという厳しい軍の命令に住民は呆然としたが、やがてお国のためならと、それぞれ親戚縁者を頼って家財道具を運び、家は解体して移転した[8]」。

『白菊と彩雲の軌跡――市場飛行場立退者の涙恨』には、市場飛行場建設の趣旨、関係者の苦悩の証言が詳細にまとめられている。そこに次の一節がある。

「町役場を通じて、関係地区…（中略）…の住民を警察署に呼び出し、警察官と憲兵立会の上簡単な説明を施したのみで、有無を言わせず承諾書に即押印させて、一週間以内に立退くように命令し、『立退かない場合は家屋家財を焼却する』と通告したのである。寝耳に水の立退き通告を受けた住民は周章狼狽した…（中略）…滑走路用地とその周辺の土地は軍が接収し[9]たのであった。実に強引な進め方であった。『市場町史』では「呆然」と表し、『白菊と彩雲の軌跡』では「周章狼狽」と表している。関係者がいかに泡を食ったかがよく分かる。そして「一刻を争う突貫工事で[10]」つくられたのであった。

徳島空襲

昭和二〇年、日本中の都会は毎日空襲されていた。三月、東京、大阪、神戸がほとんど同時にやられた。[11]我々の住んでいた田舎でさえ、余興的なのがあった。吉野川で水泳中の人が狙われたり、農家の台所の火を目標にしたり、駅に爆弾を落としてみたり、色々だった。帰り道に余った爆弾を処理する程度のものだったのかもしれない。その頃、戸外で作業中、一機真上に飛んで来た時は驚いた。生徒を木立の中に入れて、己の身を隠すのに一汗掻いた。

住んでいたところは徳島市から五里《約二〇km》くらい離れていたが、空襲の時は見ていても凄かった。真赤に空が焦げて、飛行機の胴体があたかも血を吸った虱といった色に見えた。逃げ惑う身になったら、どんなであったろう。

徳島空襲を私は母から子供の頃、聞いた。「遠い柿島村からでもはっきり見えた。街が燃えて、空が真赤になっている中を飛行機が飛んでいた」。それを聞きながら、遠い暗闇の向こうが赤く燃え上がっている様子を子供心に思い浮かべたものだ。

昭和二〇年七月四日午前一時二四分から三時一九分まで一時間五五分、米軍機一二九機による焼夷弾攻撃[12]で、死者千人、重軽傷者二千人、被災者七万人、全半焼一万七千戸[13]だった。

ひどい場合は空襲で逃げて、また空襲され、また逃げて、また空襲されてと、三度もやられたという人もあったようだ。後日、非戦災者税というものを我々は払った。これは一回だけのものだった。

非戦災者税とは凄まじい税があったものだ。初めて聞いた。正しくは「非戦災者税」と「非戦災家屋税」の二つからなる「非戦災者特別税法」で、昭和二二年一一月の制定である。

為政者はどんな税をおくか、頭を悩ませると聞くが、敗戦で国民が疲弊している中、戦災に遭わなかった者に課税するとは、コメントのしようがない。戦災を免れ安堵したら、あなたは被害がない、あるいは少ないのだから、社会に貢献せよと来た訳である。これは嫌がられる税だ。日本経済団体連合会（経団連）は同年、「非戦災者特別税に関する意見」を表明し、問題点を指摘した。[14]

配属将校

中学校には配属将校という者がいた。これが軍隊訓練をやるのだ。この制度は大正一四《一九二五》年に制定された。普通、大尉が来ていたが、戦争の末期には中尉、少尉とランクが下った。およそこの連中で、感心した人物に出会ったことがなかった。一度、歩兵としてとられたら、こんな連中を上官と仰ぎ、絶対服従して命まで預けるのかと考えたら、ぞっとしたものだ。

私は戦争末期に、一度だけ点呼というものを受けた。言わば兵隊ごっこで、数日の訓練を経て、学科と基礎訓練の検査をする。その席で三〇や四〇歳のいいオヤジを怒鳴りつけるのはまだしも、ぶん殴りつけたりするのだ。旧軍人と言うか、旧軍隊と言うか、その野蛮ぶりは全く驚き以外の何物でもない。私は丙種合格兵で国民兵といった奴だったから、最後まで兵隊にとられないで済んだ。尤もう一週間か一〇日でも終戦が延びたら召集が来ただろうと、同じ国民兵仲間の動静から察せられた。

徴兵検査の結果は「甲種・乙種・丙種・丁種・戊種」の五種類で、甲種、乙種は「現役に適すると判断された者」[15]であるが、丙種は「第二国民兵役」になるものとされた。これは戦時は別として、平時において は徴集されることはない。父は身長が一七〇㎝ほどで、至って健康であった。この手記で丙種と知って、私は訝《いぶか》しんだが、父は痩身であり、若い頃の写真を見ると一層ガリガリである。それが理由かもしれない。父は昭和三年の徴兵だが、昭和一〇年度の検査結果は甲種二九・七％、乙種三二・〇％、丙種三一・八％[16]というから、甲乙丙は大雑把に三分の一ずつであって、丙種も決して少ない方ではない。

「第二国民兵役」の心構えについて、軍は次のように言っている。「満四十歳まで第二国民兵役に服するもので、平時は一日も軍隊に徴集せらるることはないが、我が邦土に生を享け、而も男子たる以上、如何なる事情あるにせよ、国家防衛の義務あることは既に諸子の熟知するところである。唯身体の都合により平時軍隊に入らなかっただけで、矢張り兵役に服して居る事を忘れてはいけぬ。故に今後一層各自は職務に精励して、諸子の同窓僚友が軍務に服し粉骨砕身するを回顧し、入営兵諸子の為に声援を与え、其の後顧の憂いなからしむることに努力せねばならぬ[17]」。

第三部で、私は父の手記にどうも社会的緊張感がないと評したが、その理由はここにあったのかもしれない。だが、「昭和一五年には丙種でも召集の対象となっ[18]」ていた。だから、「もう一週間か一〇日でも終戦が延びたら召集が来ただろうと、同じ国民兵仲間の動静から察せられた」とあるように、父もこの頃には召集の不安を抱いていたことが分かる。

さて、そんな将校連中が末期には威張り散らして、大べらぼうのことが起った。すなわち、前日の職員会議で決めたことを、翌日、校長に談判してひっくり返したのだった。連中の言い分は常に馬鹿の一つ覚えで、国家のためにならない、時局認識が不足である、激烈な戦争が分かっていない等で、二言目には非国民と言いたいのであった。校賓であるべきものがいつのまにか校長以上になるとは、とんでもない。軍隊のことしか知らない、戦争のやり方しか知らない軍人共が国のためにと思ってやった戦争が日本を敗戦に追いやり、アントールド《untold》（「語り得ない」という意味と、「たくさん」という意味）な悲劇を作ったのだ。いかに善意に基づくとはいえ、二度と繰り返すことではない。

ただ、広い世間には例外もあって、こんなのもあったそうだ。すなわち、ちょっと交通の便でもいいと、小学校でも中学校でも軍隊に強制的に間借りされたものだ。これは兵舎が戦災を受けたことや兵を多数招集したことなぞによるだろう。ところが、最後まで、それを拒み続けた中学校長がいたというから、余程肚の座った人物と言うべきだ。尤もこの人は、その時は教育者だったけれども、それ以前、及び、それ以後は別の畑の人間だったと言う。教育界は小心で、正直で、お人好しの住むところだ。女子も教師はいい。なぜなら、教師の世界だけは戦後からでなく、昔から男女がほぼ同権的だからだ。

空襲直後の大阪

学徒動員と言って、中学校も女学校も、生徒は皆、工場に送られて、たいてい飛行機を作った。隣町の鴨島の飛行機の工場へ通ったが、ここは製糸工場から転換したものだった。

この製糸工場は現在の徳島県吉野川市鴨島町鴨島にある筒井製絲株式会社である。「1944年（昭和19年）、時局の要請により事業転換、社名を『筒井航空工業株式会社』に変更」したと、同社HPにある。

もう一つ大阪《実際は兵庫県》の動員先は同じく元は紡績工場（鐘紡）だった。この方は寄宿舎に泊まっていた。生徒は三ヶ月、教員は一ヶ月で交替した。私は昭和二〇年三月に交替の番が来て出掛けた。

阿波中生徒が赴任したのは兵庫県園田村（現兵庫県尼崎市）の日本国際航空機神崎製作所である。[19] この工場は同社になるまでに種々の変遷をたどっている。[20] 本稿との関わりだけで言えば、「元鐘ヶ淵紡績の織布工場を、国策に沿って軍需工場に転換したもので」[21] ある。従って、かつては紡績女工が住み込んでいた寄宿舎に、阿波中の男子生徒が入り込み、[22] 軍用機生産の一翼を担ったのだった。

ずぶの素人が軍用機を作ろうというのだから、以下に父が述べるように、様々な混乱が生じている。羽黒昌『紅燃ゆる——徳島学徒勤労動員の記（上巻）』には神崎製作所における学徒動員の貴重な記録がまとめられているが、この父の手記にも同様の価値がありそうだ。

阿波郡柿島村の職員住宅から公用の腕章をつけて、鴨島駅で大威張りで切符を買った。その頃は切符の発売数に制限があり、なかなか買えなかった。つまり公用優先だった。ちょうど空襲の警戒警報が出ていたためか、車中は空いていた。

小松島へ着いて大阪行の汽船に乗る時、汽船の釜焚き風の兄ちゃんが、こんな日に乗る人間の気がしれないと呟いた。何のことかと気にとめなかったが、後日、その意味が分かって、ぞっとした。というのは、その一つ前の船が航行中、敵に空襲されて、死者が数人出たのだった。

初め私はこのコースで大阪へ行く考えでなく、高松・宇野経由《岡山から山陽本線》で、汽車で行くつもりをしていた。空襲の際は汽車の方が比較的安全だと思ったからだ。ところが、たまたま柿島村の家へ来ていた義母**金光タケ**が大阪の家へ寄ってくれとのことで、急にこのコースに変更したのだ。幸い私の乗った船は異状なく、天保山桟橋に着いた。

しかし、一歩外に出て見てびっくり、**大阪が見渡す限り焼野が原**ではないか。電車が走ってない。船が着いたのは午後五時ですでに暗い。歩くより手がない。しかし、大阪の地理に精通している訳ではないから、電車線路の通りに歩いた。行く手に仄かに火が見える。それが何と近寄ってみれば相当の大火である。これは**大正橋**《初代橋》から見た光景だった。すなわち、大火事につきものだが、何が燃えるのか、何日も燃え続けている姿なのだ。

金光の家は転居したばかりなので知らない。住所から探しあてなければならない。**阿倍野**辺まで約三時間を要して歩き、その上、一時間かけて探したが、結局焼けたと結論せざるを得なくなって、はたと宿泊場所に困惑した。そこで、程遠くない義父**金光太目治**《ためじ》の弟**幾次**《いくじ》のところへ行って、叩き起こして泊めてもらった。

私の従姉の金光（辻）智得子は、この時三歳。「印鑑、茶、文房具などを売る店をやっていた。空襲の時、私は二階から下に放られた。お手伝いさんが受け止めてくれた」と聞いた。幼児の大阪空襲時の微かな記憶である。

自然消滅した学徒動員

その翌日の夕方、阪急沿線《阪急神戸線園田駅》の工場へ乗り込んだ。楽な勤務でない。責任の重い仕事だ。何と言っても動員生徒が飢えてガツガツしているのには驚いた。しかし無理はない。満足な質と量とが与えられていないのだから。米は一日に二合三勺《四一四・九ml》、朝は代用味噌汁、昼は芋数片か芋蔓の煮付け程度、晩は干物くらいのところ。寝た切りでも命が保ち兼ねる食事だ。働き得るものではない。

だから、生徒は色々な方法で我家から食い物を取り寄せる。当然だ。私の任務が満了に近づいた頃、私自身も物資欠乏したので、麦ばかり炊いて食べたことがあった。美味かった。人間も困れば何でも食べられるし、また美味いのだ。

結局、粗末な食事ゆえに、生徒が帰宅することばかり考えるようになっても無理はないのだ。あの手、この手を考える。簡単なのは医者の診断書だ。何とか病名をつけてもらって、三日でも五日でも休養を要すと書いてもらったら、しめたものだ。《学徒動員で勤務している》工場医の診断書でないのが面白い。耳が悪い、目が悪い、心臓だ、腎臓だ、肺門リンパ腺だと、一見何ら病人でないのが色々な病名を書いてもらって、我々のところへやって来る。そして、珍問答が始まる。診断書に目を通した教員が、

「お前、目が悪いのか」

「はい」

「少しも普通と変わらないじゃないか」

「夜になるとよく見えないんです」

「鳥目か」

「いいえ違います」

「じゃ何だ」

「とにかく悪いです」

「何だか訳が分からないなあ」

「……」

ここで先生連中もとぼけて、

「まあ、よし帰れ。しかし、これには二週間と書いてあるが、一〇日だぞ。一〇日経ったら戻って来いよ」

「はい」

しかし、帰って来たのは初めの頃だけで、戦争末期には戻る者はなかった。会社に毎日、欠勤の生徒名を報告したが、欠勤者が七~八割にも達したので、逆に出勤者名を書いてくれと言われたほど、ほとんど帰ってしまって、自然消滅となった。いくらお国のためでも、こんな食事には耐えられないという訳だった。教員の力で支え得るような、そんな表面的な簡単な問題ではなかった。

ただ、都会人は当時、この程度の食事しかできなかったのであって、工場の食事が特別ひどいのではなかった。田舎の生徒だから、米も五~六合は日に食べていただろう。また、阿波中では、昼の副食を作っていただろう。また、阿波中では、昼の副食を作って実費で生徒に提供していた。戦後の食糧難時代に生徒

に栄養をとらせる目的で始めた小中学校の給食とは違う。食糧が豊富にあったからこそやっていたのだ。つまり、当時は田舎の人が貴族的で、都会の人が乞食的だったのだ。その状態が数年続いた。

この工場には地元の兵庫県の中学校[23]と女学校の生徒が来ていた。それに、**女子挺身隊員**[24]、**徴用工**[25]、技師としての数学教師、及び、社員、工員がいた。ちなみに徴用工の変わり種には浪曲師がいた。数学教師には技師の役目が与えられていたが、ろくなことができる訳でなく、ほとんど遊んでいた。

阿波中だけが遠路、わざわざ田舎から行っていた。だから、うちの職員室へ来れば何か食べ物があるだろうというので、腹ぺこの社員達がちょっとした用にかこつけては遊びに来た。時には正直に遊びに来たとおっしゃることもあった。それで何にありつくかと言えば、その頃としてはたいしたものだった餅、芋の干した奴、**はったいこ**[26]くらいのものだった。

遠慮などということは、少なくとも最低のものが確保されて初めて問題になることである。腹ぺことなると、インテリでも野荒しと称して、他人の家の畑を無断で掘り返した時代だ。それもせず、闇買いも嫌だとなれば、戦後の判事さんのように飢え死にが待っていたばかりだ[27]。

これでは勝てっこない

この工場は練習機を作っていた。しかし、素人の作る機械の悲しさで、作った発動機がテストで全然動かないことがよくあった。また、この頃には飛行中に**空中分解**することなぞあった。その原因は素人芸の粗雑さによるのであった。意気のみでは仕事にならない証拠であり、大工業国のアメリカには太刀打ちできなかったのである。辛うじて造った飛行機も何しろ制海権を奪われていたので、目的地へ着くまでに大部分、海のもくずと化したのであった。

工場が空襲されたのを機に、新しい工作機械を据えて体当たり機《特攻機》を作ることになったが、しばらくは準備のために休みだった。そのうちに学校と《工場の》縁が切れたので後のことは知らない。八月の敗戦までの五ヶ月間に、どのくらいの実績をあげたのか、甚だ怪しいものだ。

空襲された時は、私は任期満了で引き上げた後だったが、**坂東**という小柄な先生が消火作業に大活動して、皆を驚かしたと言う。平時には、その人の真の姿は分からないことが多い。赤坂中学校一年生の時の浦谷先生の態度のしかりである《第二部参照》。終戦のどさくさ紛れに、外地で一兵卒が無実の罪で断頭台に上がって、仲間のやったことの償いとして世界人の気晴らしになるなら死んでもいいと言って、喜んで犠牲になったということも聞く《BC級戦犯》。しかるに、一方、部下を見捨てて安全なところへ逃げた上官はいくらでもいる。人間の真の価値は金の有無や社会的地位の上下ではない。

学徒動員―色々なこと

一　虱

工場へ着いて四～五日経った時、衣類に全部、虱が行き渡った。多分風呂場でもらったのだろう。生徒が出勤した後で、それを日なたで取るのが日課の一つになった。毎回、これで全滅しただろうと思うが、目こぼしがあるのか、目に見えない卵が一人前になるのが早いのか、全滅にはならない。虱の生命力は強い。

「生徒が出勤した後」との表現が興味深い。生徒は登校するものである。先の一節にも、「会社に毎日、欠勤の生徒名を報告したが、欠勤者が七～八割にも達したので、逆に出勤者名を書いてくれと言われた」とあった。生徒は会社に出勤する立場ではない。戦時体制下、学校教育が崩壊していることを痛感する。

二　空襲警報

空襲警報もまた日課の一つだった。毎晩一一時頃には必ずだった。また、夜中の二～三時頃にもある時もあった。よしや頭上に来なくても、起こされるだけで相当の神経戦と言える。先に言った通り、私が交替してから工場に空襲があり、大阪市にまた大空襲があって《昭和二〇年六月》、とても恐ろしかったそうだ。

三　異例の卒業式

昭和二〇年三月に、戦時特例と言って四年生が五年生と一緒に卒業した。工場の講堂で校長ら四人の立ち合いで卒業式をやった。会社側からは二～三人出席しただけだった。異例の卒業式と言うべきで、四年生の如きは恐らく実質二年余勉強したに過ぎなかっただろう。

式後、工場側が祝賀の宴を開いてくれた。先程の式には工場から二〜三人顔を出しただけだったのに、今度は来るは来るは、数十人がどやどややって来た。二度びっくりと言う奴だった。しかし無理はない。御馳走にありついたら目的は達したのだ。赤飯だと言っていたが、小豆がところどころにポツリポツリ見えるだけで、赤い色はしていなかった。それでも食堂の主任が闇で仕入れて来たのだろう。

羽黒昌『紅燃ゆる――徳島学徒勤労動員の記(上巻)』に、この時の卒業式に言及がある。

「サクラの蕾も固い三月は、いよいよ卒業の時期である。決戦下の繰り上げ卒業で…(中略)…四年生も五年生と同時卒業となった。卒業式は、会社大広間の畳の上で行われた。列席は会社幹部、陸軍軍需監督官、山田《廣》校長と一部学年担任という少数である。簡素な卒業式を賑やかにする意味で、同じ動員学徒伊丹中学校生の友情出席があった(28)」。

式場を父は「工場の講堂」と言い、羽黒は「会社大広間」と言う。この両者は同じ場所なのだろうか、別物なのだろうか。あるいは父か羽黒のいずれかが卒業式と式後の祝賀会の場所を混同したのだろうか。ともかく出席した「一部学年担任」の一人が父であることは間違いない。

四　火　事

動員生徒の事故は方々にあったようだ。作業中に怪我をしたり、空襲で死亡したりしたのだ。我が阿波中にも事故はあった。しかも大事故だった。私が行く前月《二月》のことだった。

話はこうだ。生徒の室の押し入れは古新聞紙やら鼻紙の捨て去ったのやらで、まるで屑篭の如くだったそうだ。そこへ電熱機を持ち込んで、先生の目を盗んで、餅を焼いて食べていた。ある日、停電した。不注意の致すところだが、スイッチの入ったまま電熱機をほったらかして作業場へ行ってしまった。やがて電気が来た。紙に燃え移る。かくして寮を一棟、焼いてしまった。

火事だというので、現場へ駆け付けた生徒の一人が私物を求めて飛び込もうとした。皆が無理だと止めたが、振り払って火中に行き、再び出て来ることはなかった。学校は校葬にして手厚く弔った。

問題は例の器具で、その持ち主は火事の後、密かに便所へ捨てた。警察の活動となり、すったもんだで結局起訴されたが、執行猶予となった。前途ある者という含みだった。軍関係の学校に合格していたが、自然に行けないことになった。すべては不注意の一言に尽きる。悪意はない。ただ、戦時下で軍需工場の寮を焼いたという点が強調された。その後、会社との交渉は何かにつけて不利で、話しにくかった。

「たまたま学徒寮が火事となり、二階建て二棟が焼失した。そのとき逃げ遅れた学徒一人が、死亡するという痛ましい事故があった。貴重な兵器増産の建物の損失というので、山田校長は何度も検事局や、兵庫県庁に赴き、帰県しては徳島県学務課に報告するなど、何度も宇野—高松間を往復したが、山田校長の心痛心労は、察するに余りがあった」(29)。羽黒はこの火事を前掲書でこうまとめている。火事の原因と死亡者の発生について、父の叙述と異同がある。

しかし、校長の苦労は確かに察するに余りある。

五　焼けた寮の木材で暖をとる

この頃は寒の真只中で、都会に焚き物はなかった。炭がないことは久しく、そんな贅沢な物は誰も望んでおらず、焚き物があればよしとした。だから、立木を切ったり、疎開家屋の切れ端を拾ったりして、辛うじて生きていた。工場の職員室でも寒くてやりきれないから、寮の焼け跡から木を集めて焚いた。警備員が怒るけれど、やめる訳には参らない。

我々のいた田舎でも木炭はなく、頭を下げて高い値で焚き物をどうにか入手した。学校の職員室も木炭がなくなってからは木を燃やした。白ペンキ塗りの天井の如きは二冬くらいで黒光りがするほどになった。哀れな話だ。

六　阿波中の規模

ちなみに、阿波中は戦争が終わるまで生徒数は五～六百名で、職員は教員と事務職員を合わせて、二三～四名であった。

戦時下の風景

一　軍需工場の勧誘

山田廣校長は軍需工場から誘いかけられ、昭和二〇《一九四五》年三月で辞めた。しかし、四ヶ月半で敗戦を迎え、その後、また教師をしていると言う。一度教員を辞めて、またなったという例は多い。

一度辞めたのは火事が背景にあったのかもしれない。そして、他職に転じ、やはり教員だと思い戻ってきたのだろうか。

二　公用でないと乗れない列車

ある時、私用で上京しなければならなくなったが、時節柄、汽車の切符がなかなか入手し難く、困った。行くには行ったが、帰りの切符がどうしても買えない。朝の四時から起きて渋谷駅へ三日、通ったものの、まともにやっては何日通ってもだめだと気付いて、四日目に助役に面会し、公用だと嘘を言って、やっと手に入れた。三日間休まれた分、学校は損したことになるが、私がもっと人が悪ければ、もう三日くらい切符が買えなかったと言って休んだことだろう。

〈2〉戦後に思う

弟、満州より帰国

これから話は戦後となる。敗戦は昭和二〇年八月一五日で、それから約半年後の二一年一月三一日に父房吉が死んだのは前記の如くである。父の死を満州にいる弟に知らせるにも、全然連絡が取れなかった。実は母の死んだ昭和二〇年六月頃が満州との間で、どうやら連絡の取れた末期だった。

弟が生きている以上、いずれ帰国して来るのだから、東京の上馬の家は、そのまま続けて借りておくべきだったが、前途の予想が立たず、私は徳島におり、そして空襲で多数の家がやられて家のない人がうようよしていた時だったから、人に譲らざるを得なかった。父の死後、約半年、昭和二一年八月二五日、弟は佐世保に上陸した。帰国船は日露戦争の時に名を売った信濃丸という船だったそうだが、当時相当のボロ船だったと言う。

信濃丸は興味深い船である。日本が一大海洋国家を目指す中、明治三三（一九〇〇）年、日本郵船の商船として建造された。[30] 日露戦争時には仮装巡洋艦となり、[31] ロシア・バルチック艦隊を最初に発見し、[32] 一躍その名を馳せた。敗戦後の昭和二一（一九四六）年には「ソ連や中国各港からの引揚船」[33] となり、「舞鶴、博多、佐世保に二六回入港…（中略）…一九五〇年四月末までに五万人を輸送し」[34] ている。商船として、仮装巡洋艦として、引揚船として、近代日本と共に歩んだ船と言える。

そして、東京都北多摩郡清瀬村の引揚者寮に入り、やがて都営住宅に当選して、現住所の練馬区大泉学園町に住むようになった。

清瀬の引揚者寮について調べたが、どうにも分からない。文献、論文に何かないかと色々検索するが、出て来ない。引揚関連の刊行物を当たっても、日本への引き揚げまでの話はあるが、帰国後の具体的居住先についてはほとんど分からない。そこで、当の清瀬市立中央図書館に尋ねたところ丁寧な対応で、当時の体験談をまとめた証言集など、いくつかの書籍を教えられた。しかし、どうしても全貌がつかめなかった。

公益財団法人結核予防会の機関誌『複十字 No.348』に「清瀬と結核」[35] という一文が収められている。そこにある「表1 清瀬にあった結核療養施設」という一覧の中に「長生病院、（開設）昭和一三年、昭和21年海外引揚者寮となる」、「清光園、（開設）昭和一七年、昭和21年に海外引揚者寮」との短い説明があった。どうも結核病院が引揚寮に転用されたようである。複数の大図書館であれこれ本を借りて探ったが、分かったのは結局これだけだった。

勤務先は民間の建設会社から**特別調達庁**《後の防衛施設庁》、転じて建設省《現国土交通省》に入り、今日に及んでいる。**東京高等工学校**《現芝浦工業大学》を卒業して以来、一日も失業したことなく、誠に幸運な人である。特別調達庁というのはアメリカ占領軍の御用を承る役所で、小は洗濯物の世話から、大は家屋建築にまで及んでいる。[36]

敗戦は文化の敗戦

軍人が政権を握っていたが、よくも勝目のない戦争に国民を騙して駆り立てたものだ。その罪、決して軽くない。しかも、最後のどん詰まりの和戦決定の御前会議においてすら、「死中に活を求める」と変な言葉を以て、最後まで戦争を続けようと主張したのは、陸軍を代表する阿南惟幾陸軍大臣だった。個人なら死中に活を求める努力もまた貴い。国民及び天皇の存在を考えたなら、政治としては死中に活を求むべきでない。だから、戦争終結と断を下された天皇は正しい。

昭和二〇年八月九日深夜に開始された御前会議で、東郷茂徳外務大臣の国体護持（天皇制維持）を条件にポツダム宣言を受諾するという意見に対し、阿南惟幾陸軍大臣は「この際は宜しく死中に活を求むる気迫を以て、本土決戦に邁進するを適当と信ずる」[37]と言った。

戦前や開戦時において天皇が平和主義者だったことは、少なくとも一般国民は知らなかった。これは戦後分かったことだ。開戦に指導的立場を取ったのは陸軍であり、海軍が引っ張られた。陸軍は明確な成算を持たず、海軍は負けると言いながら、一国の運命をかけたのだから変な話だ。国民は詳しいことは知らないから、偉い人達が始めた以上は、天皇も同意しているのだからなおさら、勝つに決まっていると考えるのは当然だ。

変な話と今、言ったが、そのそもそもの根底は万邦無比の国体とか神国とか、敗戦の何物かの経験のないこととかが原因であろう。原子力時代に神がかり的な信念で戦争に勝てるはずがない。すなわち、敗戦は文化の敗戦である。

日本人は一二歳国民

これは後日の話だが、占領軍の大将マッカーサー元帥から日本人は一二歳国民だと言われた。私は思う、日本人には時の権力者に無条件に媚びるという風習が、今日、なお根強く残っている。これは封建精神の名残だ。首相でも、知事でも、市長でも、町村長でも、職場の長でも、威張り散らすを当然と心得、また、下も威張られるを当然と心得て、実に寛大に許している。それを美徳とさえ心得ている。エティケットとさえ考えて、雑草の如く根深く耐えている。上も下も反省せねば社会の進歩はない。テレビができても、電気洗濯機ができても、世は原子力時代でも、人の心は徳川時代と大差ないではどうしようもない。

マッカーサーの「日本人一二歳」は一九五一年五月五日、アメリカ上院軍事・外交合同委員会聴聞会で証言したものである。

「かりにアングロ・サクソン族が科学、芸術、神学、文化の点で四十五歳だとすれば、ドイツ人はそれと全く同じ位に成熟しています。しかしながら日本人は、時計で計った場合には古いがまだまだ教えをうけなければならない状態にあります。現代文明の基準で計った場合には、彼らは、われわれが四十五歳であるのに対して、十二歳の少年のようなものでしょう[38]」。

これは日本人の心に刺さったようだ。「この言葉は、以後、マッカーサーの意志とは関係なく日本の社会で一人歩きする[39]」と工藤美代子が指摘する通り、一庶民である父ですら、自らの半生の一節に長々と己の見解を述べるに至った。工藤はさらに言葉をこうつないでいる。「それほど深刻な打撃を日本人に与える発言であったことはたしかだ[40]」。

考えてみれば、変な言い回しが日本語にある。

長いものには巻かれろ

出る杭は打たれる

無理が通れば道理が引っ込む

物言えば唇寒し秋の風

何という涙の出るほど情けない言葉だろう。イタリアの終戦内閣バドリオ[41]は二重性格ゆえに、連合国は全く相手にしなかった。敵にさえ嘲りを受けるとは情けない。西ドイツのアデナウアー首相はイエスマンでないと言う。実に骨があるそうだ。日本同様、教育改革をやれと言われたが、そんな金がどこにあるかと突っぱねて、ついに実行しなかったと言う。日本はイエスサーで引き受けて、教育界の大混乱を招き、一〇年後の今日、不自然ながら一応安定しているとは言うものの、問題はもちろん残っている。そして、現場の教師は毎日、毎日、その償いをさせられている。

ドイツとて同じ敗戦国だが、政治がいいと言われている。イタリアでも日本よりましだそうだ。日本の政治の貧しさを嘆く声は久しいが、問題は独り政治家にとどまらない。問題は国民一般の自覚だ。戦後の生活難は国民をして余程、政治に目覚めさせたが、まだまだの感は免れない。民主化に害となる一つの重大要素は「貧」である。金がなくて人間だけが多いという国柄では、精神も素直には伸びないだろう。

アデナウアーは硬骨漢であった。彼について数多くの著書、論考があるが、私の印象に残ったのは、指導者は「怒りを持つこと」だという考えである。これについて松下幸之助は「指導者として…（中略）…これは許せないということに対しては大いなる怒りを持たなくてはいけないといっているのであろう」と理解する。アデナウアーはかつてナチの秘密警察ゲシュタポに逮捕されたり、戦後は尊大なフランスのドゴール大統領と対等に渡り合ったりした。戦争で徹底的に破壊された西ドイツ復興の強靭なリーダーであった。(42)

校風が音を立てて崩れる

話を阿波中へ戻す。自由の嵐は片田舎にも吹いて来て、世情は急激に変化した。戦時中の押さえられた反動もあっただろう、生徒の気風、ひいては校風も一時かなり混乱した。混乱とは生徒の不良化ということだ。多かれ少なかれ全国共通だった。土足で校舎に上がったり、授業を真面目に受けなかったり、これを自由と信じていた。過渡期とは、そんなものだろうか。少なくとも二～三年続いた。

生徒が日一日と乱れて行き、重厚な校風ががらがらと音を立てて崩れ行くのをただ見送るのは淋しいことだった。校長も教師も自信を失い、悪く言われることを恐れ、インフレに基づく生活の脅威にあって気迫を失い、ただおろおろしながら生徒を遠巻きにして、あれよ、あれよというばかり。私は校長に生徒の自重を促す講話をして欲しいと頼んだが、引き受けてもらえなかった。敗戦で社会の秩序が乱れた。学校も社会の一部である以上、混乱は大変なものだった。

現金は誰も持っているが、物が手に入らない。そこで買い漁りが始まり、物が高くなる。すべての商品は公定価格によって縛られているから、商人はどんどん闇《市場》へ商品を流す。しまいには闇物資が常識になってしまう。インフレとはインフレーションのこと、金の値打ちが毎日下落し、物の値打ちが毎日増す。インフレとは誠に恐るべきもので、貯金は無意味である。

新制中学の困惑

昭和二一《一九四六》年三月四日に、第一次米国教育使節団が調査にやって来た。結果において、日本の教育を根底から揺さぶった。ついで、昭和二五年八月二七日に第二波《第二次米国教育使節団》が来た。

昭和二二年四月から新制度による義務制の中学校が発足した。校舎もなく、教師もないまま、がむしゃらに始まった。名は旧制の中学校と同じでも、その実質、内容において全然違う。生徒も違い、教師も違う。生徒は義務制だから玉石混淆だし、教師は、校長も小学校の教員が当たった。つまり、**従来あった二年生の高等小学校が一年延びて、名が中学校に変わった**という程度のものから始まったのだ。

義務制結構だが、名簿に名が載っているだけで、顔を出さない生徒がいる。長欠生《長期欠席生徒》と呼ぶ。戦前の社会でも小学校を卒業しなかった者はいた。しかし、戦後の中学校の長欠生は断然多い。義務制になった中学校教育の負担に耐えられない貧乏な人々がいるということである。長欠は国力の問題に絡む。何事を為すにも国の経済力と並行するを要する。

中学校長の中には旧制中学の先生が多少混じっているが、《小学校教員養成機関の》旧師範学校閥が根深くて、余り愉快でないようだ。尤もこれは時代が過ぎれば自然と解決はするだろう。

新制中学の教室と来たら、義務制でなかった旧高等小学校の教室の数だけではもちろん足りないから、物置、廊下、さては馬小屋まで使い、そのため雨漏りする教室や机のない教室があり、そうかと思えば、ちょっと風が吹いても倒れそうな教室まである。

教師の質も同様で、ある中学校を訪問した際に、職員室の机、椅子が新品で、余りにも見事なので感心したところ、校長曰く、「ここに腰掛けて使う人間が粗末なんだ。せめて備品くらい立派でなくては」と、真面目とも冗談ともつかない挨拶をされて、私は返答に困った。その校長さん自身が元小学校長だったのだから、この話も深刻だ。何の用意もなく始めた新制中学校ほど変なものはなく、敗戦国日本の一縮図である。

新制中学校の始まりの様子と混乱がよく分かる。こういう話は初めて聞いた。

その後、中学校は教室も設備も追々改善された。昭和三〇年現在において、どこの中学校も、皆、立派になった。だが、教師の質はそう簡単には行かない。概して田舎の学校はいけない。生徒数が少ないほど教師も少ないから、勢い複数の教科の兼任となる《専門外の教科も担当する》。だから、どの学科も振るわなくなる。必然的に《中学校の次の》高等学校が困る。今日、特に不振の学科は第一に英語、次に数学である。今日の高等学校生はもし真面目にやろうとしたら、中学校の取り返しという消極面と、大学入試準備という積極面と、高校本来の勉強と、三つをたった三年でやらねばならぬ。空恐ろしい話と言うべきだ。

教育界の大混乱

昭和二二年は新制中学と旧制中学とが相並んで存在した妙な年だった。過渡期とは混乱期とも言えるが、ここに珍現象が起こった。昭和二二年は新制度の中学校が発足したのだから旧制度の中学校に入学する者はなかった訳だが、すでに入学している旧制度の中学校の二年生と三年生は「〇〇高等学校付設中学校生」という身分になった。そして希望するなら三年で卒業してもよい訳だった。その結果、本来五年で卒業のつもりで旧制中学校に入って来た者が三年で新制中学校（新中）卒業の資格を得て出てみたり、または、一年分余分にやって六年で新制高等学校の卒業となったり、あるいは、そのまま五年勉強して旧制の中学校、高等女学校卒となることもあった。あるいは、同じ年に旧制高等小学校の二年だった者は予定通り旧制高等小学校を卒業すれば、それもよし、もう一年やれば新中の卒業生となり得た。全く混乱そのものだった。

ここも非常に良く分かる。様々な選択肢が並立してしまった。なるほどである。過渡期ゆえの大混乱と言えよう。ここで選んだ学歴の違いは、一人ひとりのその後の経歴に影響はなかったのだろうか。

私の受け持っていた旧制中学校入学の生徒の中で、六人が三年で新中として卒業した。彼らは法的には新中の卒業生だが、実質では旧制度で選抜され、旧制度の立派な資格のある先生に習った生徒である。新中の卒業生とは実力において相当に差があった。実力の違う者が法的に同等と認められるという馬鹿げたことになった。

昭和二三《一九四八》年に新制度の高等学校が発足した。それで徳島県立阿波中学校は徳島県阿波第一高等学校となった。[43] 他府県の場合は都立、府立、県立と言うのに、なぜか本県は県立と言わなかった。だが、昭和三一年四月からは言うそうだ《この原稿は昭和三〇年の執筆》。

昭和二四年には新制大学ができて、ここに「六（小学校）、三（中学校）、三（高等学校）、四（大学）」の新制度が確立した。別に二年の短期大学もできた。短期大学は主として女子に喜ばれている。

新教育体制では、かつての専門学校はほとんどすべてが大学に昇格した。昭和三〇年現在で、大学が五百近くあるはずだ。五百なんて全くべらぼうな話だ。世界中に、そんな国はないそうだ。**駅弁大学**という言葉がある。およそ駅弁を売るくらいのところなら、すべて大学がありという意味だ。だからといって、結構だ、文化国家だと一概に喜ぶ訳には行かないだろう。

教育の大変革

昭和二四年四月より公立学校は**共学**となった。これは日本の教育界の誠に特筆、大書すべき一大変革だった。そして、大きな進歩だった。今では、これは田舎で好かれ、都会で（特に良い学校で）嫌われている。田舎では女子が男子に負けずに勉強するからよいと言い、都会では女子のおかげで進度が遅く、レベルが低くなり勝ちだから、男子は迷惑だと言っている。私立学校は共学でないのが多い。進学熱の高い父兄の希望を満たしている訳だ。

戦後は公・私立学校の上下がむしろ逆さになって、私立が栄えている。新学制は結果的に私立に繁栄をもたらしている。すなわち、公立中学校の先生の質が悪いから私立へ行く。私立は高校と兼任の先生が教えるから安心だという訳だ。だから、私立の中高生の家庭の方が概してよい。戦前と逆だ。特別の場合を除いたら、そう言えるだろう。親としたら少しくらい授業料が高くても安心という気持があろう。

また、今ではできるだけ多く高校に入学させるので、一部の学校は質が悪くなる。農村で言えば、昔、中学校、女学校に通わせた家庭は一村に、そう多数はなかった。ところが、今では高校に通っている家庭はざらだ。教育が行き渡ったのだから結構だと反面では言える。大きく国家的に言えば、それでよいのだろう。

惨憺たる状況

昭和二五《一九五〇》年四月から、高校は新中の卒業生を受け入れることになった。かくして敗戦の実感が我々の日々の職場において強く感ぜられるに至った。すなわち生徒の実力の低下であった。先にも言ったように英語は特にひどく、ａｂｃすら怪しい者が入学して来た。まさかと思うかもしれぬが、本当だ。リーダーの巻一だけやったなどというのは珍しい部類に入らない。

　ある中学校で英語を担当できる先生がおらず、校長から学校を出たばかりで若いのだから、まだ英語も忘れていまいと、無理矢理英語をやらされた。そこで、辞書を購入してくれと校長に頼んだら、学校出たてなのだから辞書なぞいらないと言われた。こんな校長を何と教育するかと真顔で深刻そうに訴える中学校の若い教師がいた。

　あるいは、何かの事情で、今日一時間授業を潰さねばならぬ、何を潰そうか。そうだ英語がいい。そうだ、そうだと、たちまち一致してしまう校長と教師達。これでは高校教育に耐えられない中学の卒業生ができても仕方ない。

国語と来たら、まるで字を知らない。数学では九九の怪しい者、二桁の乗除の怪しい者など、散々であった。何々県と言っても大体の場所が頭にピンと来ない。いわんや武蔵だの阿波だのと言ったって、てんで分からない。それこそ「《武蔵を》タケゾウとは何だ」が落ちであろう。富士山が北海道にあると思っていたりするくらいだから、ナイヤガラの瀑布も、スエズやパナマの運河もへったくれもない。そんなのを相手に、スエズ運河の建設物語（英語教材）を教えるのだから、何から何まで無理な話だ。突き詰めてみると、英語が不得意と言うなら、それは胃が悪いと言うのと同じで、まだ始末がいい。全身のどこもかしこも悪いのでは、いかに名医でもくたびれて投げ出したくなろうと言うものだ。

　高校になって教科書はちょっと程度が高くなったのに、入ってくる生徒の実力は低くなったのだから、正に世紀の悲劇だ。概して言えば、入学生の実力は毎年マシになって来ている。しかし、昭和三〇年の現在、未だ未だ前途は遠いと言わねばならぬ。

　新中が不振である原因は、

1　よい先生が少ない
2　生徒は玉石混淆で、できる者が犠牲になり易い
3　小さい学校ほど一人の先生が複数の教科の兼任となり、効果があがらない

現在の高校英語教師の中には、高校英語の不成立論を叫ぶ人さえいる。初め中学側は英語が選択科目であることを表面の理由にして、高校の入試科目に入れることに極力反対した。本音は自分達の安易さが欲しいだけのことだ。そして、数年それを押し通した。しかし、いかに数の力でも不合理がいつまでも世の中に通るものではない。なかなかうまく行ってないが、それでも少しずつよくなりかけている。

この父の叙述を補強する一文があった。

「戦後の英語教育で、戦前と大きく変わっている点は、英語の義務教育化ではないかと思われる。中学校の英語は、名目的には選択制だが、事実上は必修制と言ってよい。多くの中学生が高校へ進学する現状においては、中学の英語必修は不可避のように考えられる。しかし、ここに問題が出てくる。中学生は選ばれた人たちではない。義務教育として学ぶ人たちである。これらの人たちに英語教育は、はたして必要かどうか、という問題である。

昭和三十年十二月号の『世界』に掲載された加藤周一の文章（「信州の旅から――英語の義務教育化に対する疑問」）は、大きな反響を呼んだ。

私は今年の夏、信州戸倉温泉の近くのある町へ、その地方の小中学校の先生と話しあうために出かけた。そこで聞いた話にはおもしろいことがたくさんあった。先生たちがいちばん熱心に語った話題の一つは、県の高等学校が『アチーブ』に英語を加えようとしているのに対し、小中学校教員側が強く反対していると いうことである。もしアチーブメントテストが英語を含むときには、中学校で英語が選択課目《ママ》であるということの意味はほとんどなくなり、事実上の義務教育となる。そこで小中学校側は、英語のほかにも教えることがたくさんあるから、そうなっては困るという。高校側は、逆に、英語教育は早く始めないと能率が悪いという理由で、そうならなくては困るという」(44)。父の文とあわせ読むと、往時の雰囲気がよく分かる。

私は戦後の教育改革期における諸問題、就中《なかんづく》新制中

学の誕生、そして新制中学における英語教育の混乱ぶりを父の手記で知った。敗戦が教育面においても、日本史の一大エポックになっていることを実感した。

ところで、「英語が不得意と言うなら、それは胃が悪いと言うのと同じで、まだ始末がいい。全身のどこもかしこも悪いのでは、いかに名医でもくたびれて投げ出したくなろうと言うものだ」との一節、蓋《けだ》し名言である。

教職員組合

戦後、教職員の組合が合法的に認められたことは文化の一歩前進であった。小中学校の教師を組織している**日本教職員組合**（日教組）の運動は特に活発である。彼らは英語を高校入試に加える、加えないで多々発言している《前出の加藤周一の一文と関連》。また、高校志願者は全部入れろなどとも言う。英語力を高度に必要とするある大学・学科で、新入生が浪人したかどうか調べたところ、半数以上が浪人経験者だったと言う。新しい教育がそんなところに皺寄せされているのだ。大学側は曰く、浪人生活の経験者たると否とを問わず、実力のあるものが入学してもらわねばならず、さもなくば卒業生の信用に関わり、ひいては長年築いた学校の信用、学部の信用の問題だと。戦後は我々教師も惨めだが、真に気の毒なのは生徒と言うべきだ。

高等学校教職員組合（高教組）は初め日教組の一部であったが、数の力で何事も押し切られて冷飯を食わされたので、一部例外を除いて府県単位で日教組から脱退して、**全国高等学校教職員組合**（全高教）に参加するものが続出した。《昭和二五年》徳島県も日教組を脱退し、全高教に加入した。今では大部分の府県が加わっている。俸給の問題で日教組が悪平等を主張したので別れることになったのだが、一時は感情的にまずいものがあった。血みどろの運動の結果、給与は我々と小中の間に一号俸だけ辛うじて差をつけたが、我々は満足していない。しかも、一号俸の差があるのは、ある一定年齢以上の者、つまり旧制中学時代からの教員の場合であって、新制大学卒なら同じでよいのだ。しかるに、日教組はその差さえなくそうと狙っている。全高教の今後の活動に期待するところは大である。敵は強い。客観情勢も悪い。苦戦だが、断固やらねばならぬ。

ここで父の言っていることは、徳島県高等学校教職員組合編『徳島高教組の歩み』の記述と寸分違わない[45]。父の言は徳島高教組の立場そのものと言える[46]。同書の主旨を簡潔に言うと、師範学校を卒業した者（つまり小学校教員）と師範学校の教員となり得る資格を持つ高等師範学校を卒業した者（つまり旧制中学校教員、すなわち新制高校教員）が同等である訳がない。両者の給与が同一となることはあり得ない、断じて容認できないということである。

時の文部省も戦後の学校教員の給与について、「大学」、「高等学校」、「義務教育」という「給与三本建て」を考えた。それにもかかわらず、小学校教員の多い日教組は「高等学校」と「義務教育」の給与の一本化を図った。このため日教組脱退の県が相次いだ。「血みどろの運動」と父は書いたが、『徳島高教組の歩み』には、実際この問題に直面し、奔走した関係者の記録が勢いある筆でまとめられている。往時の熱気が十二分に伝わって来る。血みどろとは決して言い過ぎではないようだ。

教育二法

さて、もう一つ、教育の中立に関する二つの法律がある《いわゆる教育二法》。こいつはいけない。こういうものにかかるのは狂犬に噛まれるに等しく、避けるのが賢明だ。私は英語だから、政治などはどうあっても論じないことにしている。生徒の常識を養ってやろうなんて考えを起こして、政治に限らず専門外のことを言うのは禁物で、君子は危きに近よらぬがよい。本当は二法律にかけようと思えばかかるのだが、まあことなく過ぎているというようなのは好かぬから、一切言わない。英語学と英文学だけを守っている。

この二法律は確かに教師の意気を削いで、無責任の方へ傾かせている。だからこそ、今日ほど教師個人の正しい自信と勇気と個性が必要な時代はない。これは難事だ。しかし、真に人材を得て、そういう意気で日本の教育が進んだら、日本の前途も明るくなり、一億人になる日も近い日本社会も何とか生きて行ける目処がつくかもしれない。

父の言う「教育の中立に関する二つの法律」とは、一般に「教育二法」と言われる。「教員の政治活動の禁止および教育の中立の確保をたてまえと」（『国史大辞典』）して、「再軍備反対の精神が国民に浸透するのを防止するため」（『日本歴史大辞典』）の立法であった。「日教組をはじめ、平和問題懇談会、全国大学教授連合、全国小・中学校校長会、日本教育学会および全国教育長協議会などの反対声明によって国民的な関心をよんだ。そして、教育の民主的なあり方をめぐって国家と国民との関係が戦後はじめて積極的に問われるようになった」と『国史大辞典』は記す。確かに、父が「今日ほど教師個人の正しい自信と勇気と個性が必要な時代はない」と主張したように、一教師、一国民に教育とは何かということを考えさせている。教育二法は戦後教育の節目に位置する法律であった。

私が高校社会科教員になった時、父が発した言葉をはっきり覚えている。「英語の教員は英語の授業をしていれば心配ないが、社会科の教員は普通の授業が政治的発言になることがある。気をつけなよ」。

英語教科書

英語の教科書について言う。他教科もそうだったろうが、戦争末期には「決戦的」な内容のものを使用させられた[47]。それが敗戦と同時に使用できなくなったのは当然で、しばらく教科書はなかった。そのため、当たり障りのない独自教材をプリントして授業をしたものだ。

その際、生徒に配る紙がないから、銘々に紙を出させてプリントした。定期考査も同様だった。戦争末期及び敗戦直後には、そうせざるを得なかった。

そのうちに、中学校用と高等学校用が一種ずつできた。これは半ば国定だった。中学校用の「Let's learn English」はまだいいとして、高校用の「The world through English」は大変難しい本で、生徒はもちろん、先生も難儀した。こんな混乱を経て、昭和二四年から検定教科書が続々と出て来て、どれを選定してよいやら迷うという時代が昭和三〇年の今日まで続いている。

「Let's learn English」は新制中学のために、昭和二二年に作られた文部省著作の初めての中学校英語教科書である[48]。「親しみやすいタイトルといい、久しぶりの教科書らしい体裁の造本といい、いかにも平和の香りがするこの本をもらって生徒たちは大喜びだった」[49]

と伊村元道は評する。

一方、「World through English」は「Let's learn English」同様、戦後の昭和二三年に発足した新制高校のために初めて作られた教科書である。(50) その内容について紀平健一が詳細に検討している。父は「生徒はもちろん、先生も難儀した」と評したが、紀平も、例えばジュリアス・シーザー関連の教材について、「当時の出版事情を考えれば、翻訳書や研究書などを手元に持たなかったかも知れない教師や生徒にとっては、この教材の学習は、極めて困難であったと思われる」(51)と言う。その他の教材についても「読者の側に、かなりの理解力が求められる」(52)とするなど、難しい教材であるとのコメントが並ぶ。紀平はこの教科書を「難解」で「文学至上主義」であるとする。(53)

新制中学や新制高校発足の混乱の中で登場したこの二冊は、戦後教育の出発時の教科書として、英語教育の歴史に深く刻まれている。

ところで、紙不足と言えば、当時の新聞は見るも哀れだった。発行は毎日でなく、一時は週に二〜三回という、そんな新聞が出ていた。また、数が大変少なかった。中央紙の朝日、毎日、読売を中心に一県一紙(54)が原則だった。

全国英語研究会連合会

話のついでに、先日（昭和三〇年一一月）京都の同志社大学を会場にして全英連（全国英語研究会連合会。本部は東京、明治学院大学内、会長は同学院教授高橋源治）が年次大会をやったのに出席した。三日に渉る会議だったが、採択された決議は、

1　中高英語教師の提携強化
2　大学入試問題の簡易化

の二点であった。ここに今日の英語教育の悩みが圧縮されている。大学は放っておくと、いくらでも難問題を出す。すると、高校は本来の立場を壊されて予備校となり下がらざるを得ぬ。中学は中学で勝手なことばかり言っていて、満足な生徒を高校に送って来ない。それでは困るのは一番に生徒だ。二番に高校だ。また、英語のみの向上はあり得ない。全学科の向上が必要だとの話も出た。尤もだと言わざるを得ぬ。五年後、一〇年後には、こんな昔話もあったと笑い話ができるようになりたい。ならねば嘘だ、日本国のために。

この大会に出席し得たのは、徳島県の英語弁論大会に県立池田高校の生徒が二年続けて入賞できた私の努力に対する池田高校真鍋校長のお礼だった《父は後日、阿波高校から池田高校に転勤する。後述》。

阿波中・高時代の同僚

〔一〕昭和一八年三月三一日より昭和二一年八月三一日まで三年半の間、舎監《寄宿舎の管理者》を務めた。三人いて三日に一度ずつ宿直した。前任者の体操の先生の事務処理がルーズだったので、後始末に困った。この方は外出を「外室」と書いたり、「『東方《とうほう》の方《ほう》』へお向きなさい」などと変なことを言ったりするちょっとお目にかかり難い人物だった。

〔二〕法政の国漢科を出た先生がいた。母校を同じくするので普通ならそれだけで親しくなっていいのだが、この人は上の連中には七重の膝を八重に折って御機嫌を取り結ぶが、下には威張り腐った態度に出る。誰でも一応は持っている気持ちだが、極端で露骨だった。

〔三〕柔道兼国語漢文の教師が阿波中初期からいた。生徒が在校中は意識して極めて厳格にやる。一度卒業すると百八十度態度を変えて、腰が低くなる。いい先生だと人気がある。子供が多くて経済上、行き詰まって四苦八苦している時に、卒業生有志がまとまった金を贈ったことが二〜三度あった。

阿波中、阿波高に三〇数年勤め、今では教頭だ。これほどいると、校長でも歯がたたぬ面がある。校長は二〜三年経てば、どこかへ行ってしまうからだ。たとえ小使いになっても阿波高から去りたくないそうだ。阿波高等学校は、この先生の私立学校かと憎まれ口を叩かれるくらいである。教員の勤務も最長一〇年くらいかもしれぬ。

〔四〕実はこの先生より一年くらい長い図書の先生がいた。この先生も子供が多く、毎日が生きるための戦いであった。子供が阿波高の卒業生で、先の先生支援の募金を断れず、一口乗ったらしい。己《おのれ》はもらえず、同僚にあげるとは妙な話だ。

〔五〕戦後、朝鮮から引き揚げて来た植木五一(55)という英語教師がいた。高等師範付設の臨時教員養成所を出て、高等教員（専門学校、大学の先生）の検定にパスしたと言う。英語主任にするとの約束で他校から転じて来たある先生は、植木先生の急な採用で、英語主任

阿波高校二年E組。前列左から
二番目が父。昭和二六年撮影。

が吹っ飛んでしまった。校長はいい先生を引っ張って来たと力を入れて言いふらし、掃き溜めに鶴が下りたみたいな雰囲気になった。

実力はあった。他教科の先生までもが彼に色々英語を聞く。そばで話が聞こえて来るが、鼻につく。それほど偉いのなら、斎藤秀三郎[56]氏や岡倉由三郎[57]氏の向こうを張る辞書でもお書きになったらと言ってやろうと思ったが、言わなかった。というのは、この人は学問に対する自信過剰さえなければ、誠に愛すべき好人物だった。後日、東京へ行って都立日比谷高校の教師となった。

〔六〕ある事務員が校金を三〇万円ほど使い込んだ。ひどい話に決まっているが、同情があってもよい。彼は徳島市で風呂屋をしていたそうだが、徳島空襲で無一文となり、事務員のサラリーでは大家族を抱えて立ち行かなくなった。新聞に書き立てられるようになって親戚一同が約一五万円作ったそうだが、責任上、残りを校長が出さされた。校長も親類の間を借りて歩いて、やっと始末した。ところが、彼はその後、校長に返しもせず、校長も親戚に返しもせず、結論は彼のふしだらを校長の親戚が始末したという妙な結果となった。戦後、農家はぼろ儲けしたから、こたえなかったのかもしれない。

〔七〕**三宅栄三郎**という数学の先生は夫婦で先生勤めをしていた。細君は小学校の先生で、ある時、高等小学校の卒業生を二人連れ、妻の文子に裁縫を教えて欲しいと頼んで来た。引き受けたが、この二人は先発隊で、後から続々志願者が現れて一〇数人となり、家の中に入り切れないほどになった。二〜三年続けた。その頃の少女もおいおい成人して、すでに嫁入りしたが、我々夫婦の植えた苗木が立派な木となる日もあろう。

部屋に入り切らないくらいになった若い女子に工夫して教えたとの話を私は母から聞いた。私が生まれた後もお針子（裁縫の教え子）が我家を訪ねて来て、父を「男先生」、母を「女先生」と呼んでいた。母は裁縫を得意とし、亡くなる前まで内職にしていた。

阿波中・高勤務に感謝

昭和一七年九月から昭和二六年三月まで阿波中・高に勤務した。八年半である。一瞬の間であったように思うのは、苦のない生活だったからだろう。敗戦に伴うインフレ、食糧難、衣料難、住宅難の時代を、暴風の中心から外―田舎―で過ごしたのは幸いだった。

阿波中・高時代はまだ三〇代という年齢のせいもあり、ばりばりやったから、生徒には好かれなかった。しかし、うれしいことには、少数ながら真に私を分かってくれた生徒がいた。それでいい。その他に何を期待しようというのか。

林一博先生は、父が阿波中に赴任した時の最初の教え子であった。後に池田高校の教員となり、父の同僚となった。一九八八年の父の死後、私に思い出を語ってくれた。

「片田舎の中学校に、東京弁の英語の先生が突然現れた。初めて聞く東京の言葉に生徒は大変なカルチャーショックを受けた。強烈なインパクトがあった。田舎の子供が永瀬先生を通して都会の文化に触れた」。

「大きい建物といえば、学校か筒井製糸ぐらいしか知らない」[58]という阿波中生である。林先生の感想は決して大袈裟でなかったようだ。

〈3〉池田高校時代

池田高校へ

昭和二六《一九五一》年四月、県下の最西端、池田町《現三好市》の池田高等学校へ転任した。校長は加藤惣一氏。この方は、この年、郷里の広島へ戻り、中学校長になった。旧高等師範《学校》出の中学校長というのは世間に余りないだろう。一度面談しただけで私とは入れ違いで、後任校長は元阿波高等女学校長坂崎陽一氏だった。

阿波高から転じた理由は草深い純農村の生活に飽きたからだった。戦後の生活し難い時代を平和に過ごし得た有難味を忘れたのではなかったが、少しは文化的なところに住んでみたいと思って転任希望を出したら、では池田でどうだということになった。

着任した昭和二六年度には、夜間部（定時制）の主任を一年やったが、過労なので一年でやめた。英語主任はずっとやっている。池田高は学校としては大校の方である。今まで勤めた学校としては最大である。この意味では、私は順を追って来た。小学校《下河津》―乙種実業学校《私立大阪電気学校》―甲種実業学校《私立大阪錦城商業学校》―県立中学校及び高等学校《旧制阿波中学校・新制阿波高校》（中くらいの大きさ）―県立高等学校《池田高校》（大校）。

池田高は分校が四つ―東祖谷《ひがしいや》、西祖谷、三名《さんみょう》、佐野《佐馬地》―あって、職員は六〇人くらい。生徒数は千人少々。普通科、商業科、家庭科、農業科と四コースあったが、農業科は独立して、《昭和二七年に》三好農林高校となった《その後三好高校。さらに池田高校三好校》。機構が複雑なので、校内の事情もまた複雑である。ことに普通科と商業科は生徒数がほとんど同数であり、職員間、生徒間に対立意識がある。利害の不一致より来る対立は全く煩いと言わざるを得ない。総合制には長所もあれば短所もある。

池田高校全景。生徒による人文字。写真の右を吉野川が流れる。昭和四〇年五月撮影。グラウンドの左側の道路沿いに教職員官舎が三軒並ぶが、下から三軒目に住んでいた。私が生まれてから、寄宿舎（吉野川土手側の校舎の中にあった）を出て、ここに移った。

寄宿舎もある。今日では学区制を採用しているから、寄宿舎の必要な学校は余りない。ところが、本校の場合は東祖谷、西祖谷という遠い通学区を持っているので、寮が必要になる。しかも、入れるのは元中学校《つまり男子校》という関係上、男子のみで、数も多くない。せいぜいが一〇数人。少ない時は一〇人以下である。

それで、住宅難の時代ゆえ、余った室を職員に与えている。私達夫婦は本校へ来て以来、寮の一室（二〇畳弱）を使用させてもらって住み、舎監をしている。もちろん、住んでいても舎監でない人もいる。舎監の定員は二名である。今日まで学級主任兼舎監を二年やり、ここ三年来は舎監だけしている。現在《昭和三一年》の寮の住人は私達の他に、世帯持ち二軒、独身者一軒、家族と離れて一人住む教頭で、寮生とほぼ同数である。共同生活をしてみると、各々の欠点がはっきり見えて、考えさせられることが多い。

阿波高に比べ、池田高は卒業生の教員が全体の三分の一はたっぷりいて、俺が俺がで堪らない。三分の一は多過ぎる。田舎では、この傾向は多かれ少なかれ避け得ない。なお、他国者は香川県二名と東京二名だけ。残りはオール徳島県だ。

池田高校、あれこれ

一　生徒

定時制の四年生（定時制は四ヶ年で卒業する）の男子生徒が長く欠席したため、単位数が不足し、卒業できなくなった。彼は隣の辻高校の印刷を請け負う印刷屋に勤めていたことから、辻高の昼間部で単位を修得したが如く装った証明書を作って、卒業間際に担任の先生に提出したが、すぐにばれた。

他校から三年に転入して来た電報電話公社《現NTT》で働いている生徒がいた。彼はよく休んだ。注意したが、昼《全日制》の生徒と違って社会人だから、事情があるのか（人柄にもよるが）、「はい」と素直に言わぬ。用があって休むのに何の文句があるかと言って、食って掛かる。こちらの善意を素直に受け入れず、一くさり文句を抜かしたが、その後、欠席回数が減り、法定時数ぎりぎりで無事進級、そして、卒業した。このように、我々の仕事の本質は決して目に見える華やかなものではない。空気の如くあって、なければ大変なものである。

現在の高校生気質―我々の見る範囲の生徒―を語るならば、一面ののびのびしているけれど（長所）、勉強面では概して熱心でない。また、道徳的な教育がないから、何か一本足らない。共学のため中性的で、躾も足らない。野放しの感がする。道徳的な話に及ぶと変な顔をする者、意外な表情の者など色々である。教師に対する敬愛の念は概して乏しく、ずいぶんひどい奴が中にはいる。

戦前は一つの型にはめられていたので、それがメッキの如き役目をして、良い者と悪い者の見分けがつかなかったが、今は押し付けられる型もない代わりに、良い者、悪い者が一目で分かる。これからは、個人々が立派な品格を持つよう努めねばならぬ時代だ。全体が「同一の精神的制服」を着るのでなく、各々特長ある個性的人間として伸びて行くことが必要だ。個性を貴ぶ社会的気風が求められる。

二　先生

さして大きくない阿波高には異色の存在が多かった。だが、池田高は生徒が多く、色んな教師がいる割には、それほどでない。

商業科の御大は気の強い人で、時に普通科との対立を招く。もちろん好い面もある。三万円近くものサラリーをもらい、家族も多くないのに、まずいものを食って、一生懸命貯めて家を建てるんだと言っている。

この先生の息子と一緒に、私は池高《いけこう》（池田高校の愛称）付近の野山を駆け巡って遊んでいた。

ある年、三五歳くらいの新採用で、帝国大学を出た先生が寮の一室にやって来た。その部屋の中はゴミ箱をひっくり返したようで、足の踏み場もなかった。生徒が掃除した廊下を彼の子供はもちろん、両親（先生夫妻）までが汚して行ったのには閉口した。また、寮で行っている生徒の点呼を時々すっぽかした。新採用は一年くらいは仮採用がいいのではないかと考えたほどだ。

この先生と息子のエピソードは幼き私の記憶にある。三～四歳頃だっただろうか、寮に定期的に行商が来ていた。男児はおかず用の袋入り煮豆をいつも買ってもらい、その場で袋を咥え、食べ終えてしまっていた。ある時、私も欲しいと言って買ってもらったが、「今ここで袋のまま食べるのは行儀が悪い」と母親に小声で言われた。幼い私だったが、言わんとすることは分かった。

一五～六歳で小学校の代用教員となり、検定を受けて少しずつ資格を向上させた先生がいた。師範学校に入ったり、検定で博物（動物、植物、生理衛生、鉱物）の中等教員になったりした。十代半ばで教員を始めたから五〇年も務められた。池田中・高には三〇年勤め、その年数だけ寮に住み、その分、住まいと食事を節約し、家屋敷を整備した。無一物から今日を築いたと聞いた。

今年《昭和三一年》三月、坂崎校長と二年、真鍋校長《既述の京都出張の校長》と三年、計五年が終了しようとしている。坂崎校長は職員に自由にものを言わせる。真鍋校長は職員に相談を持ち掛けるのが朝の一五分くらい。短時間で何も言えない。校長の姿勢が正反対だが、坂崎校長時代、かなりの自由主義者と思われた者が真鍋校長になって御用職員になった。アプレ教師[59]に、ちょいちょいこういう的外れがいる。

池田町は町中の人々が、はたまた近隣町村の人々が、互いに親子、兄弟姉妹、いとこ、はとことという感じである。これでは余所者《よそもの》は何ものが言えない。職員間も同じで、どんな姻戚関係があるか分からないから、発言は慎重にならざるを得ない。

この手記に**蔦文也**先生の名が出て来ない。不思議である。池田高校はかつて蔦監督のもと、甲子園の高校野球で一世を風靡した学校である。尤もこの手記執筆の昭和三〇年頃は蔦野球が開花するかなり前のことではある。しかし、蔦先生の個性は当時から池田の町中に轟いていたから、敢えて書かなかったとしか思えない。そこで、私が書き加えようと思う。

池田高校職員室。中央左が父、一人とんで右で立っているのが蔦文也先生。昭和二八年秋。

私は池田高校のグラウンドに建てられた教員宿舎（庭付き一戸建て）で育った。かつて池田高校は町の高台の桜並木の道路に面した一画に、一戸建ての平屋を三棟持っていた。既述の寮を出てここに移った。玄関は道路側だが、庭の裏門を開ければ、そこは学校のグラウンドであった。そして、グラウンドでは連日、野球部が甲子園を目指して狂ったように練習をしていた。子供の目にもおよそ尋常なものではなかった。「甲子園に行くんじゃ」と凄まじい練習をしている蔦野球に対し、「野球なんかやめじゃ、これからの池高は進学で勝負じゃ[60]」と言ったという真鍋校長は、蔦先生の著書で「よくマナベの真鍋校長[61]」と駄洒落で紹介されている。

蔦野球に関しては父も理解者とは言えなかった。

「蔦さんは甲子園に行くと本気で言うとる。行ける訳がない」と、父から何度も聞いた。

「野球部は勉強できない。giantsを読売と訳した野球部員がいた」とは父の一つ話だった。また、深夜、酒豪の蔦先生が酔っ払って、我が家の玄関先で「永瀬の馬鹿野郎」と怒鳴って行ったというエピソードは、たまたまその時、訪ねて来ていた従姉の智得子（大阪空襲の際、二階から投げられた女児）の一つ話だった。

真鍋校長が「蔦が甲子園に出られたら、ワシは池田の町を逆立ちして歩いてやる」と言い放った話[62]は、父母と智得子の三人からも何度も聞いた。恐らく池田の町中に知れ渡っていたのだろう。

この父の手記で、原文のまま紹介するのが憚られる場合は、私は名前を伏せたり削ったりしている。だが、真鍋校長については、職員に自由にものを言わせないとの趣旨の一節があったが、そのまま名を出した。それは蔦野球に触れるとなると、欠かせない校長であるからだ。

蔦先生と父は肌が合わなかったようだが、私には重要な存在である。監督就任一九年目の昭和四六（一九七一）年に初めて甲子園に出場した時、高校生だった私は、「どんなにうまくいかなくても、やり続けることが大事だ」という強烈な無言の教えとして受け止めた。「あんなに馬鹿にされていたのに、甲子園に出たのか」と感動した。そして、監督三〇年目の昭和五七（一九八二）年に初優勝した時、社会人になっていた私は、「一つのことをやり続けてこそ栄冠に至る」と学んだ。人間、肩書きを追い求めて生きるのは、どうも違うようだ。**徹底的な自己実現の追求こそ面白い**、そう思った。以来、これが私の生き方となった。

ある時、我家の裏門を出て（つまりグラウンドに入って）、おもちゃのバットを持って、目の前の野球部員の真似をしていた四歳くらいの私に向かって、普段怖い蔦先生が優しい顔で歩み寄って来た。「ボールが飛んで来て危ないけんな、家ん中へ入っとってな」と言った。そして、その時、バットを持つ私の左右の手が上下反対であり、それではバットが振れないと教えてくれた。右利きの私だが、左手を上にしてバットを握っていたのだ。以来、私はバットを手にする度に、この情景を思い出す。こと野球となると、幼子に対しても、つい真面目に教えてしまう根っからの野球人だった。

馬鹿野郎と言われた父も、実は甲子園は気になっていたようだ。試合は必ず見ていた。初優勝の時、「この子らはワシが池高を退職した年には、まだ生まれとらん《ていない》な」と言った。また、三連覇を逃した時には、テレビ画面に映る蔦先生を見ながら、「三四目のどじょうはおらなんだ《いなかった》な」と漏らした。かつての同僚を思いやる表情だった。「蔦さんよ、そうはうまく行かんよ、ご苦労さん」と私には聞こえた。「昔は仲が悪かったのに」と思って聞いていた。

蔦野球の全盛期(一九八〇年代)には私達は東京で暮らしていたが、大阪と徳島の生活が長くなっていた父はオリジナルの東京弁の中に、後から習得した関西方言が巧妙に混じっていた。

昭和六一(一九八六)年三月二七日、私は甲子園球場を訪れた。一回戦の福岡大大濠高校戦の開始直前、球場内の通路で蔦先生とばったり出会った。「永瀬の息子です。覚えて下さっていますか」と聞くと、笑顔で応じてくれた。「お父さん、お母さん、お元気な」と聞かれた。間もなく始まった試合で逆転勝ちをし、この大会で二度目の選抜優勝をした。

〈4〉房総の旅

養母を探して

私は中学生時代から、養母くまを探して会いたいとの願い持っていたが、生活が不安定だったり、戦争があったりして、何もできなかった。しかし、徳島県で生活も落ち着いたことや探し求めた相手と四~五〇年ぶりに再会したという新聞記事を見たりして、生きているか死んでいるか分からぬが、当たって砕けろと思って、昭和二九《一九五四》年三月二〇日、阿波池田駅を出発して千葉県夷隅郡勝浦町へ向かった。途中いくつか所用を済ますため、神戸、大阪に立ち寄った。神戸に朝の四時半頃着いた。

最後の神戸到着時刻から遡ると、次の時程となる。

阿波池田19：25―（土讃本線）―多度津20：43／多度津20：50―（予讃本線）―高松桟橋21：48／高松港22：20―（宇高連絡線）―宇野港23：25／宇野00：08―（宇野線）―岡山01：00／岡山01：56―（山陽本線）―神戸04：41[63]

神戸で我々母子が住んでいた頃、お世話になった糸永看護婦会長さんや菅野産婆さん等に会って、母の死んだことを告げ、昔のお礼が言いたかったが、ご両人とも昔の所におらず、行方も分からず、空しく引き上げた。しかし、これはこれで得心できた。

大阪では貸金の件で、金光昭（文子の父の弟幾次の養子）に会い談判したが、無い袖は振れず、先方も至って無誠意、呆れて引き上げた。また、《妻の友人》浅野よし子さんの預り金を《義兄》金光英一に半ば無断で貸した件について、同人に会い事情を述べた。夕方、布施市足代の加藤光五郎氏を訪れて、久々の挨拶を交わした。大阪でほとんど一日、過ぎた。

勝浦に着く

大阪から急行銀河に乗った。二〇日、二一日と夜行列車も二日目となると相当疲れる。二二日朝、東京駅に着いたが、直ちに電車に乗り換えて御茶ノ水に至り、千葉行電車（総武線）に乗り込んで、千葉に着いた。九時半頃だった。昔は両国が千葉行の汽車の起点であったが、今は途中の一駅に過ぎない。

大阪21：00―（急行銀河・東海道本線）―東京07：53／東京―御茶ノ水（四～五分）／御茶ノ水―千葉（五五分前後）[64]

銀河は昭和二四（一九四九）年から平成二〇（二〇〇八）年まで神戸と東京の間を走っていた寝台急行である。

沿線の変わったことも驚きの一つで、無限に発展して行く人の世に、今さらながら頼もしさを感じた。東京・千葉間は第二の東京・横浜間だと思った。御茶ノ水から乗った時はちょうどラッシュアワーだったので、その混雑ぶりに、お上りさんの私はちょっと怖くなった。戦後のラッシュアワーの実態に触れて、驚いた次第だった。さて、千葉で待つこと一時間少々、**房総東線**《現在の外房線》に乗り、約二時間で**勝浦**に着いた。

千葉10：45―（房総東線）―勝浦12：48(65)

今は安房鴨川まで行っているが、昔は勝浦が終点だった。東京湾沿いを走る線は**房総西線**《現在の内房線》と言っていて、これも安房鴨川まで行く。東線は勝浦経由、西線は木更津経由と但し書きしてあった。乗った汽車は汚かったが、心は快適だった。

トンネルの記憶

勝浦駅で下りた。とうとう目指す土地にやっては来た。しかし、思い出すべき記憶は何もない。駅前がひっそりしているのに驚いた。郊外の一寒村の小駅に降り立ったのと変わらなかった。改札係に聞いたところでは、人口一万二～三千人だそうだが、それにしては何と静かな町だろう。道を聞いて役場へ行く途中に郵便局があった。はやる心を押さえ切れず飛び込んで、色々尋ねてみたが、要領を得ず失望した。

やがて役場へ着いた。一応スマートなコンクリートの建物だ。戸籍係に瀧口という姓はあるかと聞いたら、あると言う。六～七人、書き出してもらった。これをしらみ潰しに訪ねて歩くことにした。人に尋ねながら町中歩いた。三～四軒回って、午後三時となり、疲れが出た。

次は**瀧口市次郎**と書いてある。この家はちょっと町外れらしく、歩いて行くうちにトンネルがあった。トンネル！　どこかに見覚えがあった。急に四〇年前の記憶が甦った。確かにこういうトンネルの下を歩いたことがある。ちょっと元気づいた。それから一～二丁《一〇〇～二〇〇m》歩くと、俄然、古い記憶が甦った。地形、家並みに見覚えがある。**千葉県夷隅郡勝浦町川津**である。

その家の入口に立った。しかし、家そのものに覚えはなかった。ごめんなさいと言いながら、戸を開けた。後で分かったことだが、入口をガラス戸に、土間を桶屋の作業場に変えていた。昔は商売をしていなかった。

それなら私の伯母さんです

二〇歳くらいの青年が仕事をしていた。一七〜一八歳くらいの少女が一段高い座敷に座っていて、私の方を見ながら耳を傾けた。見知らぬ顔が飛び込んで来たという訳だろう。青年の顔には物凄い警戒心が表れていた。しかし、少女に、そんな気配はなかった。

「私は他所からやって来たんですが、実はある人を尋ね歩いているのです。はっきり断言はできませんが、多分その人の姓は瀧口だろうと記憶しています。その人は私が昔、大変お世話になった人なんです。今ではお年寄りです。女の人ですから、今の姓は瀧口ではないでしょうが、実は先程役場へ行って、瀧口という姓の人たちを書き出してもらいました。こちらへ参りますまで、もう三〜四軒訪ねて来ましたが、まだ分かりません。ところで失礼ですが、くまという名の人をご存知ないでしょうか」。

　私は青年と妹と思しき少女をほぼ等分に見分けながら、こう言った。青年はじっと目を据えたまま微動だにしなかった。彼の警戒心は益々募ったらしかった。

「それなら私の伯母さんです」と言ったのは少女だった。

　私は少女の方を向いて、「やれやれ、これで遠いところを千葉県まで来た甲斐がありました。有り難うございました。実は私は阿波の徳島から出て来たんです。分かるかどうか、危ぶみながらやって来たのに、ご無事で暮らしていられると聞いて、こんな嬉しいことはありません。まるで夢のようです。それで、どこにお住まいですか。案内して頂けますか」。

「御宿といって隣の町なんです。もう一時間ちょっとするとバスがあるから案内します」。少女は言った。青年は親父を探して来ると言って、外へ出て行った。

変貌の風景

待つ間、私は細いだらだら坂を下り、右に折れて浜辺に立った。浜の様子がどう考えても昔と違う。かつては砂浜だった。今は大石のごろごろした急斜面の浜だ。しかも、波がほとんどない。記憶では、いつも大波が寄せていた。

　後で聞くところによると、私の記憶は間違っていなかった。浜の改良工事をやり、防波堤を築いたので、大波が打ち寄せなくなったのだ。浜勝浦《勝浦湾の東側》の海岸に行って、「長大な砂浜」と「だらだら坂を上る途中にある田舎家」を私は探していたのだが、見付からなかったのは当然だった。そんなかつての風景はなくなっていた。四〇年の年月は自然の姿まで変えていた。

やがて主人の市次郎氏が戻って来た。五五歳くらいだっただろうか。市次郎氏は、あなたは鳥居ではないねと、強く念を押した。彼はおくまさんの弟だった。母が一夏、室看護婦会長を連れて、この家に泊まったことがあったと初めて聞いた。話をしているうちにバスの時間になった。汽車なら一駅だが、時間の都合でバスになった。案内してもらって、日暮れ方にやっと目指す家に着いた。ところは**夷隅郡御宿町須賀**、君塚という人の妻になっていた。

三二年ぶり、養母に再会

おくまさんは真先に「母さんは」と尋ねた。ここに生前の父母の重み《ウェイト》の差があった。現在、息子夫婦と子供一人の家庭で幸せに暮らしていた。六八歳だった。勝浦で料理屋をしていたこと、夫の君塚氏は長くアメリカへ行っていたこと、義理の息子は駅の助役をしていること、そんなことを聞いた。私は鳥居のことを多少話した。親父が五〇歳くらいで麻疹をやったという話には二人で大笑いした。互いにまだまだ言い足らなかったが、三二年ぶりの再会に満足した。一泊して、翌朝、二人で写真を撮って別れた。

前日、バスで通ったところをとぼとぼ歩きながら、もろもろの思いにふけった。だから、勝浦にあっという間に着いた。瀧口家で礼を述べ、役場に挨拶して、勝浦を去った。

三二年ぶりに再会。くま（六八歳）、永瀬宏一（四五歳）。昭和二九年三月二三日撮影。右写真は四四年前の両人（二三頁参照）。

旧交

誉田《ほんだ》で下りて大阪電気学校の同僚を訪ね、一泊させてもらった。農業会の事務員をしていた。先生でなかったのは、はっきり言わないが、敗戦が関係ある。彼は國學院大学神道部の出身である。ここを出た者はマッカーサー元帥から追放をくらったが、その頃、彼は千葉県立中学校を辞めている。後日また先生にならなかったのは、追放が解かれた時、学校へ戻るのがもう面倒だったのではあるまいか。

この話は**教職追放**である。敗戦後、GHQの指示で、教育改革のために「教職不適格者」を審査委員会にかけて追放した。どのような人達が不適格かというと、「侵略主義あるひは好戦的国家主義を鼓吹し、又はその宣伝に積極的に協力した者及び学説を以て大亜細亜政策、東亜新秩序その他これに類似した政策や、満州事変、支那事変又は今次の戦争に、理念的基礎を与へた者[66]」を一番目にして、その他全部で六項目が列挙されている。その四番目に「民族的優越感を鼓吹する目的で、神道思想を宣伝した者[67]」というのがある。この先生は神道部の卒業生である。

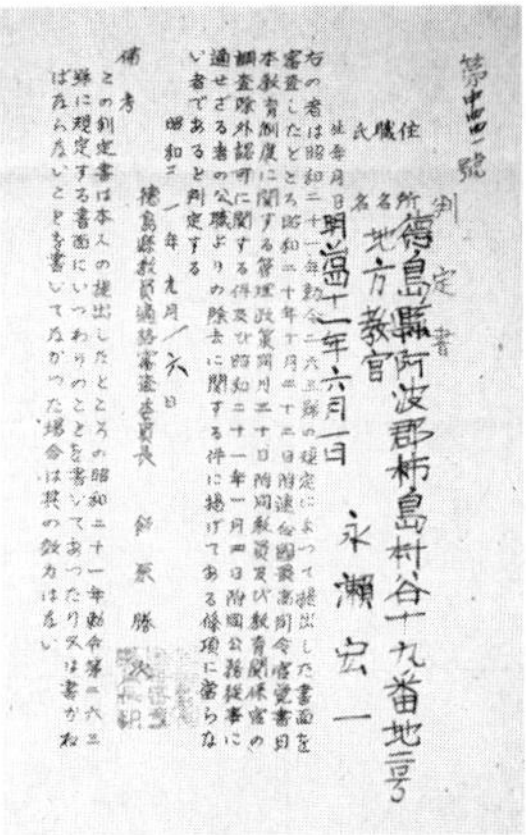
第　號
判定書
住所 徳島縣阿波郡柿島村谷十九番地
職名 地方教官
氏名 永瀬宏一
生年月日 明治四十一年六月一日
右の者は昭和二十一年勅令二六三號の規定によつて提出した書面を審査したところ昭和二十年十月二十二日附連合國最高司令官覚書日本教育制度に関する管理政策同月三十日附同教員及び教育関係官の調査除外認可に関する件及び昭和二十一年一月四日附同公務従事に適せざる者の公職よりの除去に関する件に掲げてある條項に當らない者であると判定する
昭和二十一年九月一六日
徳島縣教員適格審査委員長
備考
この判定書は本人の提出したところの昭和二十一年勅令第二六三號に規定する書面にいつわりのことを書いてあつたり又は書かねばならないことを書いてなかつた場合は其の效力はない

父が教職追放に該当しないという判定書。昭和二一年九月一六日、徳島県教員適格審査委員長名で出されている。

さらには、具体的に十八の学校名があげられ、その卒業生については、不適格か否か審査することもなく追放された。その中に「国学院大学専門部付属神道部[68]」がある。だから、この先生は有無を言わさず辞めさせられる対象になっていた。父にきちんと話をしなかったのは、こんな目に遭ったことがあったのかもしれない。

翌朝、房総西線に乗り換えて、木更津へ向かった。ここには法政時代の学友で、徳島県美馬郡脇町出身の**宮久保忠男君**がいた。木更津第二高等学校《現千葉県立木更津東高等学校》に勤めていた。かねて法政の名簿で住所が分かり、手紙を交換していた。二二年ぶりの再会だった。五〜六時間、話をして街を見物させてもらった。**切られ与三郎**《歌舞伎「与話情浮名横櫛」の主人公》の墓や証城寺《しょうじょうじ》などを見物した。証城寺は狸囃子の曲で有名な寺である。木更津二高の校長さんが住職だそうだ。

それから千葉市内に戻り、蘇我病院を訪ねた。《中目黒駅前で一緒に暮らした》山田（畑中）俊夫君が肺病で、もう六〜七年寝ている。会うのは八〜九年ぶりだ。大部屋のベッドで一人淋しく寝ていた。重体で動けなかった。もうだめとは断言できぬが、相当難しいぞと思った。三〜四〇分、話をして、午後六時半頃、辞去した。結局彼とはこれが最後で、昭和三〇年一二月一六日、ここで死んだ。

千葉から御茶ノ水、池袋を経て、西武電車の大泉学園の弟の隆三宅へ着いたのは午後八時半頃だった。少し疲れが出て、弟宅に予定以上に滞留した。少しふらふら気味で《阿波》池田に帰った。有意義な九日間の旅だった。

中井君と関係修復

昭和三〇年一月一日、大阪で喧嘩別れした中井治君から賀状が来た。近くの《香川県》善通寺《市》の公立学校教員宿舎に旅の一夜を明かすから、来てくれと書いてあったので、その通りに行った。色々話し、深夜の汽車で《阿波池田へ》戻った。

翌朝、《阿波》池田着の汽車で再び落ち合い、大歩危《おおぼけ》《阿波池田の南方、吉野川の渓谷》を見物して、その日の夕方別れた。

善通寺07：22—阿波池田08：40—大歩危09：27[69]

彼も苦労して学友のよさを知り、懐かしくなったのだろう。私も同じという訳だ。言わずして両者の一致は容易だったのではあるまいか。

中井氏が「苦労して」とは恐らく就職のことであろう。氏は後に富山県立高校の教員になっている。このことは残された父の年賀状で分かる。ただし、大阪で働いていた氏がどのような経緯で富山県の教員になったかは、息子の私は知らない。

彼は土柱《どちゅう》《阿波市にある国の天然記念物》見物に行きたがったが、時間の関係でできなかった。それで、後日、絵葉書を送った。また、昭和三一年三月に、土柱の写真と天然色の土柱の写真入りカレンダーを送った。彼の喜びは目に見えるようだ。友有り、遠方より来る。亦楽しからず乎《や》《有朋自遠方来不亦楽乎》の孔子の文句そのままの私の心境ではある。

　実は会う何日か前の昭和二九年の年末に、私は家内と道後《どうご》温泉《愛媛県松山市》に行き、それからバスの急行で六時間かけ高知市に出て、教員宿舎の図南荘《となん》に泊まった。

再び交流を持つようになった中井治氏と新宿三越屋上にて。昭和五三年三月四日撮影。

　該当するバスは二本ある。「松山08：30―高知14：33」と「松山13：00―高知19：00」、料金は四五〇円である。[70]

　松山の動物園でライオンの子供が可愛かったので、両親は微笑んで檻の中を覗き込んだら、子供なのに立派な雄叫びをあげたので、二人共、驚いて後ずさりしたという話を、私は何度も聞かされた。

　その翌朝、家内は洗面所で中井君と出くわしていたらしい。両者は互いに知る由もない。これは後で分かったことだ。彼氏は友人と二人で四国旅行に来て、諸所を泊まり歩いていた。さして大きくもなく閑散としていた宿舎で上と下に泊まり合わせ、家内が会って、私が会わず、互いに知らずして去った訳だ。こういうことは小説の世界のみではないのだ。

養女をもらう

昭和二八《一九五三》年六月頃、二歳ほどの女子をもらって約百日間養育した。しかし、二～三の医者が余り期待できない子だと言うので返した。義理の間では、将来、互いの誤解の種にならぬとも限らないゆえ、真実の親に返すに如かずと考えた。

　このことについて従姉の智得子が教えてくれた。阿波池田の歯医者の娘であった。五～六人の兄弟姉妹の一人をもらった。美佐子と言う。様子が変なので徳島大学や岡山医大で診てもらった。水頭症だったらしい。小学校六年頃、公園でぐいの実をとろうとして、頭が重くて下へ落ちて死んだと、私の母から聞いたと言う。

美佐子を返した後に、私は生まれた。昭和三一（一九五六）年三月三〇日、県立三好病院で帝王切開で生まれた。父四七歳、母四〇歳の遅い、初めての子供だった。徳島県の健康優良幼児に選ばれた。両親の自慢の種だったようだが、赤子の私は当然何も知らない。

子供のない人がもらい子をした後に生まれる実子を「競子《せらいご》」と言うらしい。智得子は私を競子だと思っていた。美佐子の写真は残っている。私は姉だと思っている。

徳島県に行って良かった

戦中、戦後の苦しい時期を、田舎で暮らせたのは誠によかった。そして、有り難いことにサラリーが高くなって、徳島県から他所へ出難くなった。池田高校に五五歳の定年までいて、その後は東京へ帰って、私立学校へでも行く考えでいる。

昭和三一（一九五六）年二月八日、徳島県三好郡池田町ウエノ二八三四（代表番地）県立池田高等学校寮に於いて。了。

これで手記は終わる。父が脱稿して一ヶ月後の三月三〇日、私が生まれた。半生を書き終えた父は、間もなく生まれる私を、将来の読者として意識していたと思う。

父はこの後、昭和五三（一九八八）年まで生きる。自伝は私が生まれる直前まで書かれ、その後がないということは、これはひょっとしたら、後は私に書けということかもしれない。遺命だと思って、以下に、その後を簡潔に続ける。私の文章だが、字体は父の執筆した文に使った明朝とする。

〈5〉息子の追記―日野市豊田の日々

東京に帰る

東京へ帰って私立学校へ行くと父は言った。確かに「東京都」には戻った。しかし父の考える「東京」ではなかった。また、私学の働き口は見付からなかった。

当然父は芝区、つまり、今の港区に帰りたかった。だが、そんな東京の一等地に居を構えるほどの財力はない。となると、土地勘のあるのは上馬であり、世田谷区あたりはどうかとなった。父のイメージでは世田谷は田舎であり、その時点の貯蓄で、ここに家が買えるかもしれないと思ったようだ。

弟の隆三が父に頼まれ、物件を探した。条件に合うものとして最後に残ったのは二つだった。一つは「世田谷区の**千歳烏山**のマンション」、もう一つは「日野市豊田の一戸建て」だった。父が言ったことを覚えている。「二三区に住もうとすると、土地のない『空中』だ。庭付き一戸建てだと、都心から遥かに離れた日野くんだりになってしまう」。庭が欲しかった父は**日野市豊田一五一**に建売住宅を買った。

父は東京が故郷だから「東京に帰る」である。だが、大阪人の母と徳島人の私にとっては「東京に行く」だった。小学生の私には、東京は想像もつかない大都会であった。

昭和四三（一九六八）年、東京に来た。中央線豊田駅に着いたのは夜だった。駅前の屋台で夕食のおでんを食べた。豊田は東京のはずなのに、北口も南口も人影もなく、真暗だった。

翌日、家の外を歩いてみた。新居は田圃に囲まれた住宅街だった。阿波池田の方が都会だと思った。その日は雨が降っていた。家の近くの畦道のようなぬかるみの中を傘をさした一人の女性が歩いて来た。「東京に来て、初めて会った人だ」と思った。

父は千葉の知人の紹介で一年間、千葉県の私学に非常勤講師として通った。しかし、豊田から千葉は余りに遠い。父は日野に知人は全くない。そこで如何にも古そうな近くの雑貨屋に飛び込んだ。古い店とは長く地元に住む人の経営だろうということである。ネイティブの住民のネットワークに期待したのだった。そうしたら、有り難いことに雑貨屋に紹介された人脈で、隣町八王子の**市立第五中学校**の非常勤講師の話が来た。それを機に**八王子市立二中**、**七中**などの依頼が続き、そして、そのご縁は**都立富士高校**（定時制）、**都立日野高校**、**都立片倉高校**に及んだ。

日野、片倉の両校には長く勤めた。この二つが父の最後の勤務校となった。なお、日野高校で教えたことは間接的に私の結婚につながった。私の妻の正子は日野高校の父の教え子である。

晩　年

私は日野市立日野第二中学校、都立武蔵高校、早稲田大学文学部と学んで、一九七八年四月、神奈川県立高校の教員になった。父は私が大学を卒業した一九七八年三月まで働いた。私が就職したから、もういいだろうといったところであろう。七〇歳を目前にした六九歳であった。

大学院に進学したかったが、父の年齢を考え、就職した。両親に相談することもなく、就職と独りで決めた。父がすぐに引退していることから、この結論は間違っていなかったようだ。初任給で両親に寿司の出前を取った。大学院は父の死後、定時制高校に勤務しながら通った。

その後、父は旅行会社のツアーで世界各地を旅した。西ドイツを皮切りに、西欧、北欧、南欧諸国のほとんど、モロッコ、エジプト、カナダ、メキシコ、オーストラリア、ニュージーランド、ペルー、トルコ、中国等々である。銃社会だからという理由でアメリカには行かなかった。

この海外旅行で印象に残っているものがいくつかある。ポルトガルで土産物を買った時、包装紙が粗末だった。気にした売り子が「ポルトガルは貧しい国だ」と言った。それに対して父が貧乏でなく、“modest”（質素）だと言ったら、ありがとうと微笑を返されたという話。

オーストラリアで“someday”が通じず、“in the future”と言い直したという話。父から「彼らはtodayをトゥダイと言うなど、大変な訛だ」と聞かされた。この時、私はオーストラリア英語の発音が独特のものだと初めて知った。

そのオーストラリア出国時、空港で係官がツアーの日本人添乗員に何か言ったが、添乗員が理解できなかった。たまたま横にいた父が適切に対応した。そして話が付いた後で係官が父に“thank you, sir”と言った。自宅に戻って、「わしはsirと言われた」と上機嫌であった。高齢の日本人が何不自由なく英語を駆使したので、敬意を表してくれたのだろう。なお、父は出しゃばりではない。ツアーの動きが止まってしまったので、助け舟を出したまでのことである。

時々開かれていた西桜小学校の同窓会に出掛け、担任の**関口六郎先生**はじめ、かつての同級生と語らうのを楽しみにしていた。第一部に出て来る幼馴染の名は私も聞き覚えがある。

胃癌で二度手術し、昭和六三（一九八八）年二月二〇日、八王子市の仁和会総合病院で亡くなった。七九歳だった。

西桜小学校同窓会。父（左から二番目）、関口六郎先生（同三番目）。昭和五〇年五月二四日。虎ノ門の砂場にて。砂場は第二部の「小学校の同級生」を参照。

地平線の東京タワー

日野市豊田一五一（現日野市東豊田一丁目）は今でこそ民家が密集したが、当時は田んぼと畑だけだった。本書に何度か登場した従姉の智得子が父の死後、家の近くのある場所で、私に言った。

「ここで叔父ちゃんから『智得子君、あそこに東京タワーが小さく見えるだろう』と言われたよ」。

記憶が甦った。そうだ、私も言われた。

「あそこに小さくとんがっているものが何とか見えるだろう。東京タワーだ」と。

なるほど遠くを注視すると、地平線に小さな突起物が見えた。この間、直線距離でおおよそ三〇㎞あるのだが、昭和四三年には確かに見えた。

その時は、ただ東京で有名な東京タワーが見えるという程度にしか思わなかった。だが、この手記をまとめ終えた今こそ、その意味が本当に分かる。東京タワーは虎ノ門に近い。父にとっては故郷のランドマークだったのだ。東京タワーの見える場所こそは、父が物心付いた芝区琴平町であり、関東大震災まで暮らした芝区南佐久間町であった。

昭和四三（一九六八）年から半世紀が経った今年（二〇一九年）、本書をまとめ終えた私はかつてと同じ場所に立ってみた。景観は大きく変わり、東京タワーを見るなど不可能というよりも、そんなことをしようという考えすら浮かばない。しかし、その昔、遥か彼方のランドマークを、一生懸命、私に見せようとしている父の姿は鮮やかに甦る。

生きている間に、父からもっと話を聞いておけばよかった。死んでから手記で追慕しても仕方ない。生前もっともっと父と一緒に、父の人生を追体験しておけばよかった。涙が止まらなくなった。

しかし、この手記があったから、父が分かり、母が分かり、私の存在が分かった。書き残してくれて、本当にありがとう。

筆者を抱く父。昭和三一年六月撮影。

付録　祖父のアルバム

祖父永瀬房吉のアルバムが残っている。最初のページに、「若き日の想ひ出　永遠の思ひ出よ　昭和拾年四月記ス　Memorandum of youth」とある。

祖父の半生は放浪である。長い放浪を終えた時には五〇歳になっていた。『躍進、拡張する明治日本』を見て歩こうとしていた」と、私は本文に書いたが、残された写真には、今となっては貴重なものも含まれている。

〈1〉北海道・紋別

最も古い写真は北海道の紋別である。

〔写真1〕**紋別教育衛生委員**

明治二六（一八九三）年九月は祖父二七歳。

同年年刊行の『北海道通覧』(1)の中に房吉の名がある。

「網走外三郡　高等尋常小学校は網走郡北見町中通四丁目、校長は三屋大五郎、外に教員三名あり、出席生徒男四十二女二十三、右は廿四年度の調査に依るものにして廿五年末、壹百名となれり、学事の進歩見るべし、簡易小学校は斜里郡斜里村、教員は小野田鎮三郎、**紋別郡紋別村、教員は永瀬房吉なり**、斜里紋別の両校は本年の創始なるを以て前年に於て調査せしものなし、目下両校共各貳拾余名の生徒あり、不就学者は学齢児童中十分の二弱の割合なり、右は畢竟土地曠大にして学校所在地遠隔なるか為ならん」（原文は旧字体。原文にない読点を補って表記した）。

この一節は網走郡、斜里郡、紋別郡の三郡の小学校について述べたものだが、網走に高等尋常小学校があり、斜里と紋別には簡易小学校があったということが分かる。簡易小学校とは明治一九（一八八六）年文部省訓令第一号で定められた小学校であり、三年制で、読書、習字、作文、三算術を教えるものである。祖父

〔写真１〕紋別教育衛生委員

村田久太郎
牧野藤吉
佐藤利吉
古屋憲英
堀川泰洋
酒井忠造
森　久平
永澤健造
橋爪正夫
竹内茂市
永瀬房吉
畠山鶴松
下河末吉
盛喜右エ門
金川清平

長澤久助
久保田幸助
毛馬内寛造
上野幸次郎
中村直次
吉田豊次
安田慶吾
山形知岳
古屋　新
澁谷清太郎
舩越彌吉
和賀仁太郎
梶谷浅吉
坂本藤八
永山敬藏
島竹清作

明治二十六年九月十二日　紋別小学校々庭ニ於テ
紀《ママ》念撮影ヲ為シタルモノ也

房吉はまだ鉄道も道路も未整備であった土地曠大な北海道のオホーツク沿岸の紋別に初めてできた小学校に赴いた言わば〝奇特〟な教員だったのであろう。

『紋別市立紋別小学校九十年史』に次のようにある。

「明治十九《一八八六》年、村内有志の奔走により紋別学舎を設立して、当時の戸長役場を教室に当て、非番巡査交互に教授を担当したが、故ありて廃舎になりそ《ママ》の後、明治二十二年に至り再興し、府田栄次郎氏を雇い、民家または社寺などを仮用して子弟を教育していたが、その後また教員欠員のため再び廃舎の止むなきにいたった。しかるに、真宗の僧、藤本周憲氏が奮起して少年教会を起し、児童の教育に努め、明治二十五《一八九二》年一月以来、有志の尽力によって本町三丁目、現横山病院の位置に敷地八百坪、建坪二十七坪の校舎を新築、同年十一月三日、紋別簡易小学校として呱々の声をあげた[2]」。児童数一三名[3]。この最初の教員が我が祖父、永瀬房吉であった。

この一文の後には次の一項が置かれて、事績が並べられている。

「永瀬房吉校長時代（明治二五年一〇月～二七年九月）[4]」

これによって、祖父は少なくとも「明治二五年一〇月」には紋別に渡っていたことが分かる。そして、祖父は校長であったと記されている。ただし、祖父を含む五名の教員が「学校長としての正式発令がなかったが、当時の学校経営者につき《校長として》記載す[5]」とあるように、正式な校長ではなかった。なお、『紋別市立紋別小学校百年史』によると、祖父の教員の資格は「准訓導」である[6]。「校長」としての実績は、明治二六年一月一五日の「三澤郡長臨場し開校式を挙行[7]」、明治二六年七月五日の「教育勅語奉戴式[8]」、翌明治二七年五月十三日の「両陛下御聖影下賜、慎重なる奉迎式を挙行[9]」の三つが記載されている。

なお、祖父は明治二七年九月三日まで紋別小学校に奉職し、その後、網走に転出したと『紋別市立紋別小学校九十年史』にある[10]。孫の私としては、祖父が今日の紋別小学校から「事実上の初代校長」の処遇を受けていることに感謝すると共に、祖父が紋別の今日につながる教育の第一歩に関与していた事実を誇りに思う。

〔写真2〕紋別小学校

翌明治二七（一九八四）年、紋別小学校の児童と撮った写真も残る。祖父二八歳。

〔写真２〕紋別小学校

紋別小學校生徒

永山キヨ　関川チセ

宮田定次郎　内宮ツマ

鎌澤ヤス　関川ハル

滝谷キヨ　菊池ラン

佐藤喜右ヱ門　紀伊カツ

中村ウメ　時山貞子

三浦シケ　信田トシ

岡田金太郎　菊池チン

苫米地勵次郎　鶴竹セツ

永澤儀助　畠山佐久造

沖野作次郎　木村善次郎

古屋新　官野助吉

松本富三郎　菊地■《兼カ》太郎

橋本豊五郎　橋本元太郎

石山忠藏　澁谷清太郎

森山亀松　橋本桃次郎

高橋周三郎　龍田忠造

永瀬房吉

右明治二十七年七月十七日　校庭ニ於テ撮影シタルモノ也

以上の二枚と全く同じ写真が『新紋別市史　上巻』に掲載されている。市史は「〔写真1〕紋別教育衛生委員」を明治二五年、(11)「〔写真2〕紋別小学校」を明治二八年(12)の撮影とする。だが、祖父は前者を「明治二十六年九月十二日」、後者を「明治二十七年七月十七日」と、「月日」まで記していることから、これに従ってもよいのではないだろうか。

〔写真3〕紋別小学校教え子

紋別小学校教へ子　橋本豊五郎　明治三十九年十二月　樺太民政署ニ在リシ當時　札幌局電信《話?》技術者トシテアリシ時　寄贈セラレシ者

〔写真3〕紋別小学校教え子
橋本豊五郎

後述の樺太民政署勤務時代に、札幌で働く紋別小学校の教え子と交流があったようだ。

〔写真4〕紋別村景

この写真は今日の紋別のどこだろう。地元の方はお分かりになるだろうか。

ところで、祖父はどのようにして紋別まで行ったのだろう。明治三九年においては鉄道や道路で行くことは出来ないようで(13)あるから、恐らく船であろう。かつての鉄道敷設や道路建設の状況を確認するのに随分時間を取ってしまったが、北海道開拓には涙ぐましい努力があったことを学んだ。

〔写真4〕紋別村景

〈2〉台湾、澎湖諸島

写真は北海道から一挙に南に転じ、台湾と澎湖《ほうこ》諸島となる。日清戦争に勝って清から得た領土である。北海道は内国植民地だが、台湾と澎湖諸島は日本初の海外植民地である。

〔写真5〕澎湖庁巡査

澎湖廳《庁》属　永瀬房吉

澎湖廳巡査　中神四郎

〔写真５〕澎湖庁巡査と永瀬房吉（左）

此人ハ京都府出身ノ人ニシテ　當時澎湖廳ニ職ヲ奉ジ内勤會計《会計》事務ニ従事シ　寺田書記官ニ随行臺北《台北》ニ出張ヲ命セラレシ時　撮影セシモノニ係ル

時維明治三十一年三月十二日也

澎湖廳属　永瀬房吉

〔写真6〕澎湖庁

明治三十一年中　寺田仝廳《同庁》書記官ニ随行　出府ヲ命セラレシトキ撮影シ　仝書記官日本帰省ノ節御望ニ依リ寄贈シタルモノゝ一部ニ属ス

『旧植民地人事総覧』(14)を見ると、房吉は明治三〇（一八九七）年に「澎湖廳庶務課屬《属》」(15)に、明治三三年に「臺南縣《台南県》知事官房屬」で「文官普通懲戒委員會《会》書記」(16)に、明治三四年に「臺南縣知事官房文書課屬」(17)になっていることが分かる。なお、明治三一年度の職員

〔写真６〕澎湖庁にて
永瀬房吉

録は刊行されていないので分からない。(18)

「写真5」と「写真6」に名が記されている寺田書記官とは寺田寛であろう。明治三〇年度の澎湖廳庶務課長は同氏である。(19)

「屬」とは属官のこと、官庁に所属する判任官の文官。判任官は行政官庁の長によって任命される。高等官の下に位する。

〔写真7〕台南県警部

臺南縣属　永瀬房吉
臺南縣警部　澁谷正美
此人ハ予ノ親愛ノ友ニシテ　新潟縣南蒲原郡外通村出身ニ係ル
明治三十二年三月十九日

〔写真7〕台南県警部と永瀬房吉（右）

台南県は台湾である。前記の『旧植民地人事総覧』によると、渋谷正美は明治三一年から明治三六年の間に、台中県、台南県、台北県、基隆庁で勤務している。警察畑の人のようである。

〔写真8〕田村熊治と妻子

臺灣総督府《台湾総督府》技手
田村熊治
妻　マセ
子　アイ
此人ハ東京府出身ニ係ル　妻ハ新潟縣三條ノ人　姓ヲ山崎ト呼ビ　明治三十二年四月中　予媒介ノ労ヲ取リ　仝月第三日曜日ニ於テ結婚式ヲ擧ケラレ　仝三十四年中　一女子ヲ擧ケ一家共ニ撮影シタルモノナリトテ　予　仝年六月中　帰省ノ折　寄贈セラレシモノニ係ル　紀念トシテ保存ス

〔写真8〕田村熊治と妻子

この**田村熊治**は沖縄の宮古島における重税・人頭税の廃止に尽力した中村十作《じゅうさく》に影響を与え、かつ自身は、宮古島と同じ重税に苦しめられていた「八重山農民の救済のために労力と資金を惜しま」[20]なかった人物である。『宮古島の偉人　人頭税廃止運動・陰の立役者達』や『真珠と旧慣――宮古島人頭税と闘った男達――(上)(下)』に詳しい。[21]また、南西諸島や千島列島の探検で知られる笹森儀助とも親交があり、笹森が明治二〇年代の南西諸島について詳細に書き残した貴重な記録である『南嶋探検』の中にも田村の名は散見する。

『真珠と旧慣』は同書の中心的人物の写真を巻頭に掲載している。しかし、そこに**田村熊治の写真だけない**。同様に『宮古島の偉人』にも写真がない。ということは、ひょっとしたら、本書の**「写真8」は彼の顔の初公開かもしれない**。しかも、妻子の情報も合わせ分かる。

田村は我が祖父の仲介で結婚式を挙げたとあるから、ご先祖もなかなか魅力的な人物と交際していたようである。祖父が歩いたのは膨張する日本の最先端である。接する人物もそれ相応の方々だったのだろう。

田村は『真珠と旧慣』で「農業改良家」と紹介されているが、『旧植民地人事総覧』によれば、明治二九年から明治四二年の間に、台湾で殖産部農商課、民生局殖産課、殖産局拓殖課、殖産局林務課、殖産局苗圃、糖務局糖務課、澎湖庁総務課などに奉職している。なお、技手とは技師の下に属した技術官吏で、判任官または判任官待遇の者である。

〈3〉中国大陸

祖父はいよいよ大陸に渡った。

〔写真9〕広東省、鄧士瀛

明治三十五年七月中　予　廣東省《広東省》域ニ渡航留学中

〔写真９〕広東省、鄧士瀛

同氏ノ家ニ寓シ　同氏ヲ以テ教師ト為シ廣東語ヲ学ヒタル時、同氏ハ不忘ヲ期スル為トテ寄贈シタルモノニ係ル　姓ハ鄧《タン》　名ハ士瀛

〈4〉朝鮮・平壌

次いで朝鮮に行っている。

〔写真10〕朝鮮平壌居留民時代
明治三十八年　朝鮮平壤《平壌》居留民團《団》役所ニ在リシ當時小使竹島清ト下宿屋ノ主婦門脇ツヂ　ト共ニ撮影シタル者也
當時民團長　佐々木芳松　領事　菊地良一　副領事新庄順貞

民団長、領事、副領事は、名が記されているだけである。副領事の新庄順貞は通訳[22]で、朝鮮語入門書を書いている。[23]

〔写真10〕朝鮮平壌居留民団時代
永瀬房吉（左）

〈5〉樺太

次は突然樺太となる。

〔写真11〕樺太民政署
明治三十九年九月十九日　樺太民政署ウラジミロフカ支署前庭ニ於テ撮影シタルモノ　紀念トシテ保存ス
ウラジミロフカ　ハ　後　豊原ト改ム

〔写真11〕樺太民政署にて
永瀬房吉（前列右）

後列	前列
木口雇員	永瀬嘱託
宍戸嘱託	眞殿雇員
今　嘱託	秋元通訳
諸石訓導	佐藤嘱託
	竹田通訳
	石山雇員
	山下嘱託

右ハ有志ノ一部

明治三九（一九〇六）年九月の撮影である。日露戦争の講和条約（ポーツマス条約）が明治三八（一九〇五）年九月だから、樺太千島交換条約以来、再び日本に領有権が戻って来た翌年に、祖父は樺太・ウラジミロフカで嘱託として働いていた訳である。樺太の統治は樺太民政署が担ったが、本署がコルサコフ（後の大泊）に、支署がこのウラジミロフカに置かれていた。[24]

この時、ウラジミロフカの戸数は六〇、耕地面積は五一町に過ぎない。[25] この町の「市街地建設は、旧市街地につづいて一九〇六（明治三九）年五月から南側に新市街地の区画測定がはじまり、九月に完了して冬季を前に一部で貸付がはじまった」[26]（傍点筆者）と言うが、この写真撮影は、その九月であるから、祖父はウラジミロフカ新市街の開発を見ていたことであろう。

気になる一文がある。「コルサコフ（大泊）ウラジミロフカ（豊原）及びマウカ（真岡）の如きは…（中略）…忽ち市街を形成し教育上の施設緊急を要するものありし為、民政署経営を以て明治三十九年八月ウラジミロフカ（豊原現旧市街）に露領時代の教会堂を仮校舎とし民政署員二名を教師として尋常小学校を開設した」[27]。そして、「これが、樺太における学校教育の始まりであった」[28]というものである。

祖父の写真は上述の通り明治三九年九月であり、小学校が出来たのが前月の八月である。祖父は紋別で最初の小学校教員であったから、ひょっとしたら樺太の小学校でも第一号だったのかもしれないと思い、文献を種々当たって、ようやく人物を特定できた。それは祖父ではなかった。最初の二名は「諸石欣三郎」と「木口美津」であった。[29]「写真11」に名のある「諸石訓導」と「木口雇員」であろう。諸石氏は「訓導」と記されており、小学校教員であることは明らかだが、その身分は「嘱託」[30]で、祖父と同じである。[31]

諸石訓導について、室岡三代吉は「樺太最初の教育者の一人で其功績は没すべきではない」[32]と記す。当然木口雇員についても、同様のことが言えよう。この二人の写真は今日においては、貴重なものではないのだろうか。

なお、ウラジミロフカが豊原と改称するのは、明治四一（一九〇八）年である。由来は『古事記』の「豊葦原」から採ったとする説、「豊かな平原」を願ったとする説、樺太占領時の司令官が「豊後（大分県）出身の原口中将」であったことから来るとする説がある。[33]

〔写真12〕樺太ウラジミロフカ（豊原）支署

明治四十年中　樺太民政署ウラジミロフカ支署（豊原）ニ奉職中　友人素人寫真《写真》師荘司氏ノ撮影シタルモノ　明治四十年十月寫

「樺太民政署ウラジミロフカ支署（豊原）」に勤めている「明治四十年十月」に撮影とあるが、同年四月に樺太庁が発足しているから、これは祖父の勘違いである。ただし、大泊から豊原に樺太庁が移転するのは明治四一年であるから、「支署」は誤りではない。

〔写真13〕大泊海軍栈橋

大泊は樺太の玄関口。明治四一（一九〇八）年に豊原に移すまで、樺太統治の拠点であった。写真に日付はないが、「コルサコフ」でなく、「大泊」と記していることから、改称した明治四一年以降の撮影でないだろうか。

〔写真12〕樺太ウラジミロフカ（豊原）支署にて

〔写真13〕大泊海軍栈橋

〈6〉関東州

祖父は再び中国大陸に転じている。所は遼東半島の租借地である関東州。日清戦争後の下関条約で遼東半島は台湾と共に日本領とされたが、三国干渉で返還。その後日露戦争を経て、遼東半島の先端の旅順、大連などを租借し、ここに関東都督府を置いて統治した。祖父は今度はここに来ている。

〔写真14〕若松歩兵第六十五連隊兵士

芳賀喜助　若松歩兵第六十五聯隊《連隊》留守隊第一中隊第二區隊《区隊》在営中　明治四十四年三月二十九日　関東都督府監獄署ニ在リシ時　寄贈セラレタルモノ

〔写真14〕若松歩兵第六十五連隊芳賀喜助

「関東都督府監獄署」については、関東都督府官制（明治三九年勅令）に次のようにある。

第十八条　民政部ニ左ノ四課及一署ヲ置ク　其ノ部署ノ分掌ハ都督之ヲ定ム

庶務課
警務課
財務課
土木課
監獄署

〈7〉北九州・三池

〔写真15〕福岡県三池郡役所

次は北九州、福岡県三池郡役所である。

三池郡役所　同僚

高石　清彦　　永瀬　房吉
小笠原　鶴次郎　　吉弘　教道
松岡　小太郎

石炭が主要エネルギー源の当時、資本主義化を急ぐ日本にとって三池炭鉱は重要であった。房吉はそんな地にも足跡を残していた。

〔写真15〕福岡県三池郡役所にて
永瀬房吉（前列右）

紋別小学校教員、澎湖庁属、台南県属、広東省留学、朝鮮平壌居留民団役所、樺太民政署ウラジミロフカ支署嘱託、関東都督府監獄署、三池郡役所が祖父が妻子を東京に残して歩いた道である。また、紋別小学校の資料からは、網走の小学校にも奉職したようである。これらは紛れもなく近代日本の最先端の足跡である。この日本の激動期に、これを見ずとてどうするかとの気概であったのだろう。

だが、反面、残された妻子は哀れである。年表を見ると明らかだが、父宏一と叔父隆三を孕ませる時以外は東京にいない。この夫婦はほとんど一緒に暮らしていない。祖母かしは父と叔父を産むために祖父房吉と結婚したようなものであった。

註記

【第一部】

（1）宝塚雲雀丘・花屋敷物語編集委員会『宝塚雲雀丘・花屋敷物語』（二〇〇〇年）

（2）（3）前掲書七五頁

（4）（5）（6）前掲書七六頁

（7）地図資料編纂会『五千分の一　江戸－東京市街地図集成2　一八八七（明治二〇）年－一九五九（昭和三四）年』（一九九〇年、柏書房）

（8）『渋谷町商工地図　大正14年』に、当時この一帯に住んでいた個人と商店などの名称が記載されている。それを見ると「上渋谷一二一」には「振農商会」とある。農業振興関係の商店（会社）であろう。何かご縁があって一室を間借りしたのかもしれない。尤も大正一四（一九二五）年は父の誕生から一七年経っている。ずっと「振農商会」だったかどうかは分からない。

　なお、『渋谷町商工地図　大正14年』は「大正14年（1925）に出版された『大日本職業別明細之内渋谷町』を昭和54年（1979）に渋谷区教育委員会が復刻した」（渋谷区立図書館ＨＰ）ものである。渋谷区立図書館ＨＰで閲覧できる。また、『図説渋谷区史』（二〇〇三年、渋谷区）に一部が掲載されている。

（9）渋谷区教育委員会『渋谷の記憶　写真でみる今と昔』（二〇〇八年、渋谷区教育委員会）の写真三七番は明治四四年の上渋谷一二一番地の方面を撮影したものだが、一面の大地である。

（10）日本赤十字社医療センターＨＰ「病院について（沿革・歴史）」

（11）バーチャル寺子屋・頓珍館ＨＰ　菅了法年譜
http://homepage1.nifty.com/yamuna/tonchinkan/class/suga_ryouhou/suga_nenpu.html

（12）法政大学大原社会問題研究所ＨＰ
http://oohara.mt.tama.hosei.ac.jp/nk/kameidojikenchosho1.html

（13）松本龍之助『明治大正 文学美術人名辞書終』（昭和一〇（一九三五）年、立川文明堂）三六三頁

（14）（15）（16）加古里子『遊びの四季』（一九八〇年、じゃこめてい出版）一〇八頁

（17）（18）加古里子『日本の子どもの遊び 上』（一九七九年、青木書店）二一頁

（19）加古里子『私の子ども文化論』（一九八一年、あすなろ書房）二一七頁

（20）前掲書二一七頁～二一八頁

(21) 加古前掲『日本の子どもの遊び 上』一六二頁
(22) 前掲書一六三頁
(23) 前掲書一六四頁
(24) 前掲書一六六頁〜一六七頁
(25) 前掲書一六七頁
(26) 社会思想社『明治の東京』(一九九二年、教養文庫)九五頁〜九六頁
(27) 東京新聞 二〇〇七年七月十五日「東京慕情(四十一)遊びの記憶」
(28) 『芝區誌』(昭和一三(一九三八)年、東京市芝區役所)一三五八頁
(29) 『大日本全国名所一覧――イタリア公使秘蔵の明治写真帖』(マリサ・ディ・ルッソ 石黒敬章監修 平凡社 二〇〇一年)一三五頁
(30) 週刊朝日編『値段史年表 明治大正昭和』(一九八八年、朝日新聞社)一二頁
(31) 前掲書一六一頁
(32) 東国総社『虎ノ門金刀比羅宮 縁起の栞』(虎ノ門金比羅宮)一頁
(33) 週刊朝日編前掲書五三頁
(34) 森銑三『明治東京逸聞史2』(一九六九年、東洋文庫)四二一頁
(35) 添田知道『てきや〈香具師〉の生活』(一九八一年、雄山閣出版)三二五頁
(36) 小島鉄広『暴力の抹殺――八王子のもう一つの顔』(一九八〇年、小島芸能プロダクション)一六四頁
(37) 添田前掲書三二九頁
(38) 尾津豊子『光は新宿より』(一九九八年、株式会社K&Kプラス)五二頁
(39) 竹中労著 かわぐちかいじ画『黒旗水滸伝』(二〇〇〇年、皓星社)七一頁、七二頁
(40) 読売新聞百年史編集委員会編『読売新聞百年史』(一九七六年、読売新聞社)一二五頁
(41) 前掲書二八七頁
(42) 厳密には「芝区琴平町一番地先道路」(東京地方裁判所による難波大助の調書)である(『難波大助・虎ノ門事件』(中原静子 影書房 二〇〇二年)一六頁)
(43) 林順信『東京市電名所図絵 総天然色石版画・絵葉書に見る明治・大正・昭和の東京』(二〇〇〇年、JTB)六八頁
(44) 前掲書七二頁―七五頁
(45) 「錦町河岸」は大正九年発行路線図(前掲書七二頁)、昭和一五年発行路線図(同七六頁)。「錦町川岸」は明治四〇年発行路線図(同七〇頁)、大正一三年発行路

線図（同七四頁）。
(46) 前掲書一四六―一六〇頁
(47) 前掲書一四五頁に楽譜がある。
(48) 前掲書一四五頁
(49) 土屋礼子「初期の『都新聞』と『やまと新聞』について」（一九九九年、「人文研究」〔大阪市立大学文学部紀要第五十一巻第九分冊〕所収）五四頁―五五頁
(50) 「警察新報」と「やまと新聞」の関連（通説への疑問）については、土屋前掲論文（五五頁〜五八頁）に分析がある。
(51)(52)(53)(54) 土屋前掲論文六一頁
(55) 前掲論文五九頁
(56) 東京新聞　二〇〇七年一月二八日「東京慕情（十七）大森海苔（上）」
(57) 森前掲書三一一頁
(58) 俗に「浅草十二階」、正式には「凌雲閣」と言う。当時の高層建築物。
(59) 凌雲閣の下の瓢箪池付近が怪しげな地帯になっていたが、関東大震災で凌雲閣が八階から上が崩れたため撤去されると共に、その下の遊郭も撤去。玉の井（現墨田区東向島辺）に移った（芳賀登『大東京の中の浅草』〔日本風俗史学会『史料が語る大正の東京１００話』（二〇〇二年、地歴社）所収〕四七頁）。
(60) 従来あった映画の「前説（前口上）」を廃止という決断をするなど新たな試みを為した（三國一朗『徳川無声とその時代』〔一九八六年、講談社〕七五頁―七七頁）。
(61) 大正四（一九一五）年、大正天皇の御大典のニュース映画を東京で上映したのが葵館であり、それを見るために各国公使の馬車が溜池の道路に停められている絵葉書があることは父の説明の裏付けとなる。また、その写真が当時の葵館の外観を伝える（三國前掲書七八頁／三國一朗『徳川無声の世界』〔一九七九年、青蛙房〕一三三頁）。
(62) 後に徳川無声は新宿の角筈にあった武蔵野館に引き抜かれた。徳川は「武蔵野館は…（中略）…木造三階建、定員六百人…（中略）…とにかく一年中満員といってもそれほど誇張でないほど、実によく客が来た」と語っている（「徳川無声」〔日本経済新聞社『私の履歴書』（一九八四年、日本経済新聞社）三五六頁〕）。
昭和四（一九二五）年刊行の『新版大東京案内』（中央公論社）は「映画館武蔵野の名は、弁士徳川無声と共にあまりにも名高い。外観の儀容堂々たる、まさに新歌舞伎と好一対をなす」（二一五頁）とか、「有楽町の邦楽座、新宿の武蔵野館、この二大《映画》常

設館」（一四六頁）とか、「近来までバラック建てときまっていた映画館が本式の鉄筋コンクリート造の耐火建築となって現はれるに至った事は著しい。そのうち最も新式の館は新宿武蔵野館である」（四六頁）とか述べている。なお、本書は復刻版（今和次郎『新版大東京案内』〔一九八六年、批評社〕）を参考にしている。

(63)『溜池発祥の碑』（平成九〔一九九七〕年、東京都港区建立）

(64) 私は女に生まれていたら百代だったと聞かされていた。「小説の女主人公の名」を付けようとしていたことが分かった。

(65) 倉田喜弘『明治大正の民衆娯楽』（一九八〇年、岩波新書）

(66) 水野悠子『知られざる芸能史娘義太夫』（一九九八年、中公新書）

(67) 水野悠子『娘義太夫――人名録とその寄席』（二〇〇〇年、日本芸術振興会）。同書は「明治以降に、女義（女義太夫）をかけた東京の主な寄席、のべ一〇七軒を収録し」ている。

(68) 三宅俊彦『復刻版明治大正鉄道省時刻表』（二〇〇〇年、新人物往来社）、大正二年十二月版 七頁

(69)『日本のお金――近代通貨ハンドブック』（編集発行・大蔵省印刷局 監修・大蔵省管財局国庫課長松尾良彦 一九九四年）一九頁

(70) 前掲書一七四頁

(71) 日本経済新聞社前掲書三三七頁

(72) 第二福宝館の所在地は三國前掲書『徳川無声の世界』一一三頁の地図を参照。鳥居東三郎家のすぐ近くであり、就学を免除された子供が時折、終日入っていたということが了解される。

(73) 東京都公文書館『東京の特殊教育』（都市紀要十六、一九六七年）一八五頁

(74) 慶應義塾大学ＨＰ

(75) 今和次郎前掲書一〇〇頁

(76)『時刻表 複製版 明治大正（一九九八年、新人物往来社）』の中の「汽車汽船旅行案内二四六号」が大正四年三月の時刻表。

(77) 前掲書一二四頁

(78)「小児四歳未満は無賃。四歳以上十二歳未満は半賃金なり」（『時刻表 複製版 明治大正』・「汽車汽船旅行案内一五〇号」一頁）。

(79) 前掲『時刻表 複製版 明治大正』「汽車汽船旅行案内二四六号」一二四頁

(80) 林前掲書一二八頁

（81）勝浦市史編纂委員会『勝浦市史（通史編）』（二〇〇六年、勝浦市）七三五頁
（82）前掲書八九二頁
（83）前掲『時刻表 複製版 明治大正』「汽車汽船旅行案内二四六号」一二三頁～一二四頁
（84）勝浦市史編纂委員会前掲書六九九頁
（85）前掲書七三四頁
（86）『時刻表 複製版 明治大正』「汽車汽船旅行案内二十六号（大正元年九月）」一二三二頁
（87）東海汽船株式会社編「東海汽船八十年のあゆみ」（一九七〇年）一二頁
（88）東京都公文書館『近代東京の渡船と一銭蒸汽』（都市紀要三五、一九九一年）九八頁
（89）森前掲書三四四頁
（90）社会思想社前掲書六八頁
（91）芸術座第三回公演「復活」の劇中歌。島村抱月、相馬御風作詞、中山晋平作曲（菊池清麿『日本流行歌変遷史』一五頁）。
（92）長谷川倫子「劇映画製作会社からみたトーキー化までの日本映画界（1）」（「コミュニケーション科学（二〇一三年、東京経済大学コミュニケーション学会）」所収）
（93）倉田前掲書一七三頁
（94）『徳田秋聲全集　第19巻』（二〇〇〇年、八木書店）三八三頁

【第二部】

（1）日本の幼稚園は明治九（一八七六）年に始まる（上笙一郎　山崎朋子『日本の幼稚園』〔一九七四年、理論社〕一一頁）。
（2）井口悦男『帝都地形図（第四集）』（二〇〇五年、之潮）の「麻布東北部」に西桜小学校と鞆絵小学校がある。直線で約三百メートルである。
（3）世良清一『育英之日本　後巻』（一九三一年、東京毎夕新聞社）一一三頁。同書の「学校編」には東京市内の小学校から大学まで紹介されている。
（4）（5）（6）前掲書三三八頁
（7）『幕臣渡辺健造供養碑銘』（馬頭観音教会〔大田区池上〕境内）
（8）（9）（10）新倉善之『大田区史　中巻』（一九九二年、東京都大田区）五二二頁
（11）プライマリーケア東京クリニックＨＰ　http://pctclinic.com/jpkurosuminokichi/
（12）『故黒須巳之助博士　謹んで哀悼の意を表します』

(「日本気管食道科学会会報〔第二三巻第六号〕」一九七二年、日本気管食道科学会)所収)三七五頁
(13) 父は南佐久間町について書いた新聞の切り抜きを手記に添付している。
「町名由来★芝南佐久間町《しばみなみさくまちょう》★ 港区。西の方は道路をへだてて琴平町、北は新桜田町に対している。江戸時代はすべて武家屋敷であった。そのころ佐久間不閑、同日向、同松千代、同大膳亮、同備中守と五人の佐久間が屋敷を構えていたので名づけられ、南をつけたのは神田佐久間町と区別するためと伝えられる」。

新聞名、日付は記しておらず不明。
(14) 『復刻版明治大正時刻表(大正一一年三月)』二四頁
(15)(16) 東京新聞(夕刊)二〇〇七年六月九日
(17) 河竹繁俊『歌舞伎名優伝』(一九五六年、修道社)一五九頁
(18) 関容子『再会の手帖』(二〇〇七年、幻戯書房)一三〇頁
(19) 河竹前掲書 一五九頁
(20) 権田保之助『民衆娯楽の調査』(『権田保之助著作集第一巻』(一九七四年、文和書房所収)七五頁
(21) 芳賀前掲書四六頁
(22) アイランズ『東京の戦前 昔恋しい散歩地図』(二〇〇四年、草思社)一一〇頁、一一二頁
(23) 今和次郎前掲書一八六頁
(24) 伊藤隆監修『事典 昭和戦前期の日本 制度と実態』(一九九一年、吉川弘文館)三七七頁
(25) 前島康彦『日比谷公園』(一九八〇年、郷学舎)七〇頁
(26) 前掲書七一頁。ただし、日比谷公園に押し寄せた者は一五万人でなく五万人という指摘もあり、これを進士五十八は一時避難と定住の違いかもしれないと述べている(進士五十八『日比谷公園 一〇〇年の矜持に学ぶ』〔二〇一一年、鹿島出版会〕八七頁)。
(27) 海城六十年史編纂委員会『海城六十年史』(一九五一年、海城学園)三〇頁/海城八十年史編纂委員会『海城八十年史』(一九七一年、海城学園)二五頁
(28)(29) 前掲『六十年史』三一頁/前掲『八十年史』二五頁
(30) 野口穂高『大正末期から昭和初期の東京市における「牛乳配給事業」の研究―「身体虚弱児童」への対応を中心に』(shoku_study2015-6.pdf) 九頁/「乳の学術連合HP」m-alliance.j-milk.jp/ronbun/gyunyushokuiku/shoku/shoku_study2015-06.html
(31) 前掲論文二七頁

(32)『復刻版　大正震災志上（内篇 前記）』（一九八六年、雄松堂出版／内務省社会局編、大正一五（一九二六）年の復刻版）の「第二編・東京市　第四・芝区、第五・赤坂区」　三四六頁〜三五〇頁
(33)『同潤会基礎資料Ⅱ　第三巻』（一九九八年、柏書房）二五頁
(34)『同潤会十八年史』（一九四二年、同潤会）一一頁〜一二頁
(35) 前掲書一三頁。「（荏原）区」になるのは昭和二年。この時点では「（荏原）郡」である。
(36) 前掲書一三頁。なお、「東下芳窪」は後に「芳窪町」となり、さらに現在は目黒区「東が丘一丁目」及び「八雲四丁目」の一部となっている（東京都目黒区史研究会『目黒区五十年史』〔一九八五年、東京都目黒区〕一一八頁）。
(37) 前掲『同潤会十八年史』一三頁
(38)(39) 前掲書一五頁
(40) 前掲書一二頁
(41)『碑衾町誌』（一九三二年、東京府荏原郡碑衾町）三六七頁　三六八頁
(42)「目黒という一つの地域を歴史的に眺めるならば、やはり他の周辺の町村同様関東大震災というものが、大きな波のおしよせる契機であった」（東京都目黒区史研究会前掲書七六頁）。
「（関東大震災で）市内の職場と住居を一挙に失った《東京》市民は、その避難さきをとりあえず近郊にもとめた。《東京》市の区部に隣接し、高台が多く住居地として適していた目黒・碑衾の地域には、こうした市民が、他のどこよりも多く居をおちつけ、そればかりでなく、一時は絶望とみられた東京の復興がすすむとともに、全国から上京する人の数は以前よりもふえたが、その人たちもこの住宅地目黒に住みつくことが多かった」（東京都立大学学術研究会『目黒区史』〈一九七〇年、東京都目黒区〉六六〇―六六一頁）。
(43) 読売新聞百年史編集委員会前掲書一四七頁
(44)(45) 前掲書一八二頁
(46)(47) 前掲書一八四頁
(48) 鈴木隆敏『新聞人　福澤諭吉に学ぶ』（二〇〇九年、産経新聞出版）によると、時事新報は「終戦直後の（昭和）21年1月元旦、焼け野原の東京で復刊された」（一八三頁）が、「（昭和）30年11月、産業経済新聞東京本社と時事新報社が合同」（一八四頁）し、『産経時事』となった。その後、「この『産経時事』も（昭和）33年7月、『産経新聞』に題号が統一されて消えた」

（一八五頁）のであった。現在、新聞は発行していないが、株式会社時事新報社は産経傘下の会社として存続していると言う。
（49）伊藤里和『震災と夢野久作』（『国文目白52』〔二〇一三年、日本女子大学〕所収）一一四頁
（50）今和次郎前掲書六三頁～六四頁
（51）吉川英治『一つの体験』（『吉川英治全集52』所収）三五四頁
（52）吉川英治『人生の転機』（前掲書所収）四七頁
（53）今和次郎前掲書九二頁
（54）八階から上が崩れたので、全館、工兵隊によって爆破・撤去された（芳賀前掲書一七頁）。
（55）東京新聞　二〇一八年八月二日
（56）北原糸子『関東大震災の避難民――地方の行政資料から』（「災害復興研究（VOL3）」〔二〇一一年、関西学院大学〕所収）一六二頁。
（57）三井八郎右衛門高棟傳編纂委員会『三井八郎右衛門高棟傳』（一九八八年、東京大学出版会）二七一頁
（58）前掲書二七二頁
（59）鈴木博之編『元勲・財閥の邸宅』（二〇〇七年、JTBパブリッシング）七四頁
（60）三井八郎右衛門高棟傳編纂委員会前掲書六三二頁～六五八頁
（61）前掲書六四九頁
（62）「今井町邸2階図」（前掲書六四五頁）
（63）前掲書五〇〇頁
（64）前掲書五〇一頁
（65）前掲書五〇四頁
（66）京橋区木挽町。芝居小屋街。現在の中央区銀座。歌舞伎座がある。
（67）『復刻版　大正震災志 下（外篇 後記）』五九八頁（「第五編 各種団体の救護状況・第二章 日本赤十字社」）
（68）前掲『明治の東京』六九頁～七〇頁
（69）『企業破綻と金融破綻』（二〇〇二年、九州大学出版会）二八一頁～二八二頁
（70）武藤絲治『雲』（一九六九年、新樹社）二四六頁～二四七頁
（71）「赤坂中学校卒業アルバム」（昭和二年三月　第三十四回卒業生）には、父の居住地として、この住所（「府下荏原郡駒澤町上馬引澤七五三」）が記されている。南佐久間町で入学し、上馬で卒業したのであった。震災の「断層」である。
（72）『何ヲカ國權擴張ト云フ』（『東京輿論新誌』〔明治一六年（一八八三）年、嚶鳴社〕所収　一〇頁～一二頁

(73)「東京都港区教育委員会・デジタル港区教育史／資料編1第八章／私立・諸学校／32日本大学赤坂中学校」を見ると、昭和四年に「私立赤坂中学校」が「日本大学附属赤坂中学校」となり、さらに翌昭和五年に「日本大学第三中学校」と名称変更をした際の申請書類が掲載されている。https://trc-adeac.trc.co.jp/WJ11E0/WJJS06U/1310305200/1310305200100230/ht005210

(74) 世良前掲書一六五頁

(75)『慶應義塾出身名流列傳』（一九〇九年、三田商業研究會）八八七頁

(76) 高梨健吉ほか『日本の英語教育史』（一九七五年、大修館書店）二三四頁

(77) 上笙一郎『日本〈子どもの歴史〉叢書2 石川謙『我が国における児童観の発達』（一九九七年、久山社）「解説」一三頁（前掲書は復刻版。元々は昭和二九（一九五四）年、一古堂書店より刊行）

【第三部】

(1) 稲垣吉彦他『昭和ことば史60年』（一九八五年、講談社）二三頁

(2) 溝上慎一『現代大学生論』（二〇〇四年、NHK出版）五三頁

(3)『知識階級就職に関する資料』（昭和一〇〔一九三五〕年、中央職業紹介事務局）九頁

(4) 今和次郎前掲書二一四頁

(5) 聖母女学園短期大学伏見学研究会『伏見の歴史と文化』（『京・伏見学叢書 第一巻』／二〇〇三年、清文堂出版）三一頁

(6) 前掲書三七頁

(7) 京都市『史料 京都の歴史 第一六巻伏見区』（一九九一年）五六頁

(8)『時刻表 複製版 昭和戦前／複製版 大阪仕入案内（昭和七年五月号）』（一九九九年、新人物往来社）一〇頁―一二頁

(9) 菊池清麿は「昭和初期、太平洋《アメリカ》からの波によって歌謡曲という新しい概念が成立した」（菊池前掲書一頁）。「昭和に入ると…（中略）…レコード会社が企画・製作し、誇大宣伝によって大衆に選択させるというシステムが登場した」（同一六頁）。「昭和モダンの合理的消費文化を十分に満足させることになった」（同一六頁）。「これが日本の近代流行歌の歴史における最初の黒船だった」（同一六頁）と述べている。

(10)『時雨ひととき』、『涙の渡り鳥』、『忘られぬ花』、『島

の娘』はすべてYouTubeで聞ける。

（11） 東京湾の大森一帯で生産する海苔。江戸時代以来の特産品。第一部「石川親分の世界③」を参照。

（12） 東京湾汽船「東京・霊岸島から大島経由下田行」は「東京（22：00）－大島（元村／05：00）－下田（07：00）」。料金は二銭。（鉄道省編纂『汽車時間表昭和九年一二月号』〔「時刻表復刻版 戦前」一九九九年、日本交通公社出版事業局〕二〇九頁

（13） 前掲書四四頁

（14） 斉藤きち。アメリカ総領事タウンゼント・ハリスの世話をした女性。

（15） 最初のアメリカ総領事館となった寺。

（16） 伊豆半島の南北を往来するのに天城峠を越えた。

（17） 明治八（一八七五）年から昭和三三（一九五八）年まで自転車、荷車（リヤカー、馬車、牛車）は課税対象だった。自転車については「第二部」の「隆三、天沼へ」を参照。

（18） 第三部冒頭「大学は出たけれど」の「代用教員に甘んじた」云々の一節に対応する。

（19） 「尋常小学校本科正教員（尋正）」は小学校の尋常科（六年制）を教える教員で、高等科（尋常科卒業者が進む二年制）を教えられない。「小学校本科准教員（本准）」は高等科を教えられる教員。つまり、父は代用教員でもランクが上の代用だった。小学校の教員の資格については、伊藤監修前掲書三七八頁を参照。

（20） 東京府豊島師範学校。学芸大学の前身校である東京府立師範学校の四校のうちの一つ。現在、池袋西口公園に「東京府豊島師範学校発祥之地」の碑が建つ。

（21） 「正教員で学校長以外の者」（伊藤監修前掲書三七八頁）。

（22） 仲新監修『学校の歴史 第五巻 教員養成の歴史』（一九七九年、第一法規出版）一八一頁

（23） ヘーゲルによって定式化された弁証法論理の三段階。ある判断（定立）と、それに矛盾する判断（反定立）と、正反二つの判断を総合したより高い判断（総合）のこと（三省堂『大辞林』）。

（24）（25）（26） 青年訓練所は大正一五（一九二六）年に始まる。小学校卒業後、中学校に進学しなかった勤労青年男子に軍事教練を中心に、修身・公民教育などもあわせ施した。実業補習学校は明治二六（一八九三）年に始まる。小学校を卒業した勤労青年男女を対象に基礎学力と修身・公民教育を行った。従って、両者には重複する要素があり、昭和一〇（一九三五）年、合体し、勤労青年男女を対象とする青年学校となった。

拙著『太平洋戦争・海軍機関兵の戦死』（一九九五年、明石書店）の一四頁から一六頁に、この三つの学校についてまとめている。

(27) 小学校教員の免許状については文部科学省ＨＰ「学制百年史／第五節　教員および教員養成／三　教員の資格・待遇」参照。

(28)『河津町　公共施設等総合管理計画』（平成二九年、静岡県河津町）に、「江戸時代のはじめには、現在の河津町の姿に近づき、河津三千石といわれた上郷８ヶ村・下郷８ヶ村が幕府の直轄領となり、天城一帯から江戸へ向けて木材・木炭・わさびなどを送り出していました」（「２河津町の概要　３歴史」）とある。

(29) 註記（28）を参照。わさびに言及している。

(30)「善きサマリア人」の意。追い剥ぎに襲われた人をたまたま通りすがりのサマリア人が手厚く介抱したという新約聖書の話に由来する言葉。

(31) 縄地金山をはじめ伊豆の金銀山は徳川幕府の初期の財政安定に貢献した大久保長安によって経営された。「大久保長安の支配下にあった石見・佐渡金銀山とともに知られているのは伊豆金銀山である。伊豆の鉱山は、土肥、湯ヶ島、縄地、修善寺、大仁（瓜生野）などを挙げることができる」と村上直は言う（村上直『論集　代官頭大久保長安の研究』〔二〇一三年、揺籃社〕三五一頁）。縄地金山は、これらの中で「もっとも盛大」〔日本歴史大辞典編集委員会編『日本歴史大辞典』（一九七九年、河出書房新社）第一巻「伊豆金山」〕だったようだ。

ただし、江戸時代の「伊豆金山の繁栄は一六〇六（慶長一一）年を中心とする短期間」〔前掲『日本歴史大辞典』〕であった。しかし、数百年を経て、明治に入り、再び採掘が始まった。

(32) 飯山七三郎の著書として『地図読み方指教図解説書』、『師範教科地理教授法』、『教授用世界白地図』などが国立国会図書館にある。

(33) 大正一〇（一九二一）年発足の逓信職員養成所。「初等中等教育と接続し、現業教育をはさむ不完全さはあるものの学校階梯を形成した。官練《逓信官吏練習所》に進み管理者を目指すことにも制約はなく、『無学歴者』が職務の傍ら教育を受け、立身出世を目指すことも可能であ」った（三上敦史『逓信講習所・逓信官吏練習所に関する歴史的研究 ― 文部省所管学校との関係に注目して ―』〔「日本の教育史学　教育史学会紀要　第五十集」、二〇〇七年〕所収）七六頁

(34) 中川靖造『海軍技術研究所　エレクトロニクス王国

の先駆者たち』（一九九〇年、講談社）三一頁

（35）今和次郎前掲書『新版大東京案内』に「農林省直轄、府下、下目黒」と記されている（三四六頁）。林業試験場は移転し、つくば市の「独立行政法人森林総合研究所」となった。下目黒の跡地は現在「都立林試の森公園」となっている。

（36）武蔵野館については第一部参照。当時の映画の人気は高く、東京市の人口二〇八万人に対し、昭和六（一九三一）年の活動写真館（映画館）の観客動員は一八四六万人。昭和初期の市民の最大のレジャーであった（青木宏一郎『軍国昭和　東京庶民の楽しみ』（二〇〇八年、中央公論新社）三六三頁）。

（37）「世間の日に増す不景気に反比例して、最近の市内外に於けるカフェー、バーの膨張ぶりは実際驚くばかりである。ここ僅か一二《いちに》年の間に、銀座にも浅草にも神田にも新宿にも、目まぐるしい程な快速力でカフェーやバーが殖えて来て、カフェーは六千百八十七軒、バーは千三百四十五軒という警視庁の統計（昭和四年八月現在）は今や正にカフェーの黄金時代を物語っている。カフェーの洪水！」（今和次郎前掲書一五三頁—一五四頁）。

「新宿の繁栄は全く震災が齎《もたら》した賜であろう。新歌舞伎座、若い人を引きつける武蔵野館等のかげに軒を並べたカフェ《マ》の《マ》流れ足が、続々とここへも入り込む」（同二三八頁）。

（38）（39）（40）中野正昭『ムーラン・ルージュ新宿座——軽演劇の昭和小史』（二〇一一年、森話社）一四頁

（41）（42）（43）前掲書八四頁

（44）前掲書八〇〜八一頁

【第四部】

（1）『算術講座（大正一四年）』、『すぐわかる代数の第一歩』（昭和六年）、『算術』（昭和一五年）、『平面三角法講演』（昭和一七年）などの著書がある。

（2）「青年学校」は第三部注記（24）（25）（26）を参照。

（3）『時刻表　複製版　昭和戦前　汽車汽船旅行案内543号昭和一五年一月』（一九九九年、新人物往来社）六頁

（4）（5）前掲書八六頁

（6）『大阪府教育百年史（第一巻・概説編）』（一九七三年、大阪府教育委員会）七〇七頁

（7）伊藤監修前掲書三七八頁

（8）大浜公園にあった東洋一と言われた水族館。昭和三六（一九六一）年閉鎖。

（9）甲種実業学校と乙種実業学校の二種があった。その

違いは以下の通り。「１８９９年の『実業学校令』の中の『実業学校規程』によって商業学校は甲・乙の２種に分けられた。甲種が修業年限３年、年齢14歳以上・高等小学校卒業以上、乙種が修業年限３年以内、年齢10歳以上、尋常小学校卒業以上とされた。甲種は中学程度の実業学校とされ、乙種はその土地の状況により伸縮自由な多様な商業実務者養成の学校とされた」（島田昌和『戦前期日本の商業教育制度の発展東京の私立商業学校と渋沢栄一』〔『経営論集（第一九巻第一号／二〇〇九年、文京学院大学）〕）。

(10) 註記（１）の山崎校長の『算術』の発行者は大阪電気学校である。

(11) 現在の堺女子短期大学。愛泉高等女学校は昭和一五（一九四〇）年認可（愛泉学園ＨＰ）。

(12) 兵庫県立尼崎北高校（尼崎市塚口町）の前身の私立中外商業学校ではないかと思われる。

(13) 註記（９）参照。

(14) 現近鉄奈良線瓢箪山駅。当時は関西急行鉄道。

(15) 現大阪市立科学館。「大阪市立科学館の前身は、１９３７（昭和12）年３月、四ツ橋にオープンした大阪市立電気科学館です。１９８９（平成元）年５月に閉鎖し、大阪市立科学館にバトンタッチするまでの52年間、「四ツ橋の電気科学館」、「四ツ橋のプラネタリウム」と呼ばれて大阪市民に親しまれた施設でした」（大阪市立科学館ＨＰ）。

(16) 文脈からして、「余計なことをした。退学で授業料収入が減った」といったところであろう。

(17) 本所に始まる現在の修徳学園か。

(18) 『時刻表 複製版 昭和戦前 汽車汽船旅行案内５７６号 昭和一七年一〇月』（一九九九年、新人物往来社）一二六頁

(19) 穴吹駅から阿波中へは次のようであろう（前掲時刻表一二七頁、一二五頁）。

徳島本線穴吹駅（09：42）―佐古駅（10：50）。

佐古駅（11：32）―板西駅（12：03）―鍛冶屋原駅（12：30）

一本前の汽車は鍛冶屋原駅一〇時一四分着であるから、これだと「鍛冶屋原駅から徒歩一時間余、午後一時過ぎに阿波中に到着」と記されているのには早過ぎて合わない。

(20) 阿波中から布施への帰路は以下であろう（前掲時刻表二一頁、八六頁、一二四頁、一二五頁）。

鍛冶屋原線で、鍛冶屋原駅（17：58）―板西駅（18：13）。

高徳本線に乗り換え、板西駅（18：16）―高松駅（20：32）。

宇高《うこう》連絡線に乗り換え、高松港（21：10）―宇野港（22：10）。

宇野線で、宇野駅（22：25）―岡山駅（23：20）。

山陽本線・東海道本線で、岡山駅（23：43）―大阪駅（04：44）。

城東線で、大阪（始発05：10）―鶴橋（05：22）。

関西急行鉄道で、鶴橋―布施（朝七時頃帰宅）。

なお、瀬戸大橋ができる前は香川県高松市から岡山県玉野市宇野まで瀬戸内海を宇高連絡船がつないでいた。


【第五部】

（1）市場町史編纂委員会『市場町史』（一九九六年、徳島県阿波郡市場町）八七四頁

（2）私の母、金光文子は香川県丸亀市に住む鮮魚を商う従兄が婚約者のような立場であった。しかし、文学を好み、和歌を詠み、書を嗜《たしな》む母は商売を厭い、父宏一との結婚に逃げ込んだという面があるらしい。後年、従姉の金光智得子《ちえこ》（辻智得子／後述）に聞いた。
一方、父の側は大阪の後藤菊恵さんとの破局や、その後の離婚がある。このような手記を読んでいると、私がこの世に生を享《う》けているのは奇跡以外の何物でもないと知る。

（3）国立国会図書館に頓宮雄蔵著『新法律借地法借家法詳解』（一九二一年、春江堂）がある。また同館所蔵の『大分縣人士録』（一九一四年）に、「大分県出身の在京弁護士」として頓宮雄蔵氏（日本橋本石町一）の名がある。

（4）川澄哲夫編『資料　日本英学史2』（一九七八年、大修館書店）五〇九頁―六二〇頁

（5）毎日新聞社『毎日新聞七十年』（一九五二年）五四八頁

（6）市場町史編纂委員会前掲書九三一頁

（7）前掲書九三一頁―九三二頁

（8）前掲書九三二頁

（9）（10）大塚唯士『白菊と彩雲の軌跡――市場飛行場立退者の涙恨／徳島海軍航空隊第二基地の記録　恒久平和を願って　戦中・戦後五十年史』（一九九五年、大塚唯士）八頁―九頁

（11）東京三月一〇日、大阪三月一三日、神戸三月一七日。

（12）羽黒昌『紅燃ゆる――徳島学徒勤労動員の記（下巻）』（一九九七年、徳島新聞社）一二八頁

(13) 前掲書一三一頁
(14) 日本経済団体連合会HP（経団連意見書アーカイブス／一九四七年）
(15)(16) 伊藤監修前掲書二七二頁
(17) 永瀬前掲書八五頁
(18) 伊藤監修前掲書二七二頁
(19) 羽黒昌『紅燃ゆる――徳島学徒勤労動員の記（上巻）』〈一九九七年、徳島新聞社〉二一二頁
(20) この工場の略史は「Webb版尼崎地域史事典『apedia』の「毛斯綸紡績戸之内工場」で分かる。「1896（明治29）年山岡順太郎・滝内竹男らによって大阪に資本金100万円の毛斯綸《モスリンリン》紡績（株）が設立された。同社は関西の有力なモスリン会社として発展し、1917（大正6）年には700万円に増資した。1923年園田村戸之内《とのうち》に工場を設立、神崎川対岸の加島に通ずるモスリン大橋を建設し村に寄付した。このころは日本毛織につぐ全国第2位のモスリン会社であったが、1927（昭和2）年不況のなかで減資整理に入り、東京毛織（株）と合併して合同毛織（株）となった。しかし同社も1929年倒産し、その再建会社として1936年毛織工業が設立され合同毛織の設備をもって鐘紡（株）が経営を受託した。工場は1941年9月に鐘紡が買収合併したが、12月には閉鎖された。同年7月、国際工業（株）（1939年11月に鐘紡資本により設立）と日本航空工業の対等合併によって、日本国際航空工業（株）が設立。同社は鐘紡から戸之内工場跡地を借用し、これに大阪機工加島工場の航空機部門の設備・従業員を譲りうけて1942年5月、大阪工場（翌年9月神崎製作所と改称）を設置し、航空機用発動機を製造した（『米国戦略爆撃調査団報告書』によれば、1942年末に工場が完成し、エンジン部品等の生産を開始した）。同社は1944年1月に敷地を買収したが、1945年3月の空襲によって工場は焼失し、戦後その跡地は住宅用地などに売却された」。
(21) 羽黒前掲書（上巻）二一二頁
(22) 前掲書二一二頁―二一三頁
(23) 兵庫県立伊丹中学校である（羽黒昌前掲書（上巻）二一六頁）。
(24) 昭和一八（一九四三）年に始まった女子の勤労動員。法制化は翌昭和一九年（いのうえせつこ『女子挺身隊の記録』〈一九九八年、新評論〉六頁）。「女子挺身隊は勤労動員された女子すべてを称するのではなく、市町村長からとくに選抜されて、地方長官（知事など）

から挺身勤労令書が交付された者」（『日本本土決戦』〈戦記シリーズ第五九号、二〇〇二年、新人物往来社〉九八頁）である。女子の学徒勤労動員と混同されることが多いが、異なる制度である（いのうえ前掲書八頁）。なお、父は本文にある通り、区別している。

(25) 徴用工とは「国家総動員法第四条にもとづき、一九三九（昭和一四）年、七月八日に国民徴用令が公布され、重要産業で募集などの方法で必要労働者がえられぬ場合、厚生大臣が徴用命令を発して国民をその労務に服させ」た者を言う。「四一年より徴用が増し、四三年以降全面的に拡大した。しかもこれによっても労務者不足は解消せず、四四年より中等学校以上の学生を全面的に勤労動員として、航空機工業その他軍需工場にかりだし」た。「しかし未経験工がほとんどで、成績はあまり上らなかった」（日本歴史大事典〔一九七九年、河出書房新社〕「徴用制度」）（傍点筆者）。

(26) 麦を炒って粉末にしたもの。熱湯で練るなどして食べる。

(27) 東京地方裁判所山口良忠判事のこと。「昭和十七（一九四二）年東京地方裁判所判事を命じられる。この年、…（中略）…食糧管理法が公布された。…（中略）…戦後、経済事犯（食糧管理法違反）を扱う担当判事となり、遂に栄養失調と過労のために昭和二十二（一九四七）年八月二十六日に裁判所で仆れ、九月、療養のために郷里《佐賀県》に帰省。十月二十一日栄養失調と肺浸潤のため絶命」（宮村多樫『殉法判事　山口良忠遺文　33年の生涯と餓死への行進から』〔二〇〇七年、オフィスワイワイ蜜書房〕巻頭「山口良忠判事小伝」）。

　山口判事の死亡を伝える朝日新聞の見出しは「食糧統制に死の抗議、われ判事の職にあり、ヤミ買い出来ず　悲壮な決意つづる遺書」とある（前掲書巻頭写真）。

(28) 羽黒前掲書（上巻）二一八頁―二一九頁

(29) 前掲書二一八頁

(30) 宇佐美昇三『鮭鱒工船だった信濃丸の数奇な一生――いま日本の海洋力を問う――』（二〇一七年、日本缶詰びん詰めレトルト食品協会）五頁

(31) 宇佐美昇三『信濃丸の知られざる生涯』（二〇一八年、海文堂出版）五〇頁

(32) 前掲書六二頁

(33) 宇佐美前掲『鮭鱒工船だった信濃丸の数奇な一生』七一頁

(34) 宇佐美前掲『信濃丸の知られざる生涯』一四七頁

(35) 島尾忠男「清瀬と結核」(公益財団法人結核予防会『複十字』〔№348〕所収)www.jatahq.org/siryoukan/archive/pdf/348_p10.pdf

(36) 特別調達庁は占領期の一九四二年、占領軍の調達のための公法人として設置され(『防衛施設庁史 ― 基地問題とともに歩んだ45年の軌跡』(二〇〇七年、防衛施設庁史編さん委員会)六頁)、一九四九年、政府機関となる(同七頁)。一九六二年、防衛庁建設本部と合併し、防衛施設庁となる(三六頁)。

(37) 読売新聞戦争責任検証委員会『検証　戦争責任Ⅱ』(二〇〇六年、中央公論新社)二二五頁。

なお、同書は本土決戦、徹底抗戦に固執した責任の重い人物として、小磯国昭首相、及川古志郎軍令部総長、梅津美治郎参謀総長、豊田副武軍令部総長と共に、阿南陸相を挙げている。

(38) 袖井林二郎他『マッカーサー　記録・戦後日本の原点』(一九八二年、日本放送出版協会)二四六頁

(39) 工藤美代子『マッカーサー伝説』(二〇〇一年、恒文社21)二八二頁

(40) 前掲書二八三頁

(41) 一九四三年七月二四日から翌日にかけての『宮廷クーデター』…(中略)…により、ムッソリーニが首相を解任され、…(中略)…後継の首相にバドリオ元帥が就任した。…(中略)…新たに発足したバドリオ政権は、表向きは戦争の継続を直ちに表明しながらも、実際には連合国との休戦という方向性を探り、秘密裏の交渉を経て連合国との休戦協定締結にいたった。…(中略)…この休戦は、枢軸国であるドイツや日本には『裏切り』に等しく、ドイツの報復を恐れたバドリオ政権は…(中略)…ローマを脱出し」た(北村暁夫他編『近代イタリアの歴史』一七一頁)。

(42) 明石和康『ヨーロッパがわかる　起源から統合への道のり』(二〇一三年、岩波書店)八三頁～八四頁

(43) その後、昭和二四(一九四九)年、阿波第二高等学校(旧阿波高等女学校)と統合し柿島高等学校になり、同年中に阿波高等学校と改称。昭和三一年、「県立」を冠す(徳島県立阿波高等学校ＨＰ)。

(44) 高梨前掲書二三六頁

(45) 徳島県高等学校教職員組合『徳島高教組の歩み』(昭和三九(一九六四)年、徳島県高等学校教職員組合)一〇頁―三一頁

(46) 恐らく父は組合員であったのだろう。尤も性格的には前面に出るタイプではない。しかし、この俸給問題

については、この一文からして思うところが多々あったようだ。

ところで、当時の徳島県高等学校教職員組合の茶封筒が残っている。「徳島市徳島町二丁目（徳島県教育会館内）」、「電話（徳島）三〇九七番」、「振替口座徳島壹六五〇九番」とある。
（47）川澄前掲書「第十節・決戦下の英語教科書」には「中学校用に於ては大東亜戦争完遂に直接参与せしめるが如き精神が全巻に横溢してゐる」などの一文と共に、具体的な英文教材が提示されている。当時の雰囲気をつかむことができる。
（48）紀平健一『Let's learn English の考察 ―― 内容と歴史的意義』（二〇〇四年、『日本英語教育史研究（19）』所収）一〇七頁
（49）伊村元道『日本の英語教育２００年』（二〇〇三年、大修館書店）一六〇頁
（50）紀平健一『戦後高校英語教科書の成立 ―― The world through English の検討』（一九九二年、『日本英語教育史研究（7）』所収）四九頁
（51）前掲論文六六頁
（52）前掲論文七一頁
（53）前掲論文八一頁
（54）一県一紙は昭和一六（一九四一）年九月から昭和一七年一一月にかけて各県の新聞を一紙に統合して行ったものである（里見脩『新聞統合　戦時期におけるメディアと国家』〔二〇一一年、勁草書房〕七頁）。朝日新聞連載の『新聞と戦争』は「言論機関への締めつけの一環として…（中略）…新聞社の数を減らそうと業界団体を指導した」（連載『新聞と戦争』（南方への進出②）二〇〇七年九月一九日、朝日新聞夕刊）と言う。これが一般的理解だが、里見前掲書は違う側面もあると指摘している。
（55）『ナースのための英会話〔ナーセス・ライブラリ〈第37〉〕』（一九五一年、医学書院）、『大学入試英語一日一題　英文法中心実力養成』（一九五四年、研究社）、『現代英文法講座〔３・４〕動詞　上・下2巻セット』（一九五八年、研究社）等々の著作がある。最後の英文法は日比谷高校教諭の肩書である。
（56）「英文法の大家として、日本の英語教育界を指導した一人」（高梨前掲書二一四頁）。「完全に英語を活用するの士を養成するを目的とす」（大橋又四郎『東京遊学案内』〔一八九八年、少年園〕一四九頁）という正則英語学校（現正則学園高等学校）を創設。ここで英語教育と英語研究に尽力する。『携帯英和辞典』、『斎

藤和英大辞典』、『熟語本位斎藤英和中辞典』など辞書の編纂多数。正則学園は最近「早朝あいさつ問題」で話題になった（東京新聞二〇一九年一月一四日）。

（57）東京高等師範学校教授。美術史家岡倉天心の弟。『英文学叢書』（研究社）の監修に関わり、全百巻を刊行するなど英語教育の泰斗。『新英和大辞典』は「岡倉英和」と呼ばれた（清水恵美子『岡倉天心・覚三と由三郎』（二〇一七年、里文出版）一五頁）。

（58）羽黒前掲書（上巻）二一二頁

（59）フランス語アプレ・ゲールの略。戦後派の意。第二次大戦後、従来の思想や道徳を持たずに行動する人。

（60）蔦文也『攻めダルマの教育論』（一九八三年、ごま書房）一九一頁

（61）前掲書二〇〇頁

（62）前掲書一九一頁

（63）（64）（65）時刻表　昭和二九年十月号　日本交通公社

（66）山本礼子『米国対日占領下における「教職追放」と教職適格審査』（二〇〇七年、学術出版会）五一頁

（67）前掲書五二頁

（68）前掲書五三頁

（69）時刻表　昭和三〇年八月号　日本交通公社

（70）時刻表　昭和三〇年一〇月

【祖父のアルバム】

（1）久松義典『北海道通覧』（一八九三年、経済雑誌社）七二三頁

（2）（3）（4）『紋別市立紋別小学校九十年史』（一九八一年、紋別市立紋別小学校　新校舎落成　創立九十周年記念協賛会）二四頁

（5）前掲書四七頁。『紋別市立紋別小学校百年史』（一九九二年、紋別市立紋別小学校　創立百周年記念協賛会）一六五頁

（6）前掲九十年史一〇頁。なお、小学校教員の職、身分は伊藤監修前掲書三七八頁を参照

（7）前掲九十年史一〇頁

（8）前掲百年史一〇頁。なお、前掲九十年史には「勅語拝戴」と表記されている。

（9）前掲九十年史二四頁

（10）前掲百年史四七頁

（11）紋別市史編さん委員会『新紋別市史　上巻』（一九七九年、紋別市）三四三頁

（12）前掲書九六二頁

（13）川上幸義『新日本鉄道史　下』（一九七三年、鉄道

図書刊行会）の「第Ⅱ編北海道」、あるいは、久松義典『北海道通覧』（一八九三年、久松義典）第十四編交通運輸など
(14)『旧植民地人事総覧』（一九九七年、㈱日本図書センター）
(15) 前掲書九八頁
(16) 前掲書二三二頁
(17) 前掲書三一六頁
(18) 前掲書三頁
(19) 前掲書九八頁
(20) 久場川光男『宮古島の偉人　人頭税廃止運動・陰の立役者達』（二〇一六年、久場川光男）七七頁
(21) 久場川前掲書七七頁－七八頁。『真珠と旧慣――宮古島人頭税と闘った男達――（上）（下）』（富田祐行著、一九九五年、近代文芸社）。特に下巻四三頁－五三頁を参照。
(22)「総督府通訳官正七位勲六等」（『官報』明治四〇〔一九〇七〕年七月）や「朝鮮総督府通訳官」（『官報』〔明治四四年五月〕などの肩書きがある。
(23) 新庄順貞『鮮語階梯』（一九一八年、朝鮮総督府）〔金敏洙『歴代韓國文法体系』第2部第17冊（一九七七年、塔出版社）所収〕
(24) 三木理史『国境の植民地・樺太』（二〇〇六年、塙書房）三九頁、四一頁
(25) 前掲書四七頁
(26) 前掲書四九頁
(27) 高田銀次郎『樺太教育発達史』（一九三六年、樺太教育会）一七頁
(28) 全国樺太連盟『樺太沿革・行政史』（一九七八年、全国樺太連盟）九六二頁
(29) 室岡三代吉『樺太教育の変遷と私の生活記録』（一九三二年、室岡三代吉）二頁
(30) 前掲書三三頁
(31)『旧植民地人事総覧（樺太・南洋群島）』で樺太の職員名は分かる。ただし、明治四〇年からであり、「写真11」を撮影した明治三九年時点での職員は不明である。翌明治四〇年にはウラジミロフカ支署勤務として一〇人の名がある。その中で「写真11」にある人物は「秋元」（支庁長心得、通訳官、秋元義親）と「眞殿」（警部、眞殿彬）の二人だけである。この年、祖父がここにいたことは「写真12」で明らかだが、諸石、木口らと共に、名はなかった。
(32) 室岡前掲書三三頁
(33) 三木前掲書四九頁

【永瀬房吉略年表】

慶応 二〔一八六六〕年八月一八日生
明治一三〔一八八〇〕年四月二〇日、かし（妻）生
明治二六〔一八九三〕年九月（二七歳の年）……北海道・紋別
明治二七〔一八九四〕年七月（二八歳）……北海道・紋別小学校教員
明治三一〔一八九八〕年三月（三二歳の年）……澎湖諸島
明治三二〔一八九九〕年三月（三三歳の年）……台湾
明治三四〔一九〇一〕年六月（三五歳の年）……台湾
明治三五〔一九〇二〕年七月（三六歳の年）……広東省留学
明治三八〔一九〇五〕年（三九歳の年）……朝鮮・平壌
明治三九〔一九〇六〕年九月（四〇歳）……樺太・ウラジミロフカ（豊原）
明治四〇〔一九〇七〕年七月二六日（四一歳目前）……結婚（かし二七歳）
明治四〇〔一九〇七〕年一〇月（四一歳）……樺太・ウラジミロフカ（豊原）
明治四一〔一九〇八〕年六月一日（四二歳の年）……長男宏一誕生
明治四四〔一九一一〕年三月（四五歳の年）……関東州
大正 六〔一九一七〕年初頭（五一歳の年）……かし東京市芝区に戻る
大正 七〔一九一八〕年三月二七日（五二歳の年）……次男隆三誕生
大正 八〔一九一九〕年三月（五三歳の年）……離婚
昭和二〇〔一九四五〕年六月一〇日（六五歳）……満州国でかし死去
昭和二一〔一九四六〕年一月三一日（七九歳）……東京上馬で死去

【略年表】（父自身の執筆）

明治四一年六月一日	上渋谷にて生まる
大正四年四月一日（七歳）	芝区西桜小学校入学
〃〃七年三月二七日（一〇歳）	芝区南佐久間町一－三四にて弟隆三生まる（当時は一－一）
〃〃一〇年三月二七日（一三歳）	小学校卒業（愛宕高等小学一年終了）
〃〃一一年四月一日（一四歳）	赤坂中学校入学
〃〃一二年九月一日（一五歳）	関東大震災　焼け出されて日比谷公園に逃ぐ
昭和二年三月六日（一九歳）	中学校卒業
昭和三年	兵隊検査　丙種合格
〃〃四年四月一〇日（二一歳）	法政大学高等師範部英語科入学
〃〃七年三月二八日（二四歳）	卒業
〃〃九年五月一一日（二六歳）	静岡県訓導
〃〃一〇年一月一日	鳥居竹松死す（五五歳）
〃〃一二年九月六日（二九歳）	訓導退職
〃〃一二年一二月二五日	東京目黒郵便局事務員
〃〃一五年三月二七日（三二歳）	退職
〃〃一五年四月一日	大阪電気学校教諭
〃〃一七年四月一八日（三四歳）	退職
〃〃一七年八月三一日	大阪錦城商業学校教諭 退職
〃〃一七年九月三日	阿波中学校（後、高等学校）教諭
〃〃一九年三月一五日（三六歳）	金光文子と結婚
〃〃二〇年六月一〇日（三七歳）	母死す（六六歳）
〃〃二〇年八月一五日	日本、連合国に対し無条件にて降服す
〃〃二一年一月三一日（三八歳）	父死す（八一歳）
〃〃二六年二月一二日（四三歳）	岳父金光太目治死す（七一歳）
〃〃二六年四月一日	池田高等学校教諭
〃〃二九年三月二三日（四六歳）	千葉県夷隅郡御宿町須賀に君塚くまを訪ねる（旧姓鳥居）
〃〃三〇年一月一日	在富山市の中井治君、復交を申出て来る。受諾する
〃〃三一年三月三〇日	長男一哉生まる
〃〃三二年八月一日	千葉県に君塚くま再訪
〃〃三七年五月二日	君塚くま死亡（七七歳）

【息子のおわりに】

なぜ私（永瀬一哉）はここにいるのか

この手記で最も衝撃的だったのは、私の両親の出会いであった。

結婚して大阪・布施駅前の借家で、新妻と実母と一緒に三人の生活を始めたが、やがて嫁姑の関係が悪化して離婚した。こうして独身に戻った父であるが、その借家の向かいに高野さんなる方が住んでいた。この家に一人の娘さんが遊びに来ていた。その女性の家が私の母となる金光文子《かなみつふみこ》の兄（金光英一《ひでかず》）の妻（小谷登美子《こたにとみこ》）の実家の隣であった。両親はこのご縁で結婚した。

何とも細いつながりである。この「娘さん」がいなければ、私はこの世にいなかった訳である。そんな大事な方なのに、私は何も知らない。高野さんも同様である。手記は両者について、この後、何も書いていない。

結局、「父の人生を決定付ける生涯の伴侶（妻）」との出会いは、「ちょっと行き合った方々」によってもたらされていた。人生の重大事であっても、付き合いの長短や濃淡とは無関係だと改めて教えられる。そして、私が生きていることは「奇跡」以外の何物でもないとも教えられる。

父（永瀬宏一）の人生は法政大学の同級生によって形づくられている

では、東京生まれの父がなぜ大阪・布施にいたのか。手記ではっきり分かったことは、父の人生は法政大学の同級生によって形づくられているということである。

昭和初期の「大学は出たけれど」の頃、法政大学高等師範部英語科を卒業した父には就職先がなかった。そんな父に最初に本格的な就職をプレゼントしてくれたのは同級生の後藤明氏であった。父は静岡県の下河津小学校の教員となった。だが、小学校が肌に合わず東京に戻った。

それを救ったのも同級生の畑中俊夫氏であった。その口利きで目黒郵便局に勤めた。生活は安定したが、高等師範部英語科出身の父にとっては、本来の就職先ではないとの思いがあった。

念願の英語教師を実現してくれたのは、これまた同級生であった。中井治氏である。その紹介で大阪・塚本の大阪電気学校教諭となった。さらには同氏の勧めで大阪錦城商業学校へと移った。

大阪電気学校も大阪錦城商業学校も共に私学である。経営がやや不安定であった。父にすれば安定した公立の学校が有り難かった。その思いに二人の人物が手を差し伸べてくれた。一人は京都・伏見で知り合った浅田一雄氏、もう一人はまたまた同級生の佐藤尉二郎氏であった。前者は大阪府立学校を、後者は徳島県立学校を紹介してくれた。離婚問題も絡んで、結局父は徳島県に渡った。ここで生活は安定し、そのまま徳島県で退職した。そして、やがて東京に戻った。

就職だけではない。父が結婚を真剣に考えていたのは後藤明氏の妹、菊恵さんであった。しかし、結婚には至らなかった。そうなった理由の一つに、後藤氏がかつて同氏の姉（菊恵さんの姉でもある）との結婚を父に頼んだが、父が承諾しなかったことがある。姉を断り、妹を欲しいとは何事かといったところであろう。とにもかくにも後藤氏とは結婚問題でも大きく関わっていた。菊惠さんとの破局で後藤氏との関係は切れた。その後、中井氏の勧める女性と最初の結婚をした。結局のところ、父は結婚問題も同級生との交友の枠内だった。だが、この最初の妻とは離婚し、中井氏との関係も切れた。

再び私の視点に戻る。父が私の母と再婚するには、最初の妻との結婚が必須である。なぜなら、この小稿（「息子のおわりに」）の冒頭に記した通り、布施駅前に新婚所帯を構えなければ、私の父と母はつながらないからである。つまりは、父が法政大学に進学していなければ中井氏と出会わず、中井氏の声掛けがなければ父は大阪に行かず、中井氏の紹介がなければ最初の結婚はなかった。従って、「娘さん」と高野さんと並んで、法政大学と中井氏の両者もまた、私に生命を与えてくれた恩人である。

父に学んだ近代日本史

「息子のはじめに」に記したように、本書を刊行したのは「父の供養」であると同時に、「何らかの社会的還元」にもなると思ったからである。出版まで一四年を要したことも「息子のはじめに」で述べたが、この間に実に多くのことを学んだ。私は神奈川県立高校の地歴公民科の教師である。日本近代史は一応のところは了解している。だが、私は、この手記を精読し、色々調べて行く中で、日本の近代を民衆の視点で本当に実感することができた。父が記した「明治末、大正、昭和戦前期、昭和戦後期」について何か一皮剥けたところで理解できた、あるいは、一歩踏み込んだところで分かったと言っても良いだろう。とにもかくにも日本史の教師として教壇に立つに当たって強力なバックグラウンドを得た。

興味深い話題が多々あった。主だったところを列挙してみよう。

・明治末期から大正期の虎ノ門金刀比羅宮の祭礼が面白い。丁髷《ちょんまげ》がまだいたらしい。

・明治末期から大正期の東京・虎ノ門界隈の職人の世界が手記を読んでいて目に浮かぶようだった。

・鈴ヶ森の大経寺の「お首様信仰」を伝える石碑に父の養父らの名を見付けたのには驚いた。

・関東大震災の諸相。

——救援のためのミルクが配布されていた。

——震災が東京の人々の人生の断層になっていることを心底理解した。

・赤坂中学校（現日大三高）という旧制中学校の先生方が面白い。

・派遣看護婦の行き先には一流の家庭が並んでいた。

——三井の拝島別荘を息子の私も訪ねてみた。

・戦前の多様な学校教育体系を父を通して理解した。

・昭和初期の伊豆下河津の情景と下河津小学校をめぐる人々はドラマを見ているかのようでワクワクした。

・自転車やリアカーに税がかかっていたことを知って仰天した。

・モガ、モボ（モダンガール、モダンボーイ）のモボとは実は父のことだった。

・目黒郵便局の様子が興味深い。郵便局は正確さを問われる世界だとよく分かる。

・今も残る大阪電気学校校舎を息子の私も訪ねてみた。

・対英米戦争中の英語受難の状況を理解した。異常な論理がまかり通っていた。英語教師はお国に役立つドイツ語やマレー語教師になれ。呉服屋や酒屋が軍需工場の工員になるのと同じことだ、など。

・徳島県の海軍市場飛行場の建設について、父の短い描写が当事者のショックを見事に伝えている。

・阿波中学校の学徒動員の一節は学徒動員なるものの実態を知る好例である。

・非戦災者税というえげつない税があったことに驚いた。

・戦後教育界の混乱を実感した。特に新制の中学校、高等学校の開始時の錯綜ぶりには納得した。

挙げて行けばきりがない。父が記す一つ一つについて中途半端な知識しかない私がそれぞれしらみつぶしに調べて行った一四年だった。この間に当たった参考文献、論文は数知れず。コピーを収めたクリアファイルは何十冊にもなった。我が血肉となっただけで本書に書いていないことは山ほどある。中でも明治、大正、昭和戦前期の古地図については関係するところはほとんど見た。このため「徳島県人」だった私が「異郷・東京」の地理に妙に詳しくなった。これは思わぬ収穫だった。

本書をお読み頂いた皆様方には、興味を持たれた箇所がおありだっただろうか。もし関連情報があれば、ぜひともご教示頂きたい。

法政の仲間と最後まで付き合っていた

父が大変お世話になり、私の生命の恩人である中井氏とは一度は切れた関係だったが、本文の最後にあるように、後に関係を修復した。郵便局の畑中氏や徳島県に招いてくれた佐藤氏とはその後も何もなく続いている。しかし後藤氏については手記には何も記されていない。

これが私はずっと気になっていた。ある時、父の遺品を整理していたら、私が生まれた後の昭和三四（一九五九）年の後藤氏の年賀状が見付かった。同氏とも関係修復していたようだ。これを見て、私はホッとした。後藤菊恵さんのその後についても、父は知っていたと考えて良いだろう。

昭和六三（一九八八）年二月二〇日に亡くなる前、父は母に「色々迷惑を掛けた。済まなかった。感謝している」と言ったらしい。それを受けて、母が「私でなく、違う人と結婚していたら良かったのではないですか」と言ったら、首を横に振ったと言う。父の死後、母は目に見えて元気がなくなった。四年後、父のもとへ行った。

本書の推薦（帯の推薦文）をご快諾頂いた株式会社明石書店オーナー石井昭男氏、並びに数多の貴重なアドバイスを頂いた揺籃社山崎領太郎氏に厚く御礼を申し上げます。

二〇一九年六月一日、
父（宏二）の誕生日に。

永瀬一哉

【著者略歴】
永瀬一哉（ながせ・かずや）
◇早稲田大学文学部日本史学専攻卒業
早稲田大学大学院教育学研究科修士課程修了
◆カンボジア王国情報省アドバイザー
特定非営利活動法人インドシナ難民の明日を考える会代表
◇神奈川県立高校、神奈川県立教育センター、神奈川県自治総合研究センターに勤務
カンボジア・ベンコック中学校教育環境支援アドバイザー、カンボジア国営放送パイリン放送局アドバイザー、NHK学校放送番組委員などにも従事
◆文部科学大臣奨励賞、博報賞、アジア福祉財団難民事業本部表彰、相模原市社会福祉協議会表彰
◇『太平洋戦争海軍機関兵の戦死』（明石書店）
『I Want Peace! 平和を求めて ── カンボジア難民少年、日本へ』（相模原市書店協同組合）
『気が付けば国境、ポル・ポト、秘密基地』（アドバンテージサーバー）
『クメール・ルージュの跡を追う』（同時代社）
『ポル・ポトと三人の男』（揺籃社）

父《ちち》に学《まな》んだ近代日本史《きんだいにほんし》
──永瀬宏一《ながせこういち》の自伝《じでん》を紐解《ひもと》く

2019年6月1日　印刷
2019年6月10日　発行

著　者　永　瀬　一　哉

発行者　清　水　英　雄
発　行　揺　籃　社
〒192-0056 東京都八王子市追分町10-4-101
㈱清水工房内　TEL 042-620-2615
http://www.simizukobo.com/

 ISBN978-4-89708-416-9 C0021